小泉八雲の世界

−ハーン文学と日本女性−

高瀬彰典 著

ふくろう出版

目　次

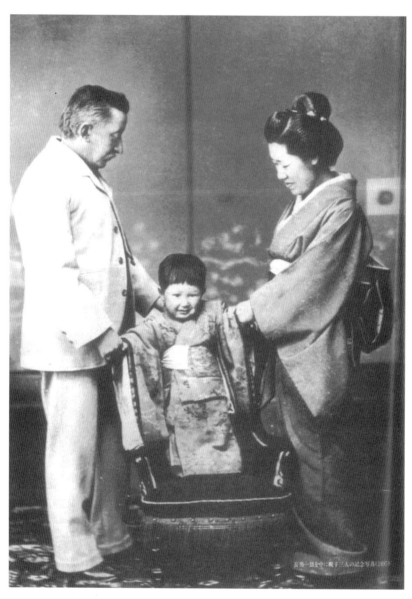

ハーンとセツと一雄（1895年）

序　文

　パトリック・ラフカディオ・ハーン（帰化名、小泉八雲）は母親の故郷のギリシアで1850年に生まれたが、すぐに2歳にして父親の実家があるアイルランドに移り、そこで、4歳にして父母の離婚と母親との生別という憂き目にあった。以来、両親に見放されたが、親族にも縁が薄く、大叔母の世話になりながら過ごしたヨーロッパ時代では、強制的に入れられたキリスト教の神学校で片目を失明するという苦難にあった。さらに、破産した大叔母の庇護を受けられなくなると、親族にも見捨てられて単身アメリカに渡り、孤立無援の人生行路に直面することになる。誰一人頼る者もない異郷の地で悪戦苦闘の結果、努力の末にシンシナティで新進の新聞記者として頭角を現した。さらに、ニューオーリンズでは、『デイリー・アイテム』の記者や『タイムズ・デモクラット』の文芸部門の編集長に就任し、幅広い分野で健筆をふるった。ハーンはフランスのモーパッサンと同年代で、夏目漱石とは15歳年長であり、来日以前のアメリカ時代に、東洋文化やクレオール文化を調査して、すでに『支那怪談』や『飛花落葉集』を書いて作家としての業績を着実に積んでいた。このようなアメリカ時代の艱難辛苦の果てに、ハーンはハーパー社の特派員として日本にやってきた。しかし、報酬や雇用条件の問題で出版社との契約を破棄して、1890年（明治23年）8月に、ハーンは島根県尋常中学校のお雇い教師として松江に赴任し、12月に住み込み女中として身の回りの世話をしていた小泉セツと結婚した。以来、妻となったセツは、語り部としてハーンに日本の昔話を語りつづけ、夢に見る程に物語に入り込み、献身的に夫の創作活動を支えた。

　ハーンは明治時代の日本を取材するために来日し、その後14年間に渡って逝去するまで日本で生活し、日本文化研究の作家や英語英文学教師として活躍した人物である。傍観者的な他の西洋人と異なって、日常生活に密着した庶民の眼で、当時の風俗や習慣を透徹した洞察力で書き記し、さらに彼は日本の萌芽期の英語教育にも多大な功績を残した。その優れた遂行力や観察力は他の西洋人作家や文化人とは一線を画するものであった。当初、取材目的で日本に立ち寄り、次に中国や東南アジアへ行く予定であったハーンを、日本に押しとどめて帰化させ、日本人にも出来なかった程に、日本の精髄に迫る研究に研鑽を重ねさせた要因は、常に傍らにいて夫を支え、古き良き日本女性の美質を体現して、多くの助言を与えたセツの存在であった。どのような試練に遭遇しても、少しの乱れもなく優しい微笑みを浮かべて耐える、古風な日本女性の高い徳性

1

と哀切の表現は、西洋人には理解しがたい神秘であり、ハーンを日本に没頭させ魅了させた大きな要因であった。内助の功としてのセツの功績は、日本女性の細やかな心情でハーンを優しく包み込み、物心両面で誠実に彼の仕事を支援して、心の底から彼を親日家にしてしまったことである。

　没落士族の娘であったセツは、一度結婚したが失敗し、出戻り女として肩身の狭い思いをしながら、家計を助けるために忍耐強く機織り仕事に励んでいた。さらに家計を助けるために、住み込み女中としてハーンの世話をするようになった。セツの艱難辛苦の身の上を知り、親族のために自己犠牲をして苦労を厭わない姿に接し、ハーンは夢のように心優しい健気な日本女性の美しさに感動したのである。セツを絶えず念頭に置いて描かれた霊的な程に美しい日本女性の美質は、西洋の読者のみならず、日本の読者の心をしっかりと捉えたのである。

　日本の古い文化はハーンの心を掴んで離さなかったが、多情多感な彼を虜にしたセツとは、どのような人物であったのか。セツはハーンの妻として、日本での数多くの著作活動に関して、陰に陽に夫の仕事の支援を続けた人物であった。しかし、ハーンの作品は日本では翻訳で小泉八雲の著作として読まれているが、その原文は常に英語で書かれ、西洋の読者を念頭に置きながら、日本を紹介するために作家ラフカディオ・ハーンとして欧米に向けて出されたものであった。それまでボヘミアン的な人生を送ってきたハーンが、明治維新で没落した家の養子になってまで帰化し、日本人として一生を終える大きな要因となったセツは如何なる女性であったのか。苦労人のセツは謙虚で質素な性格であり、穏やかな物腰で人に対応するような、慎ましくて几帳面な女性であった。全身全霊で日本を愛し研究したハーンにとって、古風な日本女性の美質を体現し、繊細な心遣いで夫に献身的に仕えるセツは、理想的な連れ合いであった。また、貧困で苦境極まり零落していた親族を救ってくれたハーンに、セツは心から感謝して無償の愛で尽くしたのである。このようなセツの生涯に注目すれば、ハーンの日本時代の実像が明らかになると考えられる。

　ハーンの再話文学の創作に協力していたセツは、原話の内容をヘルン言葉で語り解説していた。ハーンはノートをつけ何度も推敲を重ねながら、セツの語りによって耳から原話の内容を理解して想像力で再構築し、自分自身の新たな文学作品を生みだしていた。ハーンが苦労して完成させた英文原稿をセツは読むことが出来なかった。そして、セツが探してきた日本の昔話の原話をハーンは読めなかった。奇妙な夫婦間の共同作業が行われたのである。武家の厳しい

2

躾を受けて育ったセツの気丈な姿からインスピレーションを受けて、ハーンが
日本女性の美質や不滅の霊魂の愛を物語る時、愛は死よりも強しという普遍的
なテーマとなって、夫婦の息のあった作業で作品が完成されたのである。権利
意識の強い西洋の女性ならば、合作として名前をだすことを要求したであろう。
しかし、ハーンの作品に描かれた心優しい古風な日本女性は、男に対する愛の
ためには自己犠牲を厭わない可憐で愛しい存在としての清楚な大和撫子である。
不遇の身であっても、何の不平も言わずに夫に従順に耐える姿は、封建制の中
で忍従を強いられた昔の日本女性の悲劇的現実であったのかもしれない。それ
でも、ハーンはむしろ虐げられ忍従する弱者の女性の小さな生き様に、最も気
高い人間的魅力を発見するのである。

　苦労人のハーンの文学作品の根底に流れるものは、同じく苦労人のセツの心
情と共鳴するもので、暖かい人間的な感情や弱者への同情の精神に他ならない。
人生の辛酸を嘗め尽くしながらも心優しいハーンは、小さくて弱い者や美しく
て傷つきやすい者を苛めたり悲しませたりすることを絶対に許せなかった。ア
メリカ時代から虐げられた有色人種達に同情の眼差しを向けていたように、ハ
ーンは常に社会的弱者や下層階級の人々の味方として、日本の一般庶民の目線
で文化の諸相を理解しようとしたのである。

島根大学ラフカディオ・ハーン研究会会長
島根大学教育学部教授

高　瀬　彰　典

第一章　東西文化の諸相

1.　白人至上主義と植民地支配

　まず、果敢にも、ハーンが乗り越えようとした白人と有色人種との間の深くて厳しい溝について考察してみよう。

　WASP（ワスプ、White Anglo-Saxon Protestant）という言葉がある。すなわちアメリカ社会の支配層を構成するアングロサクソン系の白人新教徒を意味し、白人至上主義を体現する主流である。白人至上主義の起源は古いが、中でも急進的集団は歴史的に遡れば、南北戦争後の1915年に、南部で結成された過激な白人秘密結社Ku Klux Klan（KKK団）であり、黒人や北部を威圧するために設立され、人類中で最も優秀な人種として白人至上を標榜し、その後さらに過激的になり、ユダヤ人やカトリック教徒や外国人の排斥運動の中心的存在として、アメリカ社会で隠然たる勢力を占めている。白人至上主義とは西欧こそ世界の中心であり、白人の優秀な頭脳で人類の文明が生まれたとする世界観である。このような視点から見れば、明治維新以来の急激な西洋化で発展を遂げた日本は、西洋の猿まねを臆面もなく続けて、急速に世界の舞台に上がりこんできたイエローの成り上がり者国家である。

　世界の歴史を動かしてきたのは西洋であり、西洋の音楽や服装が最も優れた音楽であり衣裳に他ならず、白人以外のものは地域の弱小な民族の劣った楽器であり装束すぎないとする。また、英語やフランス語やドイツ語を話す者だけが、世界に通用する教養ある国際人である。極東の島国日本は、古い文化や伝統を誇るが、白人至上の価値観から見れば、畢竟するところ、奇妙な異国情緒に包まれた神秘的で不可思議な国で片付けられ、時には、嘲笑的に、芸者、侍、座禅、富士山、腹切りなどが興味本位に話題に上るだけである。日本人は西洋や国際というと、日常性からかけ離れたもの、自分以外の外人ばかりの場所で、国際人でない自分とは縁のない別世界のことだと考える。それは日頃の言動が全く通用しない世界なので、特別なマナーや表情やエチケットを承知していないと恥だと感じる。しかし、うわべだけよそいきの姿勢を身につけても、日常的な感情面で人間同士に相通じるものがなければ、結局偽りの人間関係となり破綻をきたすのである。

　失敗や恥を避けて本気の交流をしなければ、自己主張のない気味の悪い人間として無視される。いつもの自分を表に出せずに、相手の顔色を窺っていると、とても国際社会の厳しい駆け引きに勝ち残ることはできないし、誤解を恐れて

自己主張を抑えれば、何の意見や論理を持たない未開の民族と軽蔑されてしまう。日本は現在でさえ国際外交において、国力を充分に生かせず、タフな交渉においては失敗を繰り返す国であり、相手にとって非常に御しやすいお人よし国家である。日本では国際化や異文化理解が、近年声高く唱えられているが、欧米では日常的に国際感覚で生きている。自分の国家と隣接する周辺国家、そして、住居とその周辺住民がすでに十分に国際社会に他ならない。欧米を中心とする白人の価値観が、世界を支配しているので、あらゆる地域で通用すると西洋人は信じている。近年、西洋が世界の中心という考え方は、すでに崩れつつあるが、幕末の日本に軍事力で開国を迫り、不平等条約を締結させ、軍を駐屯させて治外法権を勝ち取った欧米の白人至上主義は、今尚その残滓を国際社会で振り回そうとする。最近のアメリカ一国主義のように、相手の立場を考慮して同調することなく、自分達の思想や行動が、世界で最上の価値観であると信じて疑わないのである。

　教会の布教活動が政府の海外進出を先導していた西洋列強は、宣教師を軍事的に保護し活動を支援して、他民族をキリスト教に改宗させて他国を侵略し植民地化した。他国への暴力的侵略や干渉は、神の意志による宣教活動という宗教的美名のもとで正当化された。他民族をキリスト教化して洗脳し、容易に政治的にも経済的にも支配して属国化するものであった。キリスト教と白人至上主義とが結びついた西洋列強諸国の覇権主義は、布教活動と植民地政策を巧妙に戦略として行使した。アメリカ新大陸では先住民のインディアンが悲劇的運命を辿ったように、19世紀末頃、オーストラリアでも白人達が原住民アボリジニを家畜のように追い回して絶滅させようとし、さらに、インド、中国、東南アジアでも植民地支配を露骨に推し進めてきた。キリスト教教会はこの理不尽な侵略と略奪を正当な行為とし、全面的に西洋諸国の国家戦略に加担していた。純朴なアメリカの先住民は、白人達を友好的に迎え共存するべく、新大陸での生活の知識を授けたが、白人達はインディアン達を駆逐すべき獣として扱い、都合のよい条件を出して利用し、逆らって抵抗すればすべてを虐殺した。白人たちがアメリカ先住民を巧妙に騙して、キリスト教の神の名のもとに先住民のほとんどを抹殺して、新大陸を自分のものにしたことは紛れもない歴史的事実である。キリスト教会の神は白人のみを正当な人間として認め、先住民は駆逐すべき野獣にも等しい土人であった。また、労働力強化のためにアフリカから動物のようにかき集められた黒人たちは、鎖に繋がれて奴隷として人身売買され、善良で敬虔な白人のキリスト教信者によって家畜のようにこき使われたの

であった。少しでも人種的に劣等であるとみると、平気で他国を占領し植民地化して搾取するか、差別し家畜のように冷酷に迫害してきたのが、西洋列強の白人至上主義の世界戦略であった。

　古い西欧を見限ったか、迫害され追い出された新教徒たちが移住した国がアメリカである。多民族が新大陸で共同体生活を形成する過程で、かつてヨーロッパで起こったような熾烈な民族間闘争は抑えられ、むしろ厳しくて広大な自然と対峙して開拓するために、お互いが政治、経済、宗教の全般において比較的に寛容になり、骨太の開拓者精神が醸成された。西欧のように人間不信ではなく、移民国家として異民族や異人種に対して免疫性を備え、人々は少なくとも建前だけでも、フレンドリーで人見知りをせず気軽に声をかけ合い、一応は何でも受け入れようとした。しかし、厳しい自然と対峙しながら生きてきた西欧では、どうやっても肥沃にならない土壌に縛り付けられて働き、毎日は希望もなく苦役を繰り返すに過ぎなかった。したがって、神に呪われた人生を生きているように感じながら、欠乏する食料と辛い労働に耐えねばならず、さらに、労働は神によって与えられた試練であり罰であるという厳しい宗教観が民衆に教え込まれたので、弾圧する教会に対して怨念のような感情が渦巻いていた。国教としての過酷な宗教的支配と新旧キリスト教の軋轢と闘争の歴史を持つ西欧に比べて、政教分離のアメリカでは、教会による迫害の歴史もなく、教会は自発的信仰と寄付で運営されて現実的に捉えられ、新大陸での開拓労働こそ神の意志であると広く信じられた。しかし、多民族社会のアメリカでは、白人と黒人の人種的対立はもとより、ユダヤ人、イタリア人、スペイン人、メキシコ人などがお互いを牽制し合い偏見の眼を向けながら生きてきた。個人の評価は人種で決められるという理不尽さや矛盾が今尚アメリカ社会に残っている。

　ヨーロッパの中世時代を絶対的権力として支配し、暗黒時代と言わしめたキリスト教は、腐敗と堕落の道を辿り、宗教改革の後、旧教と新教に分裂し、以降激しい権力闘争を繰り返して宗教戦争に発展し、お互いが迫害と虐殺の歴史を続けた。また、他の宗教を認めない一神教の教義に厳格で、あらゆる場所で異端裁判や魔女狩りなどが行われ、平然と拷問を行って改宗を迫り、同意しない者には残忍な手段で処刑がなされていた。日本は宗教にもっと寛容であったので、これ程組織的で執拗な宗教的迫害や虐殺はなかった。

　西欧の歴史は政治と宗教の密接不可分な軋轢と闘争に他ならない。新旧の宗教間の軋轢が政治に介入し、複雑な闘争の歴史を生んできた。アメリカではこの西欧の古い体質から脱却するために政教分離が断行された。しかし、神との

信仰も神との契約という思想が聖書に述べられているように、西洋は契約社会であり訴訟社会なので、社会倫理よりも契約の思想が支配的で、訴えられない限り、何処までも個人の権利を主張する。契約や所有権に対する考え方は、西洋と日本では非常に異なっている。日本では相互信頼が社会的基盤になっているが、西洋では権利や対人関係に関する考え方が人間不信を基礎にしているのである。

2．明治維新と西洋追随思想

　宗教的美名の下に植民地政策を推し進めるキリスト教主義の西洋諸国は、すでに東南アジアや中国の各地域に進攻して、政治と宗教を巧みに操り、他国に対するどんな理不尽な要求や残忍な行為でも、都合のよい倫理的論理を組み立てて正当化した。宣教師たちは宗教的目的をかざして他国の中心深くに侵入して、本国へ地理的状況や軍事的情報を送り、艦隊と軍の遠征による植民地政策を加速させる手助けをしていた。臆面もない侵略や略奪行為に対しては、劣等民族に神の教えを宣教して蛮行から救済するという尤もらしい宗教的理屈づけが巧妙になされた。明治維新によって幕藩体制の旧日本は、欧米の文明を積極的に摂取して、急速に近代国家に生まれ変わった。しかし、西洋諸国が幕末の日本に強制した不平等条約は、明治政府を最後まで苦しめた。中でも治外法権は強者としての白人至上主義を臆面もなく押しつけたものであった。明治政府は一刻も早く富国強兵によって、西洋列強と対等の関係に立つための必死の努力をしなければならなかった。

　西洋と遭遇する幕末から明治維新までに、日本には何百年もの長い期間に及ぶ知性と感情の独自の発達があった。特に、江戸時代の鎖国期間中に、日本は独自の文化と複雑な政治経済の組織を形成し、すでに西洋文明を摂取できるだけの文化的成熟と知的発展を遂げていた。西洋の植民地にならずに、独立国家として明治維新の近代化を成功させたのは、西洋文明を摂取できるように、日本人の知性と感情が充分な成熟を遂げ、新たな次元に飛躍できる段階を迎えていたからであった。西洋の文化や知識を吸収するだけの知的能力を備え、さらに、独自の経済産業を発達させていたので、日本は西洋との遭遇によって飛躍的に近代化が進展するだけの社会的基盤をすでに整備していたと言える。また、仮に表層的に西洋を模倣したとしても、組織運営や人間関係や文化的側面は依然として日本独自のものであり、西洋の事物を日本流に応用して日本独自の技

術や発想を生み出すという優れた才能を日本は持っていたのである。

　西洋の学問技術の導入は、日本古来の伝統的価値観の崩壊という犠牲を代償にしたにもかかわらず、急激な変革を遂げる過程を招来した。しかし、日常的生活における一般庶民の感情や精神では、根元的な西洋化の効果は期待できなかった。科学技術の側面において西洋文明の表層を吸収したことを別にすれば、西洋思想の急激な導入という明治維新によって、芸術や文学などにおける日本独自の民族的精神が、根本的に改変されることなどあり得ないことであった。この意味において、当時の学校の欧化教育が、西洋式の感情生活の奨励を企てたことも無益な施策だとハーンは異議を唱えた。表層的な欧米化の政策や科学技術の振興よりも、さらに深く日常性にしみ込んでいる庶民の感情生活は、明治維新の西洋思想導入による近代化によって急激に変化するものではなかった。日本人が奇跡的に成し遂げた明治の文明開化は、西洋人を模倣して感情生活まですべて西洋式に変革した成果ではない。異文化への理解や共感は、外国文化を理解できる限度内においてのみ可能である。したがって、現実の異文化理解は人種の違いや歳の差を超えた普遍的な感情への共感という意味で、日常性における極めて単純素朴な生活においてのみ可能である。

　徳川幕府の封建体制の下で、厳しい身分制度などの様々な抑圧にもかかわらず、逆説的に、庶民の自由で豊かな生活感情が発達し、日本独自の文化が成熟を究めた。村社会という日本独自の曖昧な集団意識や共同体意識の下で、明確な家の概念や感情表現や庶民文化を成立させたのである。日本の伝統文化の精髄を理解しようとしたハーンは、封建的制約にもかかわらず、庶民の自由奔放な発想が民間活力の源泉となり、社会全体を独自の文化的空間に成長させた事実に注目した。また同時に、封建体制が培った身分制度は、主君に対する臣下の自己犠牲、献身的忠義、高邁な忍従の精神を育成した。さらに、社会を構成する一般庶民の豊かな情緒と徳性を育成し、特に日本女性特有のひたむきでしとやかな美質を生んだ。長い徳川の幕藩体制の厳しい抑圧の下で、庶民生活から発想されたささやかな生活の知恵としての民芸、庶民の自由な想像力などは、むしろ厳格な身分制度と集団主義の制約の中で、逆説的に豊かな自己発見や自己実現への模索がなされていたことを示している。したがって、すでに長い鎖国の時期に、日本独自の文化の成熟度に非常な高まりを迎えていたために、異文化理解の受容の素地が出来上がっていたことが、明治維新における欧化政策の成功に繋がったのである。

　江戸時代には鎖国を破って海外へでかけたりすると、重罪で処刑されたが、

明治維新で開国すると一転して西洋文明を賛美し、毛唐と蔑視していた西洋人は日本人よりも高等な人種で先進文化を持っていると崇められた。しかし、二百年余りの鎖国の間に、西洋列強に支配されずに西洋化を受け入れる用意として、日本固有の文化が発展して充分に熟成していたのである。また、鎖国といえど、日本は一部出島などで海外との交易を続けていた。西洋との遭遇という危急存亡に際して、日本は怯むことなく未知への好奇心を爆発させ、長期間の鎖国による外界への無知を解消して、先進技術や思想を吸収するだけの知性と教養をすでに築きあげていたのである。

　外界に対して閉鎖的な島国が、ペリーの黒船来航という外圧によって、一転して海外への好奇心や未知への探究を喚起させることになった。日本は急速に世界の文明国の仲間入りを果たしたのである。明治政府が開国で得た最新の学問や科学技術は、産業革命後の西洋がようやく果しえた長年の努力の成果であった。それ以前の西洋では、衛生意識が乏しくペストに苦しみ、また、慢性的な民族間闘争や侵略があり、さらに、キリスト教会の宗教的弾圧で地動説や進化論をめぐる科学と宗教の熾烈な対立が続いていた。神の似像としての人間という聖書の人間観や世界観が否定され、神の与えた地球が宇宙の中心ではないことが証明され、西洋社会に大きな衝撃と軋轢を生んだ。人間だけが特別な存在であるというキリスト教の教えは極めて疑わしいものとなり、あらゆる動植物は神によって人間に与えられたものであるという考え方は、人間も動物も同じ生命の進化の結果という科学の証明と全く対立するものであった。

　このように、西洋は多くの苦悩と犠牲を払って、科学の進展や学問の振興を果たした。西洋の過酷な生存競争の歴史や科学と宗教の熾烈な葛藤を認識することなく、その表層の成果だけを模倣した日本は、西洋諸国を豊かな先進国家と崇め、すべての国を豪勢な文明国家だと信じた。近代国家建設のために、西洋ではどのように科学的で論理的な思考の重要性が確認され、どれほどの革命や改革という犠牲を払って、理念が実現されたかについて日本は思いを致すところがなかった。明治の日本は西洋の先進国家にただ感心し賞賛して、便利なところだけうまく模倣すれば足りると考えたのである。

　異国情緒に満ちた不可思議な異教の後進国が、高度な科学技術と産業を誇る一等国に変身したことは、西洋諸国にとって理解しがたい驚異であった。それまで野蛮で異様であった極東の島国が、突然、欧米を真似て急速に成り上がり、白人中心の世界に不気味な脅威を与えていると警戒されるようになった。白人社会の根底には、日本に対する人種的偏見以外にも、日本の近代化へのひたむ

きな努力を尊重するのではなく、猿真似で漁夫の利を得たアンフェアーな国という蔑視が今なお根強く残っている。西洋の力の論理から学んだ日本は、日清・日露の戦争で大国を打ち負かし、さらに、第一次世界大戦でも勝利すると、大東亜共栄圏構想を打ち立て、軍備による西洋との対立を正当化するための国粋主義が台頭した。西洋諸国に対する説明能力を欠いた日本は、頑迷に武力に頼り冷静さを失い、急速に戦争へと突入していった。日本の台頭を阻止しようとした頑強な白人至上主義者達は、第二次世界大戦で日本を容赦なく打ちのめしたことで溜飲を下げた。今なおアメリカの著名人の中でも、平然とジャップを連発して謝罪しない者がいることも事実である。彼らにとって人間の自由と平等は白人の間だけの話であった。

　日本は植民地として属国になり下がることは避けられ、明治維新以降、富国強兵で西欧列強に対峙しうる軍国主義国家に発展し、中国、ロシアなどの大国に勝利し世界に存在感を誇示した。しかし、先の大戦の敗北によって、優秀な軍人を消耗品のように使い捨てる軍部の無策、有効な作戦立案能力の欠如、責任転嫁、隠避体質、情報把握能力の欠如、効果のない無謀な特攻、一般庶民にまで自決を強要して住民を見殺しにした無為無策の帝国陸海軍などすべてが、日本人の劣等性を全世界に如実に曝け出したのであった。

　第二次世界大戦で西洋列強からのアジアの解放という大東亜共栄圏構想を標榜して、日本は鬼畜米英を連呼して激しく非難して戦闘したが、敗戦を迎えると一転して欧米崇拝に変わった。敗戦後の日本は、原子爆弾を2発も落とした非人道的な国を批判するでもなく、アメリカの属国に安住し、何の理念もなく経済的発展のみを謳歌する奇妙な国になった。原水爆禁止を謳いながら、アメリカの核の傘に守られていることを不問に付し、何の矛盾も感じない日本の非論理的な国民性が見え隠れしている。さらに、武器輸出を禁止して平和国家を標榜しながら、金銭に糸目をつけずに欧米から最も高価な最新兵器を率先して購入しようとする矛盾に、厚顔無恥を決め込む不可解な国家になり果てている。

　また、敗戦による戦後の日本に植え付けられた白人に対する劣等意識は、卑屈なほどの白人崇拝となって現われている。在日米軍に対する思いやり予算や沖縄の基地問題などはその最たるもので、日本人は自国民に対して容赦なく厳しいが、西洋人にははっきりと物を言わずに対立を避けて、特別待遇や優遇措置を喜んでやりたがる。海外でも日本人は西洋人と対等で付き合えないという意識に悩まされているので、日本人同士で閉ざされた集団を形成してしまう。内部から改革が自発的に進行することは少なく、特に西洋からの批判や要望に

は過敏なほど反応し、西洋の意見を是として素直に受け入れてしまう。何事にも相手の言いなりにならずに論理的に反論し、自己主張して相手に自分の立場を納得させるだけの理論武装をしていないのである。

　島国日本は幕末の開国以来、外圧でしか国の改革に踏み出せない体質である。外圧を当てにして、西洋を模倣することで近代化しながら、実際は日本社会だけの理屈で生きているので、西洋から批判を受けると自虐的に非を認め、すべてを是として受け入れてしまう。戦略的で攻撃的な西洋の批判を、友愛に満ちた先進国の忠告として有り難く受け止めてしまうのである。視野が狭く閉鎖的な日本は、島国という有利な環境に守られてきたので、外敵に対する警戒や防衛意識が少なく、海外の西洋諸国を夢のような先進国として憧れてきた。外界に対して子供のようにナイーブである。はるか遠くの西洋を美化し、夢の国のような非日常的世界と崇め、自国よりも優れた素晴らしいものであるという幻想を今尚抱いているのである。したがって、日本人は海外、特に西洋で認められるとか、評価されたというと何よりもまして歓喜して安心する。同じ島国でもイギリスは、ローマ、アングロサクソン、ノルマンなどに征服された歴史的に苦い体験を持っている。イギリス人には海外に対する甘い夢のような期待はなく、まして自分より優れた人々という憧れはない。

　問題が生じると、すぐに相手の立場になり謝る日本人と、何がなんでも自己主張し自分の正当性を弁じて、絶対に謝らない西洋人の間には深い溝がある。相手との調和的友好が崩れそうになると、日本人はお互いが気まずくなる前に、ほとんど無意識に謝り、物腰低くして丁寧な言葉で友好関係を回復しようと努力する。これに対して、西洋人は絶対に自分から謝って非を認めたりしない。気まずくなっても相手の非難をものともせず、自己の正当性を主張して何処までもしぶとく対峙する。先の大戦で大敗すると、鬼畜米英と蔑視していた相手に態度を翻し、平身低頭して謝罪してアメリカ崇拝に走り属国になって平然としているのが日本人の厳然たる姿である。独善的なアメリカの核の傘にありながら、核廃絶を宣言し、非核三原則を標榜する国家であろうとする矛盾を何の抵抗もなく受け入れているのも日本人の嘆かわしい姿である。

　日本人には外国人に対する免疫性がない。特に西洋人、すなわち白人に対する必要以上の劣等意識は拭い難いものがある。特に第二次世界大戦の敗戦後、アメリカ崇拝と追従の気運の中で、社会組織でも生活文化でも日本古来のものが劣等な捨て去るべきものとされ、白人文化至上の価値観ですべてが支配されるようになった。日本の長い文化的伝統を無視して、アメリカ的価値観を模倣

してすべてを断定するに至った。西洋に対する劣等意識を吹き飛ばすような日本人としての自覚や主体性が、戦後の教育に欠落していたことも事実である。容姿や外観が白人に似て仲間入りできるというだけで喜んでしまう日本人がいることも事実である。白人風の骨格、スタイル、スピーチが優れたものとされ、歌でも映画でもすべて白人追従の価値観で占められている。自動車や化粧品の宣伝は日本人ではなく、白人のモデルを使うのが常識になっている。子供服でも白人の子供をコマーシャルに使えばよく売れるという数字が出ている。日本人は体格も顔のまるで異なった白人の真似をして、白人志向の美意識を満足させる。あらゆる分野で、日本人離れしたという言葉は、最高度の賞賛の表現になってしまっている。

　最近の女性は白人女性の顔に近づけるために整形手術さえ厭わない。あれほど日本女性を賛美したハーンが知れば何と言うだろう。固有の伝統を持つ日本人の美意識は、白人種のものとは根本的に違っていたはずである。日本女性は心優しく愛情こまやかだという評価は、ハーンの作品で強調されているが、今尚、西洋社会では定評となって生き続けている。しとやかで自己犠牲の精神で男に尽くすという評判の日本女性は、男尊女卑の日本社会で亭主関白の夫にどこまでも従順であった。西洋人は生け花や茶の湯などの異国情緒に浸りながら、着物を着た可憐で情の深い日本女性を期待する。西洋化した日本女性を見ても失望することなく、神秘的で幽玄な日本女性の魅力に惹かれ、海外から人々が夢の国の住人を探し求めて来日する。西洋を崇拝する日本に、海外から古い日本の神秘を求めて来日する人々がいることは、奇妙な矛盾と逆説に他ならない。男女平等や女性の自立が叫ばれている現在、自分を抑えて自己犠牲する日本女性は、自立せずにひたすら男の横暴に忍従する後進性を曝すと受け止められる一方で、異国情緒に溢れた夢の国の住人という受け止め方があると言える。自分で仕事を持って自活できないため、夫の理不尽な扱いにひたすら耐え忍ぶだけの卑屈な生きざまとされる一方で、優しく情が深い夢の国の美しい理想の女性として羨望の眼で崇められる存在ともなったのである。

　しかし、はっきり論理的にものを主張しない日本人は、西洋人の前では、自分の立ち位置を見失い、自己主張せず相手の意見を丸呑みし極めて従順である。日本人同士では西洋人について口をきわめて批判しても、仮に外国語に堪能であってもやはり西洋人の前では実に家来のようにおとなしくなってしまう。西洋人に対しては卑屈なほどに自文化を卑下してみせ、自分達の欠陥を自虐的に告白して相手の関心を惹こうとして、自己主張せず相手に追従し、西洋文化を

賞賛して大いに恩恵を受けていると感謝の言葉を羅列したがる。優越性を誇示する西洋人は、失敗しても簡単に人に謝ったりしないし、人に教えても人から教えられて感謝することは敗北だと思っている。日本人も西洋の傲慢さを批判して、間違いを指摘するのに臆病であった。西洋人は誰にでも例外なくルール破りには厳しく対処するにもかかわらず、日本人は特に白人には奇妙に劣等意識があって、日本人と同じように扱えず、規則違反に対して厳しく注意し拒絶することができず、やたらと親切である。このことは欧米社会では知れ渡っているので、日本に来る白人旅行者のほとんどが、今尚、傍若無人の振る舞いや横柄な態度で、日本文化や神社仏閣を見下すように観光する。キリスト教至上主義の洗礼を受けている西洋人の多くは、珍しくて奇妙な劣等のものを見るという顔で、日本の宗教施設や行事を眺めているのである。

3．西洋の論理と日本の論理

　日本では春夏秋冬の自然の変化があり、四季を通じて山河に美しい光景が見られる。降水や日照ともに恵まれているので、豊饒な土壌が形成され、人間と自然との共生を可能にし、豊かな農作物の収穫をもたらしてきた。これに対して、一般的に西欧では、日照時間が短く降雨量も少ない上に、川や海の水温も冷たいので、農作物も海産物も非常に乏しい。夏でも肌寒くなる西欧では、厳しい自然と何処までも対峙しなければならず、日本のように優しく自然に囲まれて生きるという生活感情がない。厳しい自然の西欧では、日本のように無邪気に自然の中で抱かれて生きることは死を意味する。また、島国日本と異なって、狭い大陸に多くの民族が隣接して、少ない食料を奪い合ってきた西欧では、領地の略奪と闘争が繰り返されてきた。したがって、西欧では人間不信を基盤とした自己防衛と理論武装が日常生活での習性となり、簡単に人を信用したり、謝ったりせず、常に自己主張の論理と疑惑と警戒の態度を忘れない。他民族と協調するために、自国の思想や文化が変わることは絶対に認めない西欧では、異文化や他民族に対しては自己防衛的に警戒して、自国文化を守るための理論武装に努め、自らの優越性を固く信じて疑わない。勿論、観光や貿易のために訪れる外国人は排除すべき敵でないことは当然である。激しい闘争と略奪の歴史を経てきた西欧では、移民や異人種に対する態度は警戒と攻撃であり、差別や偏見は非常に厳しいものである。常に周囲の他の人種や住民からの威嚇や攻撃に対して警戒する必要があり、国家としての武力のほかに、個人としての言

葉による自己防衛能力や理論武装は、白人至上の欧米社会で成功者として生き残る最低限の条件である。

　狭いヨーロッパ大陸に多くの民族が隣接し、何処からでも侵略出来る状況では、隣国は常に油断のならない脅威である。ゲルマン民族、ユーラシアの騎馬民族、ローマ帝国、十字軍遠征、宗教改革、オスマントルコなどが、ヨーロッパ大陸を舞台に戦闘略奪の限りを尽くす原因となり、さらに、歴史的に第二次世界大戦に至るまで、狭い土地の国境線は国家間の勢力関係でめまぐるしく変化した。このような歴史を背景にした西欧人は、他者に対する自己防御、警戒、疑惑、敵意を公然と表に出して生活する。長期間にわたる殺戮の繰り返しの中で、侵略者や征服者への憎しみと復讐心を抱いてきた結果、異文化に対する警戒心と自国文化の保存に第一義的な重要性を感じるようになった。歴史的に西欧諸国の町は、古くから隣接する町や国から侵略や略奪をされないように、堅牢な城壁で町を取り囲んだ都市国家のような独立した自衛組織であった。簡単には他者を認めないし、まして異文化を嬉々として受け入れて、自国文化を消滅させ自らのアイデンティティを失うことは、過去の歴史の辛い経験から、何よりも避けなければならないことである。

　西欧では、豊かな実りの豊作を約束するような生易しい自然ではないので、貧弱な自然に感謝するというよりも、何とかうまく利用して生きながらえる手段にするために奮闘努力する。日本のように豊かな自然と地震などの天災が同居することもないので、自然に対する畏敬の念が生まれることもない。対人関係でも熾烈な生存競争の歴史を辿ってきた人種の子孫なので、人間不信が骨身にしみて相手に騙されたり利用されないように常に警戒し、敵のすきを狙って攻撃するような闘争本能を臆面もなく前面に押し立てて生きていく。人間関係に優しさを求める者は、厳しい個人主義と攻撃的な社会で行き場を失い呆然とするのみである。

　このように、厳しい自然と容赦ない人間関係の西欧では、相手の優しい同情に期待しても、自己主張のない抜け殻のような人間として軽蔑され攻撃されてしまう。むしろ決然と立ち向かい、整然とした論理で理論武装して自己防衛すれば、相手は怯み油断できない者として存在を認めて一目置き、攻撃をやめて落ち着いた態度で対峙するようになる。西欧では歴史的に、異文化を受け入れることは、敗北であり征服されることを意味し、自らの文化の尊厳を放棄し、自民族の劣等性を認めたことになる。外国から攻められて征服された経験のない日本人は、見知らぬ者にでも親切で、異文化を何の警戒もなく受け入れてし

まう。何でも西洋の文物を取り入れて模倣して、日本風に改良してしまう日本人は、外国文化を受け入れるという屈辱的な被征服者の立場に陥った痛恨の経験を持たない。西洋の思想や文化を高尚なものと妄信して、何でも西洋の文献に精通していることが、日本の知識人や文化人の必要条件のようになっている。日本では、平身低頭して相手の同情を求めている人間を無慈悲に攻撃することはなく、必ず態度を和らげて人間関係の調和を保とうとする。極東の島国という地理的条件のため、元寇などの例外を除けば、歴史的に日本は周囲の異民族に攻められて征服されたことがない。戦国時代のような日本人同士の略奪や闘争はあったが、西欧のような民族間の熾烈な紛争と長期間にわたる残忍な戦争はなかったのである。

　産業革命の影響が経済活動全体に及ぶ19世紀中頃から後半ぐらいまでは、依然として貧弱な土壌で激しく働いて得た乏しい農産物によって、西洋の人々は何とか生き延びていた。多くの工場ができて、産業が盛んになり、資本主義が確立されるようになって、複雑で多様な社会組織が生まれた。このように、西洋では啓蒙思想を基盤としたフランス革命や産業革命の社会的変革の後に、自由と平等を標榜する時代思潮とともに、個人の自覚や自立という概念が個人主義という理念を生みだした。各種の社会変革の後、社会的にも経済的にも豊かになり個性尊重の考え方が定着し、多種多様の生き方が可能になってはじめて個人主義が生まれたのである。周囲を気にしながら集団に埋没するのではなく、周囲から批判され非難されても、微動だにせずに自己責任でわが道を行くのが個人主義の理想である。西洋でも無益に集団に逆らうことを好んでするわけではないが、個人主義社会では強烈な個性が基本で、集団に飲み込まれることを警戒し、自己主張を取り下げて相手に妥協したり従うことは、全面的な敗北を意味している。しかし、日本では相手に譲歩することは美徳とされる。自分を抑えて相手に適合して成功への道を辿る者が、社会から高い評価を受ける。絶えず日本人は集団の中で依存しあい、お互いに牽制し合って、小さな空間に協調的な集団を形成するのである。特にアメリカは訴訟社会で、問題が起こると示談や和解ではなく、どちらが正しいか白黒をつけたがるので、各種多様な弁護士が存在している。他方、日本人は物事をはっきりさせて、裁判沙汰やもめごとを起こすのを嫌うので、弁護士に頼らず調停和解を選択する。西洋では善悪の判断をはっきりつけたがるので、相手に妥協したり譲歩すれば、自分の悪を認める行為と受け止められる。したがって、一切和解せず徹底的に自分の正当性を主張して最後まで頑張るしかなく、示談や妥協は自滅的行為なのである。

西洋では所有権はどんな犠牲を払ってでも守るべきものである。地震や台風などの自然災害が少なく、戦争や詐欺や強奪以外で所有物を失うことがなかった西洋では、乏しい食料と遮るもの一つない平野にあって、民族間対立の中で土地や所有物は命をかけて守るべきものであった。異民族の憎悪や悪意から身を守り、激しい闘争の歴史の中ですべてを失っても、また生き抜いてきた強靭な生命力と懐疑的精神が、西洋では知の伝統として受け継がれている。台風や地震で突然すべてを失うような経験を積んできた日本人は、西洋人に比べて契約や権利に対する考えが甘く、物の所有に関して淡白であきらめが早い。西洋の石造りの家屋に対して、日本ではその場しのぎの木造の安普請住居である。紙で出来たふすまや障子には長期間の使用に耐えるという考えがない。

　しかし、来日したハーンは、日本家屋の窓の障子を開けて、松江の景色を眺め、障子に映し出された綺麗な物陰に神秘的な魅力を感じていた。西洋の堅牢な石造りの建造物と異なって、木造の日本家屋の障子や襖には、個人の権利やプライバシーを主張する空間を形成するという発想がない。それは壁やドアによる完全な遮断ではなく、襖は空気や気配を隣に感じさせ、障子は完全には光を遮断せずに、光を透かして見せる美しい影の世界を生みだし、微妙な空間の美を演出している。個人のプライバシーよりも全体の調和を重んじる日本人の生活の知恵なのである。

　集団主義の日本は恥の文化であり、絶えず周囲の眼を意識しながら生きていく。社会倫理としての恥の観念があり、自分勝手な自己主張を抑え、家の恥、村の恥、国の恥を従前に避けるような方策が穏便に取られてきた。しかし、近年、多額の裁判費用を支払ってでも、西洋的な権利の個人的主張を法律で主張して決着しようとする傾向も顕著になってきた。西洋は罪の文化であり、残酷で容赦のない厳しさでキリスト教教義が教え込まれて、とても寛容とはいえない宗教的な規範意識を強く植え付けられているので、常に自分の良心に問いかけながら生きていく。反面、旧約聖書の楽園追放以前の人間を理想としているので、西欧人は究極的には働かずにのんびりと生活を楽しむことを希求している。長い間、厳しい身分制度と容赦のない貧富の格差の中にあって、悠々自適で何もせずに楽園のような生活を続ける貴族や大富豪を、多くの大衆が羨望の眼差しで眺めてきたという歴史がある。厳しい封建制の身分制度の中で、額に汗して働く庶民は、神の罰を受けて煉獄の中にいるのに他ならず、誰にも非難されずに何もせずに遊んで暮らせる者こそ、神の祝福を受けた特別な人間であ

り、傑出した徳の持ち主に違いないという屈折した意識があった。王権や特権階級は神によって与えられたものであり、堂々と庶民を搾取し富と権力を振りかざし、贅沢な屋敷や庭園で財力を誇示し、金品を惜しげもなく浪費する遊興の人生を送って何も恥じることがないのである。したがって、今尚、人々はリゾート地などで昔の王侯貴族のようにのんびりとレジャーに遊んで暮らせる生活を理想としているのである。

　西洋の個人主義では、結婚問題でも相手の家柄や社会的地位に関係なく、また、親や親族の意見に左右されることなく、原則的には当事者同士の純粋な愛情だけで決定する姿勢を重視する。親子でも他者として捉え、必要以上にお互いに干渉しない西洋では、人の世話になることを極力抑えようとする。このような個人主義が定着するまでには長期間にわたる歴史的背景が必要であった。

　長らく厳しい自然環境の中で、民族間闘争に明け暮れた結果、西欧では生き残るための戦闘集団や運命共同体が存続し、親子や兄弟や夫婦という関係はあまり強固なものとしては発達しなかった。したがって、西欧の長い歴史において18世紀末頃までは、貧弱な土壌、平坦で無防備な土地、乏しい食料や住環境、不安定な民族の存続などのため、血縁だけが重視されることなく、家督は長男か実力者が継いで、残りは兄弟であろうと部下として雇われるか、他家へ使用人として出され、生涯結婚もせず下働きをしたのである。

　科学技術が発達するまでは、食料が恒常的に不足していたので、結婚も自由に許されたわけではなく、また子供の数まで意識的に抑えられた。結婚相手も身分や職業に呼応して決められた。社会的不安は政治経済全体に広がり、戦争や伝染病、食料不足と飢餓は日常的現実であり、悪い土壌では農耕は非常に低い生産性しかなかった。また、裕福な貴族や富裕層を除けば、一般庶民の親子がいつまでも同居出来るほど豊かではなかった。19世紀中頃になると、産業革命後の大工場の進出で多くの職場が提供されるようになり、一般大衆にも家族単位で暮らす経済的な基盤が持てるようになった。一般大衆が結婚可能な状況になってくると、貴族階級の愛人や妾といったふしだらで不道徳な生活態度に対する批判が高まり、真面目に愛だけが唯一の結婚の条件であるとする考え方が広まった。

　日本は豊かな農産物に恵まれていたので、家を受け継いで親子が数世代にもわたり同居し、村を中心として共同体が形成された。日本では血縁を強調する親子関係が大事にされるが、西欧では親子や兄弟よりも、運命を共にする他人と助け合って生きていこうとする意識が強い。親孝行などという考え方は存在

せず、むしろ親は子供を頼らないし、子供も早く親離れしようとする。

　また、集団や権力に依存する日本人は、名刺の肩書を重視する。有名大学や一流企業の名前を口にすれば、それ以上何も言わなくても相手の信用や尊敬を手にすることが出来ると固く信じている。西洋人は自分以外の組織名を振り回したり、本来忌むべきものである権力に擦り寄ったり、自分の権力でないものをちらつかせる人間を軽蔑しても尊敬はしない。自分の空虚を曝す言葉として受け止められる。生存競争や利害関係の厳しい歴史を辿ってきた西洋では、権力に対する考えがまるで違うのである。

　西洋に住む日本人のほとんどは、日本食を守り、地元の日本人と群れをなして生活しているので、日常的に白人と直接利害関係を持ちながら仕事をしている者は数少ない。言葉と人種の壁はそれほど厳しいものである。日本人でも西洋で通用しているのは、言葉や人種の壁を超越した分野、すなわち、スポーツ、ファッション、音楽、絵画など競技や芸術の世界である。国内で日本人同士の議論に白熱しても、白人と対峙して論戦を挑むと寡黙に転じるので、海外に向けてはっきりと意見を言える人は非常に少ないのが現状である。また、従来から日本の情報を海外へ積極的に発信するネットワークを発達させなかった閉鎖性も、日本人の内弁慶の一因である。間違いや無知を指摘して論戦を挑むよりも、とりあえず友好な人間関係の維持に腐心して、はっきりものを言うことを嫌い、対立を避けて全体の調和を重視する日本人は、白黒をはっきりさせ、論理的に物を言う西洋人を畏敬の眼差しで見つめる。日本の政治家も官僚も議論や説明において都合が悪くなると、一般の国民には理解不能のカタカナ英語を連発して急場をしのごうとする。とにかく、問題の本質を隠蔽し、議論を避けて、建前だけの結論で臭いものに蓋をするという手法で切り抜けようとする。これに対して、厳しい国際社会の中でお互いに牽制し合って利害を守ってきた西洋人は、もっと図太く、孤立化や非難を恐れずに、あくまでも自分の主義主張に固執する。なぜなら、安易に相手の意見を認めたり謝ったりすることは、自らの敗北を意味し、自分の存在そのものを失うことになるからだ。

　西洋では、何処までも食い下がり、相手に油断できない奴だと一目を置かせることこそ、生き残るための生存原理である。西洋人は威嚇や脅迫に常に対処できるだけの自己防衛と攻撃性を遺伝子的に受け継いでいる。民族問題や宗教問題で理論武装する必要に迫られたことのない日本人は、厳しい論争や自己の正当性の証明という問題意識を育成してこなかった。日本人は非難されたり孤立化することを何よりも恐れ、常に人目を気にしながら生きている。日本では

他と協調せずに自己主張ばかりして理屈っぽい人間は敬遠され、自分を出さず相手に合わせる人を素直な人物だとか、人と調和して適応する者を人格者だと評価する傾向が強い。むしろ何も言わず、時間がたって問題が鎮静化するのを待つので、論理的に考察して相手と対峙するという知的風土や伝統が欠落してきたのである。世界に経済大国として参入した日本は、今後日本の文化、歴史、風土などに関して自己発信して説明能力を持たねばならない。日本文化に無知な西洋人から見れば、あばら家のような小さな木造の家の中で、紙の襖や障子の部屋でわらの畳に布団を敷いて寝る姿は、全く貧弱で劣悪な劣等民族の生活としか思えない。

　しかし、自然と調和した日本の木造家屋の町並みは、自然を受け入れ人間に安らぎを与えるが、近代文明を謳歌する西洋の巨大都市は、功利的論理と組織的秩序と科学的法則で設計された人工の造形物である。一切の無駄を許さない合理主義的精神の肥大化は、自然的原理から遊離した膨大な質量の人工建造物を造りだし、実利主義的な耐久性と貪欲な物欲主義を誇る不気味な容貌を誇示している。人間を威圧するような巨大な高層建造物は、熾烈な競争社会の非情の原理の象徴となり、排他的な圧迫感で周囲に聳えて恐怖の対象にさえなる。さらに、大都会の裏通りの醜悪な路地の陰に存在する不気味な町並みは、競争社会の敗残者たちの不吉な宿命を孕み、呻吟し苦悶するスラムは犯罪の温床となる極悪非道の暗黒街を生み出す。

　キリスト教と神道の宗教施設を比較すれば、西洋の大伽藍の巨大な質量と耐久性、石造りの建物の壮大で堅牢な構造に対して、何の塗装も彫刻もしない白木の構造物で、中が質素な祭壇以外何もない虚空の日本の神社は全く異なった文化と理念を現している。また、粗末な木造の小屋のような日本の庶民の家屋は、安普請で一時しのぎ的な構造であるが、物欲に固執せずに何時でも引っ越し、立て替え可能という古来からの伝統的な処世の知恵でもあり、貧しいながらも自由自在の発想で生活を楽しみ、恒久的な所有権に拘らないという柔軟性を持っている。最近日本でも西洋風の立派な家や高層建築が都市部を中心に増えているが、都市の大部分を構成する一般庶民の街並みが、あづま屋風のウサギ小屋のような小さな家屋や安アパートで占められていることは今でも変わらない。東西比較の観点から住宅の特性を見ても、西洋文化の巨大な物量と華麗な装飾と恒久的な耐久性への巨視的志向に対して、簡素で風流な意匠の家屋で軽妙と弱小の空間を微視的に探求する繊細な日本文化がある。

　明治期の日本における西洋文化摂取の表層と深層の矛盾に眼を向けたハーン

の慧眼は、近代化後21世紀を迎えた現代日本の歪な風景を透視していた。人口増大、国土開発、全土にわたる交通網、物質的繁栄にもかかわらず、多くの日本人は依然として粗末で貧弱な掘っ建て小屋のような住環境に甘んじている。地方の人口の流出を加速させ農村を破壊させた大都会への人口集中は、狭いマンションの居住空間に人々を押し込め、過密な集団的居住の急増によって生活環境はますます小型化し矮小化の一途を辿っている。深刻化する地方の過疎化と少子化にもかかわらず、世界で最も人口の集中する大都市東京を生みだし、最も混雑した首都を持つ国となった。日本は都市部において慢性的な空間の不足に悩まされ、公団住宅の居住面積の多くは今でも欧米のアパートの一室ぐらいの大きさに匹敵する。現代日本の大都市に見られる多くのワンルームマンションは、空間的に少ない面積によって、視野や知識の限界を招来し、精神的に狭量でゆとりのない現代日本人を多数生みだし、矮小化を特質とする日本文化の精神構造の負の部分を端的に露呈している。しかし、ハーンは日本文化の微視的性格や矮小化された側面に惹かれた。その繊細な感受性は西洋的価値観からは隔絶した世界を現していた。すべてが西洋的思考とは正反対に流れる思想と感情の成果が構築されていたのである。

　西洋の大伽藍に対する弱小の白木の神社、巨大産業に対する家内零細工業、壮大な歌唱を中心としたオペラに対する芸人の細かい腹芸、耐久力に優れた煉瓦石造りに対する一時しのぎ的な木造の粗末な小屋、永続性に対する一過性、論理的秩序に対する感情的柔軟さなど、東西比較文化的観点から見れば、西欧に対峙する日本文化の特質は、矮小的な傾向を持ちながら、西洋的論理を超越した超自然的特質や風流な優美さを持っている。

　西洋社会は石造りを基本とした耐久的美観や恒久的施設を構築し、さらに近代まで科学的論理と功利的合理性の世界を追求してきた。これに対して、木造や藁葺き家屋や土壁の粋な作り、襖や障子や民芸品のつかの間の美、鄙びた東屋、一時的なしのぎとしての長屋のような家屋などに見られるように、日本は独自の侘びや寂の美の世界を繊細な感性で構築する力量と技量を併せ持ち、西欧とは正反対の価値観で家屋や調度品を作り出してきたことにハーンは注目した。一時的な間に合わせの妙やその場しのぎ臨機応変の技巧こそ、日本本来の美意識の真骨頂だと彼は考えた。それは歴史的にも世界のあらゆる芸術文化の中でも極めてユニークな美的世界に他ならず、日本独自の審美意識であり価値観であるという事実をハーンは西洋に紹介しようとしたのである。

　このように、日本では住宅も民芸品も特に恒久的な永続性や耐久性は念頭に

なく、わらじや着物、割り箸や障子、畳やふすまなどは、長持ちするよりもその場しのぎの臨機応変の身軽さを目的として考えられている。日本文化の本質はふろしきのような手軽さと柔軟性を示しており、自由闊達で流動的な発想と臨機応変の処世術を内包している。定住する農耕民族としての日本人の伝統的な通念よりも、ハーンは日本人の非持続性への志向を看取し、庶民の生活の知恵の中に、軽妙洒脱な生き方で物事に拘らず手軽に移動し、いつでも取り替えのきく自由な融通性を認めた。むしろ民族の集団的意識の拘束に縛られているのは、歴史的に激しい民族間闘争に晒されてきた西洋の庶民であり、容赦ない身分制度と近代産業機構が、歴然たる貧富の格差と不自由な制約を西洋の庶民に押しつけてきたとハーンは考えた。

　西洋人は恒久的な財産や土地に固執し、さらに、競争社会に生き残るために、自己の権利や利害を何処までも主張して、獲得した物量や勝者の論理を信奉して事物の即物的価値の永続性に拘る。しかし、古来より日本人は利己主義的自我よりも諦観や解脱に繋がる無我の精神に積極的な価値を見出してきた。自己主張や事物や土地の所有に固執しない日本の庶民のおおらかな性格は、集団主義社会の利他的精神で互いの融和を図り、利害対立を巧妙に避けながら、地域で定住を志向する農耕民族の特質を現わしている。神社仏閣での諸行無常の教え、庶民の粗末な家屋のその場しのぎの構造、激しい気候の変化や災害に機敏に対応した臨機応変の生活様式、繊細な自然環境の変化に敏感に対応する庶民などは、自然の中で流動する天変地異の中で、生き延びていこうとする日本の伝統文化の本質を如実に示している。

　19歳でほとんど無一文同然で単身渡米したハーンは、ニューヨークで西洋文明社会の非情な競争原理と大都会の貪欲な商業主義と路地裏に隠された悪魔的な不道徳を戦慄と共に体験していた。西洋社会の熾烈な競争原理と大都会の腐敗と非情さを目撃してきたハーンにとって、素朴で脆弱な日本の木造家屋の街並みは、今までに体験したことのない夢の国のような人間的な温もりと共感と安らぎを醸し出していた。わびとさびを標榜する日本文化の繊細さと弱小さが、西洋的価値観とは隔絶したもののあわれの美意識を生みだし、優美な気品さえ漂わせる独自の世界観を構築していた。一方、西洋社会の過酷な競争原理と無機質で機械的な論理の秩序によって、巨大な利潤を追求する高層建造物の大都会は、情け容赦のない生存競争に明け暮れ、人々に救いや安らぎを与えない煉獄を生みだしていた。ハーンは大都会の合理主義、資本主義、数量万能主義に、冷徹な西洋文明の拝金主義を実感し、近代産業社会の非人間的な物質主義とい

う非情な現実を透視していた。

　西洋文明が熾烈な競争社会の中で、独力で生き抜くための明確な個我を保持しようとするのに対して、過激な競争を嫌う日本の集団主義社会では、伝統的に利己的個我を抑制する協調や融和を志向し、全体のためには直観的に自己犠牲して無私の境地で奉仕するという根強い傾向を持っている。合理主義と科学万能主義を信奉する競争社会で、明確に個我の存在を主張し巨大な利潤を追求する西洋世界に対し、弱小なものへの繊細な感性やものの哀れや無我の境地を追求するのが日本の伝統文化である。西洋文明の膨大な学識と巨大な資本と物量の社会は、飽くなき物欲への追求に際限なくエネルギーを費やし、壮大な進歩の理念と熾烈な生存競争という矛盾を孕んだ混沌と恐怖の近代都市を生みだした。伝統的な日本文化は、協調と融合を社会的原理として、個人的利益の追求よりは無欲に徹し、煩悩の儚さを諦観の中で眺め、軽妙で風雅、洒脱、わびとさびのような独自の美意識の世界観を生んだ。西洋社会が巨大な都市文明の構築によって進歩の理念の壮大さと熾烈な競争原理の恐怖という非情の連鎖を繰り返すのに対して、日本文化は弱小なものの哀れと無我の境地を志向して、ささやかで質素な日常性の中で繊細な美意識を育み、貧困の中でも足るを知るという精神で生活の知恵を発達させたのである。

　ハーンは西洋文明を壮大な論理と際限のない物欲と腐敗という構図で把握し、古典的な調和と均整というような美的世界ではなく、壮大さと恐怖の錯綜した混沌の世界と考えた。調和と均整という古典的世界観や価値判断から離れ、巨視的な西洋の混沌と微視的な東洋の洒脱を美意識で眺めるロマン主義的な感性によって、多極的で複雑な思考様式を確立し、彼は独自に先駆的な比較文化研究の観点を会得した。このような反対感情併存や矛盾的対立を止揚する柔軟な感性で複雑な思考を行ったハーンは、日本文化の軽妙さや弱小さ、わびやさびの伝統、無我の境地などに、他の外国人とは異なって心から同感して接し、その精髄を把握して日本人のように理解しようとした。ハーンの複雑な感性と鋭敏な洞察力から生まれる認識は、圧倒的な質量の巨視的な西洋文明に対して、素朴で微視的な日本文化の特質を見事に捉え、自我を無に帰する自己抑制や自己否定に非西洋の世界を見出し、没我や諦観の処世観に西洋的論理の及び知らぬ清新な価値観を発見したのである。

　長い封建制度下で庶民の素朴な生活の知恵から生まれた日本文化の特質は、世界でも類のない無の思想やわびとさびの美意識の創造であり、諦観を伴った人生観や解脱の心境に他ならない。周囲との調和を心がける日本人は、過激な

競争や露骨な欲望の追求を避け、独特の郷愁の念の入り混じった美意識と共に無我とわびさびの境地に駆り立てられる。無我とわびさびの境地は、虚飾や自惚れを排し、簡素で枯淡の味わいを生みだし、華美に流されず閑寂の趣を抱くもので、騒然たる時流から超絶した孤高の精神や、富や権力に迎合しない高貴な魂を現すものである。小さなあづま屋のような粗末な部屋で生活する日本人の質素な人生観は、貧しい環境の中でも風流を楽しみ、足るを知る無欲の心境と質素で風雅な信条を生んだ。巨大な物量を誇る西洋文明の物質主義の洗礼を受けて贅沢と安逸に憧れても、無やわびさびへの止むことのない精神的志向性は、日本人の知的活動や思考を豊かで独創的なものにした。そして、自然と人間との密接な関係を日常性の中で宗教的瞑想と共に受け入れ、足るを知る心の豊かさと自然に囲まれた生活に安らぐという独自の精神世界を構築した。脆弱な生活基盤と物質的貧困という悲惨な現実を無の思想という崇高な精神に昇華したのは、日本人の生みだした文化の特質に他ならない。一般庶民の生活感情の中で、人々は矮小さを風流に転化し、弱小さを軽妙さや優雅に転換しているのであり、洒脱な民芸には露骨な利己的物欲を抑止する高潔な精神性が含蓄されているのである。このような日本の繊細な民芸品とハーンとの出会いは運命的な因縁のようでもある。アメリカ時代に産業博覧会に出品された日本の民芸品をはじめて見た時のハーンの深い感銘が、必然的に日本へと駆り立てる消しがたい探究心を彼に植え付けたのである。

4．東西の労働と教育

　共同作業を必要とする農耕民族の日本人の行動原理は集団主義であり、自己決定はまず所属する集団の意向を確かめて、その動向に合わせて慎重になされる。日本では根回しや腹芸が大きな意味を持つ社会を形成している。本音と建前を巧妙に使い分けながら、謙遜して周囲との調和をはかり、無闇に自己主張して集団と対立し、一人孤立して村八分になることを何よりも恐れる。西欧でも農耕、牧畜、狩猟などは村落を中心に共同で営まれていたので、西欧に共同の精神が存在しなかったことはない。しかし、産業革命以降、大工業生産によって、農村の破壊と人口の都市集中が生じた。小さな家内工業も農村も多くが消滅して、都市部の大工場に多くの人々が集中して雇用され、伝統的な職人や農夫の身分を失い、同時に牧歌的な共同の精神を喪失することになった。

　大量生産のための膨大な労働力は、労働賃金による貨幣価値に換算されて、

家畜同然にこき使われるようになった。工場周辺には低賃金に喘ぐ貧民が、スラムを形成し社会問題化するようになった。巨額な利潤追求の資本主義の下で、個人の尊厳は失われ、すべての人々が無名のいつでも処分される労力として処理された。この時から、西欧の庶民は共同の妥協や譲歩の精神が生活の基盤そのものを危うくすることを知った。産業革命以降、工場労働者や社員はいつでも取り換えられる消耗品扱いであり、長時間労働しても資本家によって賃金は出来るだけ引き下げられ、搾取される労働貧民が生まれた。消耗品扱いでいつでも無情に首切りをする会社や工場に従業員は何の愛着も持たない。さらに、集団としての会社や工場への愛着や忠誠心は、厳しい労使関係の利害対立から、無視され否定されるので、むしろ企業は憎しみや怒りの対象である。貧困は社会問題化し、労働条件や児童福祉、教育と環境などの改善という問題が注目されるようになり、団体交渉して労働者の権利を守り、公共の福祉を発展させるという考え方が生まれた。

　西洋では労働組合が徐々に強くなり、勤続年数に応じて労賃や休暇等の条件がすべて決められるので、企業は労働条件にしたがって雇用し、違反すれば訴えられたり、多額の損害賠償のために倒産するようになった。企業家も法律で規定された範囲で決められたことだけ考慮するのみで、思いやりやねぎらいの心で、従業員の雇用の改善や福祉の向上を必要以上に図ったりしない。また、従業員は会社に平身低頭して奉仕しなくても、すべて法律で決められ守られているので、自分が一生を捧げて勤務するという忠誠心もない。時間を気にしながら機械的に仕事をして、なるべく早く家に帰って自分の生活を楽しむのである。

　ごく一部の者を除けば、すべての従業員は取り換え可能な消耗品扱いをされるので、雇用契約で決められた仕事以外に従事することを拒絶し、就労時間が過ぎれば一刻も早く仕事から解放されようとする。西洋では日本のように会社のために家庭を犠牲にする会社人間は存在しない。会社や工場の仕事に人生の生きがいを感じる者は稀である。家族や自分が生きていくために働くだけと割り切っていて、むしろ休暇や趣味や家族との生活に生きがいを感じる。仕事から解放されて家族や友人とくつろいで語り合う時になってはじめて、彼らは人間としての尊厳を回復し、一人の独立した人間として考え感じることが出来るのである。

　結局、経営者の企業倫理のあり方が最も問題視されねばならない。イギリスのある観光地のスーパーでは５時ごろには店を閉め、閉店時間前になると、店

内の照明を半分くらい切って暗くして、客を追い出すようにして店から締め出す。売ってやるという傲慢な感覚があり、日本のように客に頭を下げたり、「有難うございました。また、来店ください」などという店員はいない。卑屈に頭を下げて他人に奉仕する仕事は、人間として最低の労働だと思っている。西欧の他の観光地のレストランでも、1時が過ぎて客のピークが過ぎたと判断すると、店主は店員を帰して早々と店を閉め、入りかけた客でも容赦なく店から締め出す。歴史的に食料や物品に困窮して奪い合ってきた西欧では、少ない商品を売ってやるという感覚であり、買ってもらうために頭を下げてお願いするという意識はない。恐らく、スーパーでは売り上げを伸ばしても給料は同じで、契約条件で働くだけで、何処で首切りに遭うか分からないので店に尽くすということをしない。

　しかし、一方、アメリカのホテルやレストランなどのサービス産業では、個人の出来高払いの雇用契約で、ウェイターなどはチップだけで生活している者が多いため、働きが悪いと平気で首を切られるので必死に客にサービスをする。アメリカではヨーロッパのような封建的身分制度がなかったので、むしろ職業意識に徹したプロが歓迎される。収入をたかめるために、客に頭を下げて仕事をするのに何の抵抗もない。階級意識は希薄なので、それぞれの職業でベストを尽くして収入を上げる。しかし、やはり職場に対する忠誠心は薄く、あくまでも個人として仕事にプロ意識を持つのであり、年俸制や歩合制や成果主義が徹底しているので、良い雇用条件の職場が見つかれば、すぐに職場を変える。アメリカはヨーロッパよりもっと厳しい実力主義の競争社会である。絶えずやめたり、やめさせられたりを繰り返し、有能であっても突然、解雇される場合もある。不安を抱えながら、よりよい職場を求めて、自分の力だけで様々な企業を渡り歩くのである。

　成長期をすぎて成熟期に入った西洋では、かつての日本のように働くこと自体に意義を見つけ出すことなく、なるべく必要以上に働かず、趣味やスポーツに夢中になり、家族で余暇を楽しむことに生きがいを感じるようになった。西洋を模倣して自分達の市場を荒らす働き蜂のような日本人には、西洋人達は劣等な有色人種といわんばかりに冷やかな視線を浴びせ、理解しがたい異様な島国として批判の眼を向け、自分達の価値観の優位性を誇示してきた。西洋人にとって、日本や中国は日常的意識の外側にあり、ヨーロッパが常に世界の中心である。世界を席巻した発明や発見はすべて西洋人によってなされ、西洋の言語やキリスト教が世界最高の人類の知恵だと彼らは固く確信しているのである。

日本では中小企業を中心に日本型経営が長い間行われ、家族的な雰囲気を重視し、冷たい労使関係という敵意と不信の対立ではなく、人間らしい職場で仕事に生きがいを感じるような配慮がなされてきた。しかし、近年、日本企業でも従来の相互信頼による年功序列や終身雇用を廃止して、市場原理に基づく西洋型経営を取り入れて、効率、評価、年俸制などを導入するようになって、能力主義や成果主義に起因する西洋型の社会問題が噴出するようになった。

　日本では豊富な海産資源や農産物のために、江戸時代から物流が盛んで、商人が販売競争のためにさまざまな工夫をしてきた。このような豊かな経済的環境の中で、社会全体に一般庶民への教育の機運が生まれてきた。江戸時代の庶民への教育は、日本各地の寺子屋で僧侶などによって自発的に行われるようになった。多くの子どもを集めて、読み書きを基礎にして、身分に応じた職業訓練や地域の歴史や文化などが教えられた。商人の店員に対する顧客サービスの指導も徹底して行われ、その精神は現在の商店にも受け継がれている。日本では常に上司が部下を責任を持って指導する。西洋では上から目線で支配されることを好まず、卑劣な権力に屈服する堕落した人間とみなす。西洋では権力に忠誠を尽くして裏切られ続けてきた歴史を持っているので、権力は悪であり依存すれば自滅すると警戒し、建前でも対等の関係を維持しようとする。したがって、上下関係に屈従して指導されて学び、経験を積むような信頼関係は築かれにくい。しかし、日本の教育が学校でも家庭でも生徒をいつまでも子供扱いして過保護なのに対して、西洋では子供は小さな大人という感覚で、あくまでも対等の関係で教育しようとし、子供の自主性や個性を最大限に尊重する。

　日本では漢字の教育に大変な労力を強いられ、小学校でも低学年用と高学年用などに細かく細分化して教えられている。したがって、もっと高度な読解力の才能がある子供でも、学年の制限以上に漢字力や国語力を身につけられない。また、教師も親も全体的な科目のバランスを重視して、必要以上に特定の分野に子供が熱中することを損得の判断でやめさせる。アメリカではアルファベットの組み合わせの英語なので、学習意欲があれば何処までも難しい単語を自由に学習できる。親も教師も子供の個性を尊重して、何処までも子供の個性的な学習を奨励する。

　ほぼ全員が現役で入学し、同じ年齢の学生が４年間同じクラスで同じように学習する日本の大学に比べて、西洋の大学では、様々な年齢や人種の学生が、結婚や離婚や失業などの様々な障壁を乗り越えて、新たに社会参加できるように大学で必死になって勉学している。学生に対して温情主義で接し、よほどの

ことがない限り全員を同じように卒業させる日本の大学に対して、アメリカなどの大学では、厳しい試験や査定によってクラスの半数近くが落第になることも珍しくない。子供っぽい学生に装飾的な教育を無益に与えている日本の大学の形骸化に対して、アメリカの大学では研究と教育の両面で実利主義に徹し、学生達は常に大人として社会参加をする社会意識や職業意識を持って勉学に努めている。

　多少の例外はあっても、学生全員が親の金銭的援助を受けて入学し、親も自分のことのように子供の進学に干渉する日本に比べれば、西洋の学生は自立自活しながら勉学し、学歴自体が目的ではなく、はっきりとした職業意識や学習目標を持って入学している。また、一度入学したら、希望とは異なっていても、同じ大学に４年間通い続けて卒業せざるをえない日本の大学に対して、西洋の大学では、希望の研究のために他大学へ移ることが比較的に容易である。日本の大学は比較的に閉鎖的で、上下関係が厳しく独創的な研究を出しにくいとされている。明治期の東京帝国大学で教鞭を執ったハーンは、いち早く日本の大学の装飾的傾向を指摘し、無気力学生の増加と教育の形骸化に警鐘を鳴らしている。独創性は常に時代に先んじ、時の主流に外れて異端者的存在に甘んじ、周りから批判されたり無視されても、厳然たる態度で自説を説き続ける者にしか生まれない。この様な型破りの独創性を発揮する人を賞賛する気風が西洋にはある。日本では村八分のような人物を、たとえ認められたとしても賞賛する空気は薄い。日本では企業の発明や特許でも、個人の業績よりはプロジェクトチームの手柄として評価する傾向が強い。たとえ特定の人物の成果であっても、それを突出して主張したり、個人的権利の保全を求めることを潔しとしない社会的風潮がある。会社にも個人の独創性や権利を認めようとする姿勢が希薄である。個人主義を嫌う日本の集団主義の無個性や画一性はここでも発揮される。自己主張や自己宣伝を嫌う日本人は、常に自分ではなく集団やグループのお陰という言い方を好む。どれほど自分が辛い努力を積み重ねた成果でも、上司のお世話ですとか、会社の命令で従事して幸運にも結果が出たとか、流れの中で運よく、思わぬ報償を頂いたという言い方をするのである。

　しかし、日本の集団主義の自己滅却や謙譲の精神に、熾烈な競争原理だけの非情な西洋社会を凌ぐ高度な倫理観を洞察したハーンは、キリスト教の教会組織や近代産業組織による非人間的な西洋の論理を糾弾し、むしろ宗教的な意味においても、利他的な愛や自己犠牲的愛が日本の庶民の日常生活に現存することを認識した。さらに、無意識的に何の打算もなしに行われる無償の行為に示

された日本人の崇高な感情に彼は感嘆し、西洋文明社会が到達し得なかった倫理意識と繊細な美意識を解明しようとした。

　また、日本古来の文化の諸領域を民俗学的に考察したハーンは、厳しい競争社会から生まれた西洋の個人主義とは隔絶した平和な日本の集団意識や自己抑制の精神、自然にとけ込んだ繊細で軽妙洒脱な工芸品などに強い関心を抱いた。日本人の共同体意識や自己犠牲の精神の源泉として、先祖崇拝を中心とした家の観念、その背景に存在する日本古来の神道的な宗教感情、外来仏教の教義や儀式の影響、神道と仏教の共存と相互作用による日本人の精神性の確立、特に自然へのアニミズム的な宗教感情と独自の倫理観などをハーンは丹念に調査して、最晩年の労作『日本』として纏めたのである。

　ハーンの鋭敏な観察力は日本女性の美質にまで及び、日本人が見過ごしてる日常性でのさりげない美徳、西洋化の中で捨て去ろうとしている古来からの洗練された様式美と道徳感情、愛の理念としての神仏の和合の精神などに心から共感している。彼は日本の日常的習慣や家庭内の宗教や躾けの観察に止まらず、アメリカ時代に身に付けた取材方法を活用して、社会の底辺に生きる名もなき庶民の生態に迫り、芸者や旅芸人の悲哀まで描いて、具体的な人生の実相を把握しようとした。母性への憧憬、下層階級への共感、審美的感性などから、ハーンは非キリスト教的な神道や仏教に宗教的考察を向け、さらに、新旧日本の対立の相という精神的眺望から、単なる世俗性や時事性の次元を超越した人間の普遍的な側面を捉えようとした。

　彼は日本の近代化を不可避な時代の趨勢と認識しながらも、あえて新日本を否定して、旧日本の伝統文化に日本民族の不変の価値を見出していた。単に神国日本の幻想をロマン主義的想像力で偏愛したわけでなく、異文化理解の文学者として日本に対する深い理解をもって、ハーンは日本の精髄を想像力で読み解き作品化した。彼の日本での一連の著作は明治日本の風俗を伝える貴重な資料であり、単なる異国情緒趣味を超えた普遍的な人間愛で異文化を受容し、伝統文化こそ永遠に保持すべき民族のアイデンティティに他ならないことを説いている。

　明治日本の急激な西洋化を目撃したハーンは、こんな美しい日本の心があるというのに、なぜ日本人は西洋の猿真似を無反省に繰り返すのかと常に問い続けていた。欧米により開国を迫られ、列強に対峙して富国強兵に努め、日清・日露の戦争に勝利し、第一次大戦でも戦勝国となったため、軍国日本の国民は勝利の美酒に酔っていた。そして、ハーンが危惧したように、文民統制を失っ

た軍部の独走により、第二次世界大戦での破滅的な結末を迎えることになる。

　しかし、敗戦後アメリカの属国化を受け入れ、西洋追随思想が進んだ現代日本でも、依然として日本の伝統的な体質は残り、アメリカほどには訴訟社会ではないし、市場原理だけの過酷な競争を是とするのではなく、古来からの譲り合いの精神を再認識し、調和と融和の社会を大切にしようとしている。互助の精神、諦観の美徳、愛想の良い商人たちなどに、古き良き日本の面影は今尚消え去らずに残っている。西洋に学ぶために欧米へ渡航していた明治維新以降、列強と対峙して軍国として覇権を争って繰り返し戦争を行い、先の大戦で致命的な大敗を喫して後、アメリカ崇拝の国家として日本では西洋追随の促進を唯一の使命と考えている文化人や学者が今尚多く存在している。日本では高等教育においても、我が国独自の精神史に深くかかわり、古来からの知的伝統と悠久の歴史を受け継いでいる仏教系大学は、誇るべき知識の殿堂であるにもかかわらず、後発のキリスト教系大学よりも世間的には評価が低く、いわゆる偏差値では後塵を拝する結果となっている。このような状況の中で、欧米至上主義の西洋人の一方的な日本論や日本批判に対して、真正面から反論し日本のアイデンティティを主張できる研究者はほとんどいない。すなわち、西洋の学者の太鼓持ちのような日本の学者が多いのである。西洋崇拝で西洋の理論を鵜呑みする研究者は、ひたすら西洋人に同化することだけを願い、西洋の研究書の日本語訳を懸命に読破するのみで、西洋の日本批判に反駁するだけの日本に関する見識を持ち合わせていない。日本の西洋文化や文学の研究は、西洋人の言うように感じ考えねばならないという愚かな弊害に縛られている傾向が随所に散見されるのである。

　夏目漱石も英国留学で、西洋のものが何でも優れているという日本人の欧米崇拝は、日本の劣等性を強調するばかりで国益にも反する愚かなことだと痛感している。特に、最近のアメリカ崇拝は、敗戦後の日本の劣等意識を如実に示しているが、すべて西洋のものは新しくて進歩的なものと無批判に受け入れることの危険性は、すでに明治期にハーンがいち早く警鐘を鳴らしたことであった。先進の西洋と後進の東洋という単純化された図式にもかかわらず、ハーンはむしろ東洋の心に西洋を凌駕する倫理的で超絶的な要素を数多く発見したのであった。

　西洋社会の冷徹な競争原理の非情な論理は、物質的欲望を掻き立て数量的利潤や効率だけを追求し、利己的な個人主義の蔓延を助長するばかりで、日本社会古来の無私の気高い倫理や自己犠牲の道徳意識の敵であり、共同体形成に不

可欠な調和と協調の精神や公共の福祉への人間教育を阻害するものであった。世界に誇るべき日本女性の美質を高く評価して、ハーンは東西文化の軋轢から日本文化が超然としていることを願い、日本の将来は古来からの伝統文化の保持や神仏混淆の宗教観に基づいた人間教育の確立に委ねられると説いた。日本政府の近代化政策による国家樹立の理念が、西洋の利己的な個人主義や非情な論理に基づく物質文明への信仰でなく、人間社会に対する献身的な倫理や豊かな道徳意識に基づかねばならないと彼は力説した。すなわち、古来からの日本の社会の伝統は、相互扶助の理念に共同体としての基盤を置き、人が他人のために尽くすことを躊躇わず、各人が他のあらゆる人のために献身的に貢献することを前提に組織全体が成り立っている。利己的な個人主義を否定するような献身的な利他主義の行為が、真の共同体社会成立の根本的原理である。しかし、近代資本主義や産業機構が発達し、際限無い物欲と利潤を追い求める熾烈な競争社会が過熱するにつれて、このような調和と融和の人間愛に基づく基本的理念が教育されることはなくなった。今後再び、豊かな共同体社会樹立のための人間教育を回復しなければ、世界に誇る伝統文化を有する日本の真の国家実現や独創的な文化創造も不可能である。欧米型の極端な利己的個人主義や過当競争は、適切な社会環境の維持と人間教育にとって許し難い敵である。このような利己的な物質的欲望を抑止しながら、献身的行為や無私の精神を奨励する利他的理念を共同体社会樹立のために実現することこそ肝要である。

　日本人が西洋的論理や美意識を深く探究すればするほど、西洋の価値観に反感を抱くようになるとハーンは警告した。明治時代の西洋文明受容の功罪は、今なお古くて新しい日本のアイデンティティに関わる重要な問題である。西洋を表層的に模倣する行為は、生半可な改革と教育を誘発するものであり、日本民族の最良の知性は、西洋文化を無条件に受容して西洋的価値観に支配されることに対して頑強に反対するだろうと彼は論じた。日本と西洋の美意識や価値観の最も大きな相違は、女性の官能美に関する意識や感情に見られる。ルネッサンス期のギリシア・ローマの女性像を鑑賞する場合の美意識は、西洋人と日本人では同じではない。西洋と日本の間では、愛や肉体に対する感性に大きな隔たりがある。西洋では愛や肉体に対して洗練された美意識を持っており、恋愛表現ではキスや抱擁で女性崇拝を臆面もなく人前でさらけ出す。

　これに対して、日本では愛や肉体は仏教的な煩悩として捉えられ、肉体的魅力に取り付かれる耽溺を恥ずべき迷いと考える。したがって、古来日本では女性を人前で賛美することは暗黙のうちに禁じられた。西洋人のように公然と妻

子への愛情を人前でさらけ出し、家庭生活の私的な出来事を社交の場で公表することは、礼節を守る日本の教養人には恥ずべき行いである。このような愛に対する価値観や女性への美意識の相違と日本人の禁欲的態度が、西洋人に日本女性の地位について誤解を与えてきた。特にハーンの目撃した明治日本では、夫婦はもとより男女が肩を並べて公然と街路を歩くことは避けるべきことであった。また、西洋のように入り口のドアや階段で男性が女性に手をさしのべたり、夫が妻を乗り物の乗り降りに手で支えてやることは、古来の日本の習慣ではあり得ないことであった。しかし、夫が妻に対する愛情に欠けている訳でもなく、西洋とは全く異なった社会通念から生まれた愛の価値観を示しているにすぎない。人前で男女関係や夫婦関係をあからさまに見せびらかすことは、慎むべきで恥ずべき行為だという日本社会の作法に人々は無意識に従うのである。このような独自の日本社会の伝統から、日本文化の精髄とも言うべき日本女性の美質が育まれたのであった。

1873年頃のハーン

ハーンの父親（1818-1886）

チャールズ・ブッシュ・ハーン

第二章　ハーン文学の特質

1. 母性への思慕

　イオニア海のレフカダ島で1850年にパトリック・ラフカディオ・ハーンは生れた。母親はギリシア人ローザ・カシマチ、父親は当時イオニア海の島に駐屯していたイギリス陸軍の軍医でダブリン出身のチャールズ・ブツシュ・ハーンであった。プロテスタント系のアングロ・アイリッシュの父親とギリシアの島の娘であった母親の結婚は、白人社会からも地元からも歓迎されない不釣り合いなものであった。ハーン出産後、父親がすぐにカリブ海へ転戦したため、一人だけで島に取り残された母親は、地元から厄介者として白眼視された。母親は幼いハーンと共に父親の実家のあるダブリンへ移住するが、閉鎖的で異質な気風と風習のために孤立し疎外に苦しむことになる。結局、ギリシア人の母親はダブリンの土地に馴染めず、ハーンが4歳の時にギリシアに単身で帰ってしまう。その後二度と母と子が再会することはなかった。

　英語に親しめない母親は言葉の問題にも苦しみ、その上、プロテスタントの英国国教会とカトリックのギリシア正教という宗教問題も絡み、さらに陰気な気候の中で周囲から疎遠となり、かつて恋人であった未亡人と結婚しようとした父親から冷たく見捨てられて離婚に至ったのであった。アイルランドにおける新旧キリスト教の凄まじい対立は、現在と同じく当時でも深刻であったが、カトリック教徒の大叔母だけが孤立無援の母親に同情し、ハーンを引き取って世話をしたのである。

　母親はギリシアのレフカダ島の出身であったため、生誕の地レフカダ島からラフカディオと名付けられ、さらに、パトリックがアイルランドの守護聖人の名前から取られた。しかし、ハーンは父親やアイルランドの白人社会への反感から後に、アイルランドではありふれたパトリックの名前を捨て去り、ギリシアの風変わりな名前だけを大事に守ろうとした。冷酷な父親の西洋に背を向けて、母親のギリシアを非西洋で東洋的な世界と捉えた時、異文化探訪の遍歴を続けるハーンの数奇な生涯が宿命付けられたのである。

　ハーンは幼少から肉親の情に恵まれず、20歳になるまでに、すでに過酷な運命に翻弄され、人生の辛酸をなめ尽くしていた。両親の離婚によって父親からも母親からも見捨てられ、親戚の世話になったが、結局親族からも冷たく見放された事が、その後の彼の人生の深刻なトラウマとなった。大叔母によって強制的に入れられたキリスト教の神学校で、大いにキリスト教嫌いになった挙げ

句、遊戯中のロープが眼に当たって、彼は左眼を失明した。残された右眼も強度の近眼で、痛ましいほどの酷使を余儀なくされ、その後、ハーンは終生失明の恐怖に怯えながら生きて行かざるを得なかった。文字を生業とする彼にとって、新聞記者、英語教師、文学研究、作家としての創作活動に大きな障害を抱えての悪戦苦闘の人生が始まるのであった。左眼が醜く潰れてしまったという衝撃は、視覚障害と醜い容貌でまだ幼い16歳の彼を押しつぶした。以前は陽気な悪戯ものであったハーンは、その性格を一変させて長い病院の療養から戻った。ハーンは容貌について常に卑下する思いから逃れられず、また神学校にありながら無神論的傾向を心に抱き、懐疑的な思索から神の存在証明を求め続けた。

　母親と生き別れた後、ハーンは大叔母の屋敷に引き取られ、毎晩暗い部屋に閉じこめられて恐怖の中で就寝し、異界や霊界の存在に出会った。牧師にしようとした大叔母によって強制的にキリスト教の神学校に送られ、唯一の救いであったギリシア神話の世界、妖精や神霊や多神教、異界の世界を否定され、神学校での不慮の事故で片目の視力を失った。さらに、彼を引き取っていた資産家の大叔母が甥の事業の失敗のために破産した後、彼は神学校を中途退学せざるを得なくなり、本来相続するはずの全てを失って見放され、親族の誰も援助する者なく、ハーンは無一文の浮浪者となってロンドンを彷徨した。見苦しいと思った親族から厄介払いされるように、彼は天涯孤独でアメリカへ片道切符で渡り、厳しい競争社会に投げ込まれて乞食同然の生活を送り、困窮を極める境遇に陥った。見知らぬ新天地で、孤立無援状態となって悲運の放浪の人生が始まったのである。この様な厳しい境遇の中にあってもなお、彼はただ一人で数々の苦難を乗り越えて、自らの人生を切り開いて行かねばならなかった。

　このように、親戚縁者に見放され、元女中の家に追い払われ、ロンドンを当てもなく彷徨ったあげく、ハーンは渡米を余儀なくされた。南北戦争後のアメリカで何も頼るべき人脈もない彼は、最初の数年程は極貧のどん底生活を耐え抜くことになった。しかし、ニューヨークからシンシナティへ移動し、公立図書館で文学の勉強を続けながら孤軍奮闘で努力し、少ないチャンスを掴んでついに新聞記者になった。その後さらに、ニューオーリンズへ移り、評論や翻訳などへ活動の幅を広げ、新聞記者の仕事から著書も出版するようになり、作家への道を着実に辿っていったのである。

　弱肉強食のアメリカで凄まじい競争社会に放り込まれて、金も伝もないので乞食同然のどん底生活を耐え抜きながら、彼は粘り強く文学の研究を独学で続

けた。そして、一角の新聞記者になったハーンは、アメリカの厳しい競争社会を自主独立で何とか勝ち残ったのである。フロンティア精神で新大陸の厳しい大自然と闘いながら、誰にも頼らず自己発見と自己実現をして、自己を確立していく姿を高く評価するのがアメリカの価値観である。したがって、覇気もなく相互依存したり、他人に甘えて自主独立をためらう傾向や、個我の存在を否定するような集団的埋没現象を進歩や自立からの逃避と考える。このように、独立戦争や南北戦争を通して開拓者魂を維持し、個人の独立独歩をアメリカ建国の精神としてきた価値観においては、進歩に対する消極的逆行や諦観に結びついた詩的抒情性や芸術的表現は、決して美的なものと高く評価されなかった。厳しい広大な自然環境の中で、自由と平等を標榜しながら、誰の助けもなく孤独に戦って生き続ける人間の姿が、過酷な競争社会を生みだしたアメリカの原点と言っても過言ではない。

　ハーンは渡米するまでは、両親の離婚の後どちらからも生別し、世話になった大叔母の破産後は、親族の誰からも救われることなく突き放され、ヨーロッパ時代に随分と辛い生活を余儀なくされてきた。しかし、さらに、親族から厄介者扱いで邪魔者を放り出すように片道切符で渡米を強要され、1869年にハーンは19歳で一文無しで渡米して以来、弱肉強食の競争社会で惨めな生活を送り、これまで以上に苦労を重ねることになる。1861年に始まり1865年に終結した南北戦争の後、ハーンが来日する1890年にかけて西欧からの膨大な労働移民の流入のために、アメリカの都市部に急激な人口増加が生じた。そして、巨大都市に多くの工場が進出して早くも公害を発生させ、労働移民は過酷な条件で搾取される労働貧民となった。南北戦争終結の1865年には、日本では坂本龍馬の海援隊の結成があり、1868年は大政奉還後の明治元年にあたる。

　移民であったハーンもニューヨークに数カ月滞在して後、当時ドイツ系やアイルランド系の移民で人口11万から倍増していたシンシナティで30以上の職を転々としながら何とか飢えをしのぎ、公立図書館等での独学などの必死の努力の結果、遂に彼は念願の新聞記者の職を得た。しかし、記者として成功して後も、厳しい自然淘汰のアメリカ社会は甘えを許さない男性社会で、母性的要素のない世界であった。失われた母性を思慕したハーンは、白人プロテスタント社会とは本質的に相容れない人間であった。欧米には日本のような甘えの感覚は存在しない。特に、北米のプロテスタント社会は、開拓者精神と自助努力の国であり、甘えの許されない孤独な人間の国に他ならず、人の好意に縋れない激しい競争の国であった。

そして、黒人混血女性との結婚問題などで苦難を極めた後、28歳にして8年間生活したシンシナティを去り、スペイン系やフランス系の混血有色人種の多いラテン系の世界であるニューオーリンズへと南下して移住した。当時の南部は南北戦争で疲弊し、廃墟の農園などで没落して、周囲には退廃的な空気が充満していた。アメリカでの度重なる艱難辛苦の結果、ハーンは自分を苦しめ続けた白人の競争社会を嫌い、その代表的な非人間的大都会のニューヨークを憎み、熱帯のラテン的なクリオール文化のマルティニーク島を心から愛した。母性的なものに触れて心から安らぎを得たいという願望を持っていたハーンにとって、南方のラテン的な風土が最適であった。2年ほど滞在して執筆した『仏領西インドの二年間』が好評で彼は作家としての自信をつけた。このマルティニーク島取材の成功の延長線上に日本があった。そして、ハーンはハーパー社のために紀行文を書く特派員として、日本に約2カ月程度滞在する予定で、1890年4月、40歳の時に来日したのである。来日したハーンは、惨めな落後者の多いアメリカ社会の中で、相談する相手さえいないプレッシャーやストレスから解放されて、ほっとするような安堵感を感じたのである。

　このように、21年にも及ぶアメリカ時代は苦渋に充ちたもので、誰一人として頼る者もなく流浪と貧困を繰り返しながら、激しい孤独と飢えの艱難辛苦の末に、ハーンは一人前の記者としての地位を手にした。異文化研究家、文学者、教育者、作家としての彼の多彩な才能の核心部分は、この時期に築き上げられたものである。ハーンは渡米以前にフランスやイギリスの神学校ですでにフランス語に堪能になっていたので、渡米後に苦労して記者の職を得ると、積極的にフローベル、ゴーチェ、ボードレールなどを英訳したり、日常的に独学で文学研究に関わり、取材活動では路地裏の社会に出向いて、マイノリティーや弱者集団に潜入しながら、現地で観察し取材するというジャーナリステックな手法を鍛錬し確立していた。

　また、マルティニークで執筆した小説『チータ』、『ユーマ』の不人気と現地取材の長編著書『仏領西インドの二年間』の好評によって、ハーンは自らの才能の進むべき道をはっきりと認識するに至った。すなわち、フランス文学の翻訳で培った文学的感性によって、マルティニークで小説の執筆に挑戦したが不評であった。そこで、ハーンは小説に必要なプロットの創作よりも、紀行文、エッセイ、論説、再話文学などの執筆に適していることを確信し、異文化や霊界の探訪、超自然世界や未知の世界を創作の対象にすることを自らの作家的使

命だと認識するようになった。ハーンの文学は、宗教的な心の動きに注目した美と愛の芸術的表現であり、彼は忘れ去られた遠い昔の異郷の物語に新たな命を与え、元の原話よりも芸術性の高い優れた文学作品に作り直す天才的な技量と力量を有していた。このように、ハーンの作品に一貫して見られる特徴は、美と愛を追求する求道者的な姿であり、彼は後に異文化や霊界の中で美と愛の神秘的な世界を表現し再話文学として完成した。見知らぬ異郷に美と愛を追い求めたことは、作家ハーンの一貫した姿勢であった。

　ハーンは各地の一般庶民の生活の中に人間の普遍的真理を探索し、下層社会に基本的資料を収集しながら記者活動を続けていた。さらに東西の様々な書物の世界に独自の感性で感情移入し、同情と共感をもとに想像力を駆使して異郷の文学や文化を把握し、ハーンは書物から得た資料から絶妙な感性で新たな文学を創作するという再話の技法を確立した。この再話の技量と力量をすでにアメリカ時代の記者経験や文学修業で確立し、満を持して来日したハーンは、水を得た魚のように自由自在に豊かな才能を発揮して、異文化研究の作家として大成するに至った。日本人の生活感情や思想を表現するために、ハーンは自分の取材内容や見聞を精密に分析し考察した。そして、日本文化や日本人の心を作品化する時、たとえ異文化であっても不変の真理があることを強調し、彼は人間の愛と死を普遍的テーマにすることに自信を深めたのである。

　結局、離婚という結末で終わる両親の不幸な結婚にもかかわらず、ハーンを溺愛した母親の面影は、その後、永遠に消えることのない原体験となって苦難を生き抜く糧となり、また、様々な異文化を探訪する文学創作活動の源泉ともなった。しかし、実際にはハーンは母親の写真一枚すら持たず、ただ黒髪に浅黒い肌の女性で、野生の鹿のような大きな綺麗な眼であったことを朧に記憶していたにすぎなかった。生涯一度として会うことのなかった弟ジェームズ宛ての手紙の中で、ハーンは文学的才能や芸術的感性は母親の血流から生まれたものだと断言している。

　「私の魂は父とは無縁だ。私にどんな取り柄があるにせよ、そして必ずや兄に優るはずのお前の長所にしても、すべては私たちがほとんど何も知らない、あの浅黒い肌をした民族の魂から受け継いだものだ。私が正しいことを愛し、間違ったことを憎み、美と真実を崇め、男女の別なく人を信じられるのも、芸術的なものへの感受性に恵まれ、ささやかながら一応の成功を収めることができたのも、さらには私たちの言語能力が秀でているのも（お前と私の大きな眼

はその端的な証拠だが)、すべてはお母さんから受け継いだものだ。」[1]

　母親を賞賛して父親を非難する傾向は、母親と自分を非情に見捨てた憎むべき父親像がトラウマとなっていたからである。文盲であった母親が署名できなかったことを理由に、結婚無効訴訟をした父親の横柄で傲慢な態度は、身勝手な男の弱い女性苛めであり、ハーンにとって徹頭徹尾憎しみの対象であった。冷酷に自分を捨て去った父親に反して、自分を愛してくれた母親、あるいは自分を愛してくれていたはずの母親は、彼の生涯を支配した朧な記憶であった。傲慢な強者の父親は厳格で冷やかな計算高い性格で、母親は温かく愛情深く、唯一自分を愛する掛け替えのない存在であった。父親の親族には大叔母も含めて誰もハーンに心からの愛情を投げかけ支援するものはいなかった。実際は精神に異常をきたし病院で逝去した母親がその後、どのような生涯を送ったかも彼には知らされず、何処でどのように生涯を終えたかも知らなかった。無力な幼少期に母親の愛を奪われたトラウマは、成人して後も、彼の人生に底知れない怒りと悲しみをもたらし、彼の文学に消えることのない深い悲哀と呪縛を与えていたのである。母親は父親の白人社会から閉め出された弱者であり、非西洋の異郷や異文化を象徴する永遠の存在となった。西洋至上主義やキリスト教の覇権主義を彼は憎み、権力の理不尽な行使を忌み嫌う一徹な気質を生んだ。このような西洋社会から見ると異端とも言うべき傾向が、来日後の眼を見張るような文学的業績として具現化し、他の追随を許さない脱西洋への探究を可能にしたのである。

　無学な母親であったが、ギリシアの古い民話やお伽噺などを上手に語ることが出来る語り部の才能を持っていた。素晴らしい語り部としての母の記憶は、後年に至っても彼の心からいつまでも消えることはなかった。『東の国から』の中の「夏の日の夢」で、魔法のような楽園としてギリシアを回想し、母親との原体験こそが至福の楽園であったことを彼は強調している。「夏の日の夢」の中で、ハーンは子供のころの淡い記憶を辿り、夢のような時空間を思い起こし、幼少期の母親とのギリシアでの日々を述べている。幼少期の夢の理想郷のような世界では、大人の現在より太陽も月も大きく輝いていた。不確かで淡くて遠い過去の幻想的な記憶が、現実のものであったか、それとも遙か彼方の前世からの音信なのか彼自身にも定かでない。すべてが幸福であった幼少期の夢のような幻想の世界では、青空は異様に何処までも青く地上近くまで広がり、海も風も新鮮な生命感に溢れていた。

このように、生まれ故郷のギリシアの島で母親と共に暮らした淡い思い出こそ、二度と取り戻せない至福の時であった。それは痛切なる喪失感と共に永遠に思慕すべき理想郷となり、ハーンにとって、後に探求すべき作家的想像力の源泉となった。母親とギリシアを理想化し、短いつかの間の母親との温かい絆の思い出を必死に守り、その残滓のような朧げな世界にしがみつこうとする涙ぐましい努力は、艱難辛苦に満ちたハーンの孤独の人生を物語っている。

　淡い記憶を辿って母親との一時を思い起こし、母親を困らせ悲しい思いをさせてすまないことをしたと述懐するハーンは、母性喪失の心の寂しさを吐露している。そして、母親の語り部としての才能と自分の作家的能力を固く結びつけ、何処までも母親との繋がりを意識しようとした。日本の浦島太郎のように楽園のような母親との日々を懐かしく痛恨の思いを込めて振り返るのである。

　「また、毎日毎日が私には新しい驚きと新しい歓びの連続だったことを。そしてその国と時間とをやさしく統べる人がいて、その人はひたすら私の幸福だけを願っていた。時に私は幸福になるのを拒むことがあった。すると決ってその人は心を痛めた。聖なる人であったのに──。それで私は努めて後悔の色を示そうとしたことを覚えている。昼が過ぎて月が出る前のたそがれ時、大いなる静寂が大地を領すると、その人は色々なお話をきかせてくれた、頭のてっぺんから足の爪先まで嬉しさでぞくぞくするようなお話を。」⁽²⁾

　失われた母親の淡い思い出を語る行為の中で、不確かで曖昧な原体験を膨らませて誇張し、実際よりも素晴らしい理想郷にしたいという無意識の欲望が、彼独自の想像力を自学自習で育て上げ、実際にはほとんど没交渉の母親よりも、彼にとって都合によい理想的な聖母のような母親像が完成した。それは天涯孤独のよるべないハーンの悲しい創作行為であり、思い出は半ば想像力で誇張され、脚色された見事な幻想としての真実であった。

　夕方になると寝る前に、お伽噺を子守唄のように優しく話してくれた母親の懐かしい面影、話の面白さに夢中になった子供らしい歓喜の思い出、幻想的な魅力に充ちたギリシアでの母親との生活、ダブリンでの悲しい生別、寂しく哀れな母親の嘆き悲しむ姿、悪戯をして困らせた母親との永遠の離別、失った母親に対する惜別の情、このような心に深いトラウマを抱えたハーンは、乾いた魂の叫びで常に呻吟し、何処でも何時でも救いとなる異郷の地を求め、ついに各地を漂泊する求道者的な探究者となった。

その後、彼は生涯を通じて、異文化、奇異なもの、超自然的なもの、霊魂などに取り付かれたように引き込まれていく。ハーンは彼方の土地や海や寂しい墓地が好きであり、生来イギリス・ロマン主義の流れを気質的に受け継いだ人物であった。島と海は永遠に失われた母親の象徴であり、島国日本との必然的な結びつきが運命付けられていた。また、父親のアイルランドの白人の血を否定して、母親のギリシアの血を非西洋と捉え、そこに東洋的な異国情緒を見出したのは彼独自の個性的な感性であった。

　このように、「夏の日の夢」で描かれた理想郷には、ハーンの心に刻まれた母の面影が誇張されて投影されており、かつてギリシアで母親と二人だけで過ごした楽園のような原風景が描写されている。ハーンにとって、母親の面影は神聖な女神のように永遠に思慕すべき存在であった。大人の世界での苦境や貧困が厳しくなればなるほど、理想化された母親の母性は、ますます慈愛に満ち、何処までも優しく女神のような存在になった。懐かしい幼少期の母親の面影は、彼の脳裏にいつまでも生き続けた。母親のギリシアや幸福な幼少期を失われた理想郷のように思いこがれたハーンは、その楽園から切り離され、その後、人生の過酷な煉獄を体験して、来日した自分の数奇な境涯を日本の浦島太郎のように実感した。また、海好きのハーンは、ギリシアの母親との特別な追憶に結びつく海を、永遠の理想郷のシンボルとしていた。「夏の日の夢」の中で、光り輝く海の姿を、彼はギリシアの母親の思い出と密接に結びつけている。日本海、宍道湖、加賀の潜戸、避暑地にしていた焼津の海の精霊流し、深い海の宇宙的な様相から、ハーンは文学と宗教と哲学を融合させるような深遠な考察に没頭した。「夏の日の夢」の中で、母親とのギリシアでの幸福な日々が、彼の楽園の原風景になったことを次のように述べている。

　「私はある場所とある不思議な時を覚えている。その頃は日も月も今よりもっと明るく大きかった。それがこの世のことであったか、もっと前の世のことであったかは定かでない。ただはっきりと分かっているのは、空がもっともっと青かったこと、そして大地に近かったこと——赤道直下の夏に向けて港を出てゆく汽船のマストのすぐ上に空があるかと思われた。海は生きていて、言葉を語った——風は体に触れると、私を歓びの余り叫びたい思いに駆り立てた。…そこでは雲もまた不思議であった。およそ何と呼んでいいやら分からぬ色をしていて、私を激しい渇望に駆り立てた。更にまた私は思い出す。一日一日がこの頃よりずっと長かったことを。また、毎日毎日が私には新しい驚きと新し

い歓びの連続だったことを。そしてその国と時間をやさしく統べる人がいて、その人はひたすら私の幸福だけを願っていた。」(3)

　アメリカの過酷な競争社会の中で、母親との原風景を唯一の希望のようにしがみついて生きながらえた後、来日するとハーンは、自分をお伽噺の浦島太郎のように思い、異郷の風物に親近感を抱き日本を安住の地とした。常に母親の母性を思慕していたハーンは、異文化体験するたびに、異郷の文化を体現して生きる魅惑的な女性の存在に注目してきた。母親の楽園から引き離されてしまった体験から、彼は孤立無援の自分の姿を竜宮の楽園に二度と帰れなくなった浦島の身の上に重ね合わせた。母性は限りなく理想化されて、優しく慈悲深い女神のような存在に神格化された。西洋のキリスト教社会の価値観を否定したハーンは、母性崇拝に傾倒する独自の女性観を抱くようになった。

　このように、ハーンは浦島太郎の物語を好み、母親やギリシアとの永遠の離別を浦島伝説との類推で捉えた。文盲であった母親の語り部としての才能は、彼の作家としてのストーリーテリングの原点として彼を鼓舞し続けていた。語り部としての母親像がハーンの想像力を育成して、想像力が大きく広がるにつれて自己内面の世界を押し広げた。学業を中途で退学したハーンは、教義の機械的な知識を植え付けるキリスト教の学校教育から解放されて、母親像を胸に秘めながら独学の試練を乗り越えて、生命的な知識としての文学の素養や詩的想像力を身につけるに至った。

　幼少期のハーンの部屋にはギリシア正教の聖画像があり、聖母の絵が飾られていた。彼は聖母を母親と思い、4歳で生別した母親を惜しみ、永遠の理想郷としてギリシアの海と島に思い焦がれた。幼少期の母親との原体験が、永遠の理想郷を追い求める彼のロマン主義精神を形成し、子供心に残された母親の母性の感覚が、後に作家としての作品の芸術性を確固たるものにした。失われた楽園を求めて彷徨するハーンのロマン主義は、幼少期の母への思慕の念が切実なものであったことを物語っている。両親のどちらからも見捨てられたが、常に自分に優しかった母親は、父親に捨てられた気の毒な弱小の被害者で、自分と同じ悲運の人物としていつまでも彼の脳裏に残った。心のふるさとのギリシアは母親と一体であったが、理想化された母親像が現実に会うことで壊されることを本能的に恐れたのか、あれほど各地を彷徨ったハーンが、ギリシアへ行き母親に会うことはなかった。

　しかし、心の支えになっていたものは、遠い過去のギリシアでの母親との原

体験であり、生来の幻想好きから生じた文学世界や異文化への探訪である。遠い過去から蘇るギリシアの母親との原体験が、ハーンにお伽話の語り部としての母親を想起させ、母親への思慕の念が異郷の語り部を探し求めて取材し作品化するという作家的使命感を確立させ、さらに異文化を探訪する自らの運命を決定づけた。また、肉親の情愛から切り離された結果、西洋社会の全てに懐疑的な性格になり、彼は霊魂や亡霊に陰鬱な想像力を燃やすようになった。一人寂しくうち捨てられたハーンの心の世界は、異界や霊界に集中して、豊かで尽きることのない想像力の言葉で充ちていた。度重なる不幸な生い立ちと不遇な環境のために、ハーンは憂鬱な雰囲気を漂わせる奇妙な個性の人物となった。亡霊や妖怪の類に幼少から苦しめられたにもかかわらず、奇妙なもの、不可思議なもの、超自然的な存在、風変わりなもの、怖い魔物などに誰も及ばないほどの興味を示し、冷たくて不信に満ちた人間社会よりもはるかに純粋な親しみを感じていたのである。

2．日本の面影

　来日して以来、ハーンは日本の異文化の中に非キリスト教と脱西洋の世界を見出し、古代ギリシアやケルト神話との類似性があることに大きな興味を抱いた。唯一神のキリスト教以前の多神教の世界は、民間信仰の形態を中心とした太古の神々の社会である。キリスト教以前の神秘的な妖精伝説などの口承文芸の世界は、ハーンが幼少時代を過ごしたギリシア神話やケルト神話とも共通するものである。異界、妖精、神話、伝説、民間信仰、伝承、異文化などに傾倒するハーンの性癖は、すでに幼少時代に培われていた。キリスト教嫌いで脱西洋を志向していたハーンは、すぐに日本の異教と異文化の世界に何の抵抗もなく入り込み、あらゆる所に生者と共存する死者の魂という考え方や自然界に神々が遍在するという八百万の神の世界を心から受け入れる事が出来た。

　母親と生別し、孤立無援の半生を送ったハーンは、永遠の母性を母親のギリシアの世界に求めた。そして、寄宿学校へ送り出され、大叔母の破産後に退学させられて、親族すべてから絶縁同然で放り出されるまでは、一時彼はダブリンの裕福な大叔母の大邸宅で女中達に囲まれながら、愛情のない寂しい幼少期を過ごしていた。一方、父親のアイルランドの血統に反発しながらも、彼は数多くのケルト神話に共感を覚えていた。日本の神仏や民間信仰の世界に無理なく同化できたのは、彼の父母の血統であるケルトとギリシアの混血の複雑な感

性のお陰であった。

　さらに、風変わりな旅行記や脱西洋の異国に惹かれること、古い物や弱い者や小さなものに非常な興味と同情を抱くこと、怪奇な異界や不可思議な霊界に何よりも没頭したこと、個性的な独自の文体を磨き上げる修業を積んだことなどがすべて、来日した後に作家として開花すべくアメリカ時代に準備されていた。ハーンの文学は、日本文化に対する様々な分野に題材を求めたもので、些細な話、何気ない逸話、不思議なエピソードなどの積み重ねの紀行文や再話文学やエッセイなどから、哲学や宗教に関する重厚な考察や文学批評などを含んでいる。一般的西洋人には理解しがたい日本の神仏混淆の世界、民間信仰としての地蔵や八百万の神に親しみ、日本人以上の洞察力で書き残した数多くの日本研究の著書の内容は、今でも尚、他の追随を許さないハーンの優れた文学的功績と言える。西洋を捨て日本に帰化した決断や、日本に対するロマン主義的な熱意と賞賛の念は、彼の不幸な生い立ちと孤独な幼少期の複雑な体験、艱難辛苦の人生を悪戦苦闘した青少年期の癒されぬ心の渇きに起因しているといえる。

　すでにアメリカ時代に、チェンバレンの英訳『古事記』やパーシバル・ローエルの『極東の魂』などによって日本への関心を深めていたハーンは、1890年3月、ハーパー社の特派員としてニューヨークを立ち、さらにバンクーバーから横浜まで17日間の船旅の後、夢幻の国日本に到着した。彼は日本との出会いを宿命的なものとして受け止め、すでに自分の霊が1000年の昔から存在していた所という強烈な帰属意識を持った。はじめて超然とした富士山を眼にし、白い帆の帆船の群れや飛び交う海鳥を見て感激し、日本を漂白の人生の終焉の地にしようとまで思ったのである。ハーンにとって夢の国日本は、マルティニーク島の楽園よりもはるかに魅力的で、純粋無垢な日本人の素朴な姿は、利己的な個人主義と過激な競争社会の西欧的価値観とは隔絶した別世界であり、すべてが麗しい美徳の国として彼を深く感銘させたのである。

　西洋から東洋へと異文化の壁を横断したハーンは、欧米社会やキリスト教文明を遠く離れて遥かな極東で、生涯で最も運命的な日本との出会いに遭遇する。すでに日本到着時に横浜港において、彼は楽園喪失から楽園発見への人生の旅路を実感していた。長い航海の後に、初めて横浜港で上陸して日本の土を踏もうとした時、ハーンは日本の朝の大気に未知の霊的な魅力を感じた。彼にとって大気の霊気は日本特有のものであり、雪の霊峰富士の山頂からうち寄せる風の霊気であった。それははっきりと目に見えるものではなく、辺り一面に柔ら

かな透明の霊気のようなものが充満していたのである。横浜の港に近づいた時のハーンの新鮮な感動は、彼の楽園の原体験に不可欠なギリシアの紺碧の海と空の姿に結びつき、彼は残り少ない人生をこの地で送り、終焉の地として骨を埋めるという宿命的な出会いを直観した。このように、横浜港に近づき、遙か彼方の富士山の姿を見た時、ハーンは日本を終生の地として生きる運命を予感し、その後、苦労を厭わず全身全霊で日本を調べ尽くし、西洋に向かって日本の姿を発信すべく、ひたすら心のなかの日本の美質を著書に書き残そうとしたのである。

その後、初期の日本賛美の時期を過ぎると、ハーンの文明批評的な鋭い洞察力は、長い鎖国の後に急激な欧化政策に走る新日本と、地方に依然として残る旧日本との分裂と相克に向けられた。滅びゆく麗しき日本の面影を母の面影のように追い求めたハーンにとって、伝統文化に深く結びついた旧体制の美質が西洋化の下ですべて消え去ろうとしている姿は、警鐘を鳴らし続けるべき日本の危機に他ならなかった。没落士族の悲哀を妻セツを通して知ったハーンは、後年になって「ある保守主義者」と題する作品の中で、立派な武家の子として厳格な躾けを受け、名誉のためなら命を投げ出す人物が、明治維新の激動を迎えて西洋と日本の狭間で苦悩する姿を描いている。すなわち、「ある保守主義者」でハーンは、幕末から明治初期に、西洋と対峙した日本の知識人の苦悩を見事に表現している。武家の出身である男が激動する時代の中で、西洋への憧れと日本のアイデンティティの狭間で苦悶する精神的変遷を物語っている。男は武家で侍としての教育を受け、先祖を敬い死をも恐れずに主君に奉仕するための心構えを躾けられていた。

しかし、黒船来航に際しても、神国日本の外敵を打ち砕く神風もなく、西洋の外圧で開国を余儀なくされ、日本各地に高給のお雇い外国人が席巻するようになった。男は外敵の言語を学び外国の実情を正確に学習することが、愛国の精神だと信じ、横浜で外人宣教師から英語を教わった。さらに、圧倒的な西洋文明の優位に平伏し、その根底にある西洋の宗教のキリスト教精神に帰依すれば、日本にも同じような高度な文明が生まれると男は信じ、まず自分が日本国民の先陣としてキリスト教信仰を実践し、日本国民を改宗させるための先駆けになる決断をする。親族の反対も物ともせずにキリスト教徒になり、先祖からの日本の信仰を断腸の思いで捨て去った。多くの友を失い、親から勘当され廃嫡され極貧に苦しみながらも、男は武士の子として、苦難を乗り越え、憂国の士として信じる道を邁進した。

ところが、西洋の牧師たちが近代科学の論理で日本の宗教を否定した論拠は、同時にキリスト教信仰にも当てはまることに気づいて男は愕然とするのであった。男は失意のうちにキリスト教から離れ、すべてに懐疑的になり、自由主義思想を標榜して政府を批判し、危険思想家として国外追放される。その後、朝鮮、中国を漂泊し、さらにヨーロッパに渡り、西洋文明をつぶさに見聞した。男は欧米各地を訪問し、様々な仕事にも就いた。西洋文明は予想以上に優れ、巨大な物量と共に、知識においても遥かに優れていた。その力は西洋覇権主義となって、弱者や劣った国々を破壊し属国として支配するために利用されていた。したがって、日本は西洋から多くの知識を学ぶ必然性に迫られているが、敵である西洋を真似るあまり、自国本来の愛国心や道徳観をすべて捨て去る必要はないと男は確信するのであった。傲慢な西洋の浪費文明の堕落は、日本古来の質素な足るを知るという精神の有効性を証明するものとなり、日本独自の重要な文化の保持は、絶対に死守すべき国家の根幹であるとの認識を男は深めたのである。西洋文明を知れば知るほどに、日本文化の美質が男には如実に見えてきたのである。

　このように、優れた西洋文明を学ぼうとして洋行し、そこで西洋の文物を深く見聞するにつれて、日本人としてのアイデンティティに目覚め、男は西洋を無批判に猿真似する日本人を恥ずべき者と痛感するに至るのである。当時、この男のようにキリスト教に改宗しながらも、その後アイデンティティに苦悩してキリスト教を捨てた人々は他にも多くいた。帰国の許可を得て横浜に到着した時に、男が船の甲板から見る富士山の描写は、日本人にとっての霊峰富士山の精神的崇高さの暗示を強調している。洋行しながら西洋に背を向ける日本人は、外国からの日本への逃避であるが、西洋を取り入れながらの、日本への回帰こそハーンが説いた境地に他ならない。すなわち、西洋文学や文化の研究が、日本の文学や文化のさらなる発展に寄与するものでなければならないとする彼の信条と一致するのである。西洋に出会い先進的文化を信じて帰依し、自ら進んで聖書を読みキリスト教に改宗したが、その後、アイデンティティの危機を味わい懐疑の果てに、仏教こそ日本民族固有の宗教であると悟り、男はようやく日本文化の美点を再認識する。故国へ戻る船の甲板上で、他の外人たちと共に富士を見ようとして彼は山々を仰ぎ見ていた。

　「暁に見る富士の初すがたこそは、なんといっても、この世はおろか、あの世までも忘られぬ眺めの一つである。外人たちは、しばらくそうして、えんえ

んと連なる山なみに眺め入っていた。ほの暗い大空に、鋸の歯のような頂をもたげている山々のむこうには、よく見ると、まだ小さな星がげがかすかに光っているのが見える。——しかし、富士はまだ見えない。外人たちは、船員に尋ねてみた。すると、船員は、笑いながら答えた。「ああ、あなたがたは、目のつけどころが、低すぎるんですよ。もっと上を見てごらんなさい。もっと高いところを。」そこで、外人たちは、空のまんなかまで目を上げてみた。すると、曙のときめく色のなかに、あやしい幻の蓮の葩がひらきでもしたような、うす桃色に色どられた大きな山頂が、はっきりと見えた。その壮観に打たれて、だれもかれも、しばらくのあいだは唖のように息をのんでいた。」 [4]

　急進的な思索を繰り返していたために、危険思想家として国外追放された後、ようやく男が帰国を許され、再び祖国の富士山を見ようとしたとき、日本のシンボルである崇高な霊峰富士山を見るには、外人達と同じように、思ったよりももっと上へ視線を上げねばならず、日常的な目線よりもずっと遙か上空を見なければその姿を拝むことなどできなかった。ある男とはハーン自身でもあり、このような表現は彼の日本に対する信仰のようなひたむきな想念を感じさせ、読者に深い感銘を与える。消えゆく旧日本を惜しみ、滅び行く古き良き文化を悼み、特に妻セツの身の上を知るに及んで、零落した士族の苦悩にハーンは深い同情の念を抱いた。

　来日してすぐに、特派員記者としての職を捨てて、日本の学校に英語教師としての職を得る機会を得たことは、まさにハーンにとって人生最大の転機となった。1890年（明治23年）4月に横浜に上陸すると、画家ウェルドンの俸給が自分よりもはるかに多く、絵に付け足しの記事を不利な条件で求められていることが分かると、ハーンは自分に対する軽い扱いに怒り心頭に達し、後先を考えずにハーパー社と絶縁してしまう。ハーパー社との特派員契約を打ち切ったハーンは、全くの未知の日本に来てすぐに自ら収入の道を絶った。しかし、今まで何度も金銭的苦境を乗り越えてきた彼にとって、特にマルティニークでの生活を体験してきた自信が、日本での活動に楽観的な展望を抱かせていた。このように、ハーンはすぐに経済的苦境に陥ったが、アメリカ時代にも何度も苦境を経験してきたので、早速ビスランドに依頼した紹介状をもって横浜グランド・ホテルの社長ミッチェル・マクドナルドに会い、適当な就職の世話を頼むことになる。マクドナルドから紹介してもらった東京帝国大学のチェンバレン教授を通じて、以前ニューオーリンズ万国博覧会ですでに旧知であった文部省

の官吏服部一三に再会し、その斡旋で松江尋常中学校の英語教師の職を得ることになる。すべてが運命的な出会いとなって、教育者となったハーンは、明治期の日本の英語教育や英文学研究に先駆者的な功績を残し、さらに他の追随を許さない独創的な日本研究による文学的業績を成し遂げたのである。

　このように、ハーパー社の特派員として来日したが、その後雇用条件で不満が募り契約を破棄し、生計と日本研究のために、彼は神話の国島根県の松江で英語教師の職に就くことになる。松江に赴任するまでに、ハーンは横浜や鎌倉などを巡り、日本の各地の印象や見聞をビスランドに興奮気味に書き送っている。天真爛漫な日本人は世界でも類を見ない無垢な人々として彼に感銘を与え、日本の信仰、風習、歌謡、衣装や家屋などに心からの親近感を覚え、その欠点までも好意的に受け止め、西洋人よりは日本人として生まれたかったと熱狂的な心境を吐露している。

　さらに、1890年8月下旬に松江尋常中学校へ赴任する途中、中国山脈を越えて、上市で地元の盆踊りを見た時、ハーンは今までに体験したことのない霊妙で不可思議な感銘を受けた。彼はこの不可思議な体験を古代ギリシア世界との比較文化的考察の中で捉えて、「盆踊り」と題して作品に纏め、日本での最初の著書『日本瞥見記』に収録している。盆踊りが年に一度この世に戻ってくる死者の霊を慰めるという神道の古くからの祭りであることを知ると、彼は不思議な強い印象を抱いたのである。

　「膝のあたりにぴったりとまつわりついている日本の着物は、あの妙なぶらしゃらした大きな袖と、着物をきゅっと締めているあの幅の広い、世にも珍しい帯とがなければ、おそらく、ギリシャかエトルリアの工匠の描いた絵にならって意匠を考えたものと見えるかもしれない。やがて、もういちど太鼓がドンと鳴ると、それを合図に、いよいよ演技がはじまった。これはまた、なんとも、ことばなどではとうてい描写することのできない、なにか想像を絶した夢幻的な舞踏——いや、ひとつの驚異であった。」[5]

　若い女達の奇妙な踊りが月光の下に列となって整然と続き、不思議な動作で一斉にぴたりと止まる。その小鳥のように軽妙な動きで舞踏する娘たちの様子は、古代ギリシアの壷に描かれた幻想のような人々に似ていた。はじめて眼にする日本女性の綺麗な着物は、ハーンにとってギリシアの壷の霊妙な絵を見ているようで、霊的で不思議な魅力を醸し出していた。遠い太古の不可思議な神々の時代の動作の名残を眼前にして、長い歳月の間に意味さえ忘れ去られた象徴

的な舞踏を見たとハーンは思った。月光の下で幽霊のように手足をするりと動かす踊り子の美しい着物の袖に魅了されて、彼は夢幻の中を彷徨っているようであった。初めて松江に来た翌日の朝、旅館から見える大橋を渡る人々の下駄の軽快な音にも彼は深い感動を覚えた。人々が軽快な足取りで歩くたびに、下駄の陽気な音は、ハーンにとって、音楽に合わせた軽妙な踊りのようであった。

　また、生まれ故郷のギリシアは、生別した母と共に永遠に思慕すべき存在となり、来日後、彼は日本をしばしば古代ギリシアとの比較文化的視野において考察した。ハーンにとって、ギリシアはキリスト教以前の非西洋の世界を意味するようになり、松江の宍道湖や日本海や隠岐の島にギリシア的要素を見出し、ギリシアとの比較文化的な考察をすることが多くなった。夕焼けの中の宍道湖の美しい風景は、ハーンの愛した松江の魅力の一つであった。人々が毎朝、松江大橋を急ぎ足で爪先だって渡る下駄の軽妙な足音を耳にして、宍道湖を背景にした墨絵のような世界に接し、ハーンは今までに体験したことのない下駄の音の音楽性や松江の霊妙な魅惑に惹きつけられた。そして、山陰地域の古くて珍しい日本の風俗や習慣を取材し、日本神道の宗教的伝統を研究し、彼は西洋世界に紹介することを熱望するようになったのである。当時の松江は大変な僻地で、交通の便も悪く、明治維新による社会の大変動にも関わらず、まだ西洋文明の影響をそれほど受けることなく、古来の日本文化や旧日本の庶民の情緒を色濃く残していた。ハーンはこのような松江の旧日本の姿を代表作『日本瞥見記』に見事に描写している。松江での単身赴任生活に困っているハーンを住み込み女中として世話したのが小泉セツであった。セツは松江藩士の小泉湊の次女として生まれたが、すぐに親戚の稲垣家に養女に出され、貧窮した没落士族の養家や生家を支えるために機織りや雑務などの下働きで苦労をしていた。そして、尋常中学校に英語教師として赴任してきたハーンの住み込み女中として身の回りの世話をすることになったのである。セツは幼い頃にフランス陸軍の教官ワレットに可愛がられて虫めがねをもらったことがあった。幼い頃から他の子供と違って異人を怖がらないセツの気質が、外国人に対する偏見のない自由な考えで、心から親切にハーンを世話する事を可能にした。また、住み込み女中であったセツと結婚したハーンも、偏見無く日本女性を愛し、人種を超えた愛という彼の信条を実践したと言える。

　ハーンは生涯を通して、異文化、風変わりなもの、超自然的なもの、さびしい墓地、霊魂、亡霊などを取り付かれたように探究していた。海や島が好きで

詩人的気質のハーンは、現在よりも過去へ、光よりも闇へ、生よりも死へと逆流する熱情を抱いており、生来イギリス・ロマン主義の精神を受け継いだ文学者であった。はるか極東の異郷の島国と紺碧の海は、幼くして生別した母の面影を彷彿とさせ、日本との必然的な出会いが運命付けられていたと言える。また、ハーンの母はギリシアのお伽話を優しく語り掛ける語り部の音楽的な声を彼の心の中に残し、不思議な想像力の世界への受容性を植え付けていた。キリスト教の神学校で片眼を失明したハーンは、残った眼も大変な近視で絶えず失明の恐怖に怯えながら、殆ど独学で文学の研究を続けたが、不十分な視覚を補うかのように、不自由な視力に対して特に鋭い聴覚の持ち主であった。ハーンの心の中には、情熱的な憧憬と憂鬱な不安が同居し、不思議な想像力で異界を探究するロマン主義の精神が絶えず存在し続けていた。

　幼いころにお伽話を語った母親の優しい声は、ハーンにストーリーテリングの醍醐味を教え、遥か遠い夢の国への想像力を心に植え付けた。数々の面白い話を興奮しながら聞き入った思い出を『東の国から』の中で、彼は懐かしく述懐している。生別した母の声とギリシアの島と海の記憶は、ハーンを西洋社会から非西洋へ向かわせた。ハーンの流離いには、遠い昔のギリシアの影響があった。亜熱帯の海と母親の声が彼を無性に彼方の地へと衝き動かし、彼は何処にも安住できない永遠の旅人であった。ギリシアの思い出を糧にして、彼は孤立無援の中をアメリカへ渡り、さらに、マルティニーク、そして日本へと異境の地に安らぎを求める旅を続けた。各地で母親の面影を探し求め、様々な女性の物語や歌に疑似体験のように母親の声を聞いた。白人社会から冷たく拒絶された母親への同情の思いは、その後のハーンの女性観に大きな影響を与えた。ダブリンの白人社会に拒絶され、父親にも見捨てられた哀れで無力な母親の哀切の声は、西洋社会の下層に埋もれた無名の弱小な人々の中にあった。アメリカのシンシナティでは黒人混血女性マティ、ニューオーリンズではクレオールの女性、マルティニークでは女中のシリリアなど様々な女性の声に、生別した母親の面影を求めた。不平を言うことも許されず、常に苦しめられ続けている犠牲者としての女性、そして下層社会で苦しむ有色人種の女性達、中でも特に黒人混血女性は社会的弱者を体現する存在であった。このような異郷の女性達が語る物語を求めて流離うハーンは、癒されぬ魂の安らぎを求めて異文化を遍歴する旅人であった。最初に日本行きを決めた時も、松江でのセツとの出会いがなければ、彼は次に中国やマニラに取材に行くことを考えていた。母親とのギリシアの幻想的な記憶の中に癒されぬ魂の救いを求めたので、彼は常に異郷

や異文化に見知らぬ旅人として訪れ、見果てることのない夢想の理想郷を追求して、文学作品として具現化しようとしたロマン主義者であった。

　また、ハーンは中国の神仙思想に登場する理想の仙境蓬莱に非常な興味を覚えていた。彼の理想郷では、人々は微笑みを絶やさず、皆がすべて家族のように仲良く、女性は小鳥のように軽やかに振る舞い、盗人もいないので誰も鍵さえかけない。また、この神仙では人も物も全てが小さく神秘的で奇妙に変っているのである。ハーンは蓬莱について次のように述べている。

　「蓬莱では邪悪の何たるかを知らない故に、人々の心は老いるということがない。心がいつも若い故、蓬莱の人々は生まれてから死ぬまで微笑みを絶やすことがない——ただ、神々が悲しみを贈るときだけ、顔が曇るが、悲しみが去ればまた微笑みが帰って来る。蓬莱の人々は、すべて一つの家族のように、信と愛とを失わない。——女たちの言葉は小鳥のさえずりのようである。彼女らの心が小鳥の魂のように軽やかである故に。——戯れる少女たちの袖が揺れる様は、柔かな広い翼がひるがえるようである。蓬莱では、悲しみの他、人目を憚るものはない。恥じる理由がない故に。——鍵をかけなければならないようなものは何もない。」（6）

　ハーンが正にお伽話の世界のように思慕し、探究を続けた日本の本質がこの蓬莱であった。彼は来日してすぐに執筆した『日本瞥見記』でも、また彼の日本研究の集大成『日本』でも、蓬莱の世界を一貫して探究し、日本社会や日本文化の中に様々な事物を調査して想像力で読み取り、独自の文化研究の文学作品として多くの見聞を巧みな文体で記述した。また、「日本書紀」や「万葉集」や「御伽草子」などを通じて、浦島伝説に特に魅了されたハーンは、自分自身が蓬莱を訪れた浦島太郎であるという意識を持ち続けていた。来日したハーンは、竜宮を訪れた浦島のように、毎日が新たな驚異の連続であり、新鮮な喜びの日々であった。

　ギリシアは生まれ故郷で母親の住む国であったが、当時のハーンにとって、すでに行くことも、会うことも出来ない遥か彼方の異郷の地であった。また、彼自身もあえてギリシアの地を自ら訪れようともしなかった。幼少期の母親不在によるマザーコンプレックスは、その後、母親の面影を求めて生きる彼の生きざまに示され、母性愛を子供のように求めた女性関係に反映されている。ハ

ーンが18歳年下の妻セツに子供のように甘えていた姿は、『思い出の記』の中に明らかに示されている。母性のように甘えられる対象を常に求めていた孤独なハーンは、今まで経験したことがないほど暖かく自分を処遇してくれる松江の人々の包容力に、母親とギリシアの関係に似た懐かしい母性の感覚を覚え、心の安らぎをふたたび体験したのである。

　西洋至上主義的な立場でしか日本の事物を見なかった東京帝国大学教授のチェンバレンは、日本の音楽を野蛮で不快な雑音と断じたが、ハーンは日本古来の音楽に心から感銘し、民謡や楽器にも偏見なく接することが出来た。隻眼で弱視だったハーンは、鋭敏な聴覚の持ち主で、日本の音楽や芸能に特別な興味を抱いていた。また、チェンバレンの学者的アプローチと違って、ハーンは自分で見聞する現地取材による綿密な観察によって、民間信仰や日本神道の伝統を理解しようとした。道端の地蔵に野花や線香や米粒が供えてあるのを見て、土地の小さな霊に祈る素朴で敬虔な日本人の宗教に彼は深い感動を覚えた。ハーンはキリスト教信仰を放棄し、脱西洋を実践してきた人物であったので、特に来日以降、アメリカ社会から変人として白眼視され、無宗教の人間のように批判された。しかし、彼はそのような批判に屈せず、無神論者ではなく不可知論者を自認し、ひたすら日本の異文化や宗教の研究を続けていた。無神論と批判されたハーンであったが、彼は常に超自然的な現象や神秘的な世界に強い畏敬の念を抱き、霊的で不可視な存在に終生、宗教的な関心を寄せていた。このように、キリスト教信仰を拒否したハーンは、実は非常に宗教的な人物であった。日本の古い文献の中の怪談や奇談を通して、彼は日本の宗教や霊魂の世界に強く惹かれるようになった。アイルランドのケルトとギリシアの混血の流れが、ハーンに幅広い受容性を与え、西洋の呪縛から解き放たれて、日本と共通の文化や宗教的背景を感じさせたのである。

　ハーンは幼少期や青少年期の辛い過去をあまり人に語ることなく、意識して固く心の奥深くに封印していた。幼少期に親族から裏切られるように見捨てられた苦労が身にしみて、彼は根強い猜疑心と被害妄想に悩まされ、激情に翻弄されることがあった。些細なことで交友を断絶し、誤解を受けて非難されることも多かった。自分に冷たかった父親の西洋社会に背を向けたハーンは、神学校での辛い生活の中で理不尽な教育を受けたため、厳格で非人間的なキリスト教会を否定した。さらに、彼は日本女性と結婚して日本に帰化するような非常に風変りな西洋人であったので、白人社会から見れば理解しがたい裏切り者で

あり、受け入れがたい存在であった。来日後、一心に努力して執筆し続けた一連の日本関連の著書によって、異文化探訪の作家として欧米に名声を博する一方で、ハーンには正反対の厳しい評価が何処までも付きまとった。

　しかし、日本の異文化の中で西洋的価値観に縛られずに、彼は日本女性の美質に新たな世界を見出した。脱西洋を実践し西洋至上主義から解放されると、ハーンは今までにない視野の広がりや好奇心の鋭い疼きを感じるようになった。すなわち、西洋を遠く離れて極東の島国日本にたどり着いた時、ハーンの求道者のような作家魂が激しく燃え広がり、小泉八雲として日本に永住する生涯への旅路が開かれたのである。

3．ハーンと八雲

　小泉八雲とラフカディオ・ハーンの二つの名前は、この人物の二面性、二重の面相を物語っている。彼は日本に関する文学作品を英語で書き続け、読者として常に欧米人を念頭に置いていた。生前のハーンを文学者と知っていた日本の一般人は数少なく、まして一体彼が何を書いているのか何も知らなかった。ハーンは英語で作品を書いていたし、出版し公刊されるのは西洋社会でのことであった。ハーンの一連の著作が日本で一般に知れ渡ったのは、没後教え子を中心として計画された翻訳本が『小泉八雲全集』として国内で出版されたことによる。日本で日本人として生活しながら、ストレンジャーの意識から開放されなかったハーンは、西洋と日本の文化の狭間で絶えず揺れ動いていた。時には、著作で大いに礼讃した日本について、アメリカの友人への手紙では、ハーンは日本人の閉鎖性や欠点を論って舌鋒鋭く批判し、理想と現実の相克の中でどうにもならない日本の姿を非難することがあった。この精神的不安定を救っていたのが妻セツと家族であった。片言日本語のヘルン言葉で日常生活には何の不自由もなくなっていたが、ハーンは小泉八雲として創作活動できる程の日本語の読み書きの語学能力を持たなかった。帰化名としての小泉八雲は日本文化研究の作家としてではなく、日本女性セツと結婚して日本に帰化した外国人として存在していた。しかし、東京帝国大学英文学講師という教育者としての姿が、教え子を中心に強調され、小泉八雲先生として語られることが多くなると、その後、教育者で文学者の小泉八雲が一般的に作家名としても定着するようになった。また、教え子を中心に日本で最初に『小泉八雲全集』として翻訳本が出版されると、様々な文学批評、伝記、文庫本、辞書なども、一貫して著

者小泉八雲の名前を使用するようになった。しかし、近年になって『ラフカデ
ィオ・ハーン著作集』をはじめ、各種の批評書や伝記や文庫本などでもハーン
を作家名として使用する傾向が増えてきたのである。

　現在では余り人気のない欧米より、ハーンの著作は日本で遙かに高い人気が
ある。また、欧米の如何なる日本研究家の学術的著書よりも、ハーンの著作は
日本で確かな読者層と根強い人気を獲得している。現代の日本人はハーンの著
作から、忘れ去られた日本の魂の原風景を見つめ直し、心優しく語りかける彼
の文章から懐かしい子供のようなみずみずしい感性を教えられるのである。未
来や大人の世界への旅路というよりは、過去と子供時代への逆行の旅程こそ、
ハーンのロマン主義文学の特徴である。前進的な時間の経過を描いたり、科学
的進歩を肯定するような社会の変化を描くよりは、心の原点へ回帰するような
回顧と回想の旅路を物語り、ハーンは小さな世界や忘れられた世界のあらゆる
所に高い芸術性を見出し、時空間を超越した永遠の相や霊的な香りを漂わせる
普遍的様相を凝視して、読者の魂に訴えかける作品を残したのである。

　ハーンは40歳で来日して以降、ほぼ毎年一冊の本を書きあげ、54歳で死去す
るまでに13冊もの日本関係の著書を完成させている。また、学生によって授業
中に筆記された東京帝国大学での英文学講義録が、コロンビア大学のアースキ
ン教授によって校正編纂されて、『文学の解釈』2巻、『詩の鑑賞』、『人生と
文学』の計4冊に纏められてアメリカで発行された。記述の正確さや出典を細か
くあげつらう類のものや、内容のほとんどが瑣末な事項だけで占められている
無味乾燥の論文が、現在アカデミズムの名のもとに多数見かけられる。西洋の
理論を紹介することに学問的意義を見出し、ひたすら二番煎じの内容をことさ
ら難しい言葉で分かりにくく解説しているにすぎない学者も数多い。また、文
学を本当にはよく理解しない人々が、大学で文学を難解な用語を駆使して理知
的な知識として教えているという矛盾もある。作家でもあったハーンには、そ
のような知識偏重の矛盾はなく、講義そのものが立派な文学や文明批評となり、
一つの独立した作品ともなっている。ハーンは独学の大変な学者であったが、
このような不毛のアカデミズムとは無縁であり、彼の大学での講義は、専門以
外の観点からは何の興味も生じないような内容を際限もなく同じように繰り返
すという類のものではなかった。

　このように、作家・教育者としてのハーンは、1890年4月4日の来日以来、1904
年9月26日に逝去するまで、13冊の日本関連の著書と講義録や書簡集などを合わ
せると、14年5カ月の間に全部で計20冊もの業績を残している。このように、作

家・教育者としてハーンは数多くの業績を残したが、絶えず背後で支える妻セツの献身的な協力があって可能なことであった。

　文学と哲学と宗教を幅広く論じたハーンの講義録が出版されると、その言葉の美しさや厳選された豊かな内容から教育者としての評価が高まり、単なる怪談の作家だけでなく、碩学の思想家としての魅力が見事に立証されたのである。最高の批評とは数百年もの間に人々が作り出してきた大衆の世論に他ならず、このような歴史の流れの試練を生き残った作品こそ、本当に読むに価する内容を保持するものだとハーンは説いた。学術研究には想像力を不可欠とする事柄が多いので、他人の考えに付和雷同したり、安易に影響されて模倣することに警告を発し、常に芸術でも学問においても独創性と想像力が最も重要だと彼は強調した。ハーンによれば、あらゆる芸術や学問の分野で最高の業績を残した人々は、豊かな想像力で事実の所以を解明した天才達であった。

　思想家として何よりも虚偽を憎み、人々に心の優しさや古き時代の懐かしさを与えるような思索を心がけ、真と美と善を生涯探究し続けたハーンは、普遍的な愛の理念を標榜し、硬直した官僚的発想を教育や創作における生命的繋がりを殺すものとして嫌っていた。このように、ハーンは宗教、哲学、芸術といった多面的な分野を全体の相において眺めながら考察し、日本研究、文学論、文明批評、宗教論などに独自の思索を展開したのである。日本語の文献を読解できなかったハーンが、これほど深く広く日本に関する学識を習得していたのは、アメリカ時代から根気よく続けてきた並はずれた努力の結果であり、来日後の驚くべき業績は妻セツの協力や助言の賜でもあった。彼が他の西洋人のように西洋至上主義に固執して日本を見下げるのではなく、むしろ脱西洋の立場から日本を眺めることに力強い支援となったのは、妻セツに代表される日本女性の美質に他ならなかった。また、数多くの放浪を経験してきたハーンは、すでに異文化に対して誰よりも柔軟に対処できる経験や見識を身に付けていたのである。

　ハーンの文学は英語で書かれた明治の文学として日本文学に所属するかのように語られたり、英米文学の作家として論じられることもあり、その評価において混乱が今なお見られ、ハーン文学の評価における不安定要素となっている。文学辞典や百科事典ではラフカディオ・ハーンとして掲載されるが、インターネットでは小泉八雲としても検索しなくてはならないという不都合な場合も生じている。また日本ではヘルンという呼び名が、今尚かなり広く使われ、八雲やハーンやヘルンという多様な呼称が使い分けられているので、日本や海外で

の研究評価に不利な状況が生まれている傾向もないとは言えない。ところで、ヘルンという呼称の由来は、松江の尋常中学校に赴任する時に、島根県の担当職員がハーンと正しく読めずに、ポルトガル語風にヘルンと書類に記入したことに始まる。ハーン自身も特にこれに異議を唱えずに受け入れ、日本での新たな名前に自ら進んで適応しようという柔軟な態度や考え方を示していた。異文化理解や国際交流の盛んな現代において、芸術家肌のボヘミアンで吟遊詩人的なハーンの日本研究の功績はもっと高く評価されるべきである。しかし、多種多様な分野に広がる幅広い彼の執筆活動に加えて、各種の批評書や研究書、伝記などの様々な資料が各方面で分散して発表されており、体系的な研究の枠組みが今なお確立されていないのである。

　脱西洋文明の立場から自由自在に健筆を振るった彼の著書は、異界や霊界の物語から宗教的論考を扱ったもの、比較文化的な考察、民俗学的な話題、文学研究の領域など多岐に渡って混じり合っているので、偏狭な学者的分類ができないような学際的な特徴を有し、コスモポリタンとしての彼の独壇場の世界であるといえる。再話物語をはじめとする彼の文学的表現形式も、短編小説的な物語、紀行文、印象記、エッセイ、評論、叙事的なものや叙情的なものなどがやはり複雑に絡み合っており、中でも見事な情緒的趣向においては詩的散文の様相を呈している。ハーンの一部を全体のように議論したり、ジレッタント的に取り扱ったり、側面的な要素を評価することは多いが、多彩な内容を適確に分析して論じ、全体的に評価することは、今尚非常に難しいのが現状である。彼の作品を正面から取り上げて、俯瞰的にすべてを学問的に評価する者は極めて少ないと言える。

　多岐の分野にわたるハーンの作品は、ノンフィクション風に描写することがあっても、単に正確な事実の報告を主眼とする一般的な紀行文やルポルタージュではない。彼の作品の虚構性は真実の体験の表現である。真実の日本として彼が認識した日本の姿の描写の中にこそ、ハーン文学の作品としての信憑性や信頼性が存在している。日本に対する傾倒の強さが、来日以降のハーンの人生と文学に大きな影響を与えた結果、アメリカ時代から培ってきた想像力に自信を深め、再話や現地取材に基づいた異文化研究の作家という創作態度を決定づけたのである。しかし、ハーンは常に脱西洋と反キリスト教を標榜してきたために、海外では彼の文学に魅力を感じ同調する人々がいる一方で、西洋文化を非難し否定するハーンの思想に不満を抱く人々が多いのも事実である。

　西洋における日本研究は、キリスト教宣教や西洋至上主義から見下ろす立場

で行われていた。したがって、横柄に他国の信仰を邪教と糾弾するキリスト教宣教を非難し、西洋至上主義の見地を排除して、日本文化に優れた価値を認め、日本女性と結婚して日本に帰化したハーンは、白人社会では異端者として白眼視された。さらに、様々なジャンルの間隙で活躍したハーンの名前は、英米文学史上ではほとんど存在し得ないのである。脱西洋社会を志向し、反キリスト教の立場を標榜した彼の真価は、日本の宗教や文化の特質を全身全霊で理解しようとした彼の異文化理解に対する先駆者的な姿勢に存在している。ハーンは日本を日本人の目線で眺め、西洋の読者も実際に日本で異文化体験しているような感覚を提供するような作品を書こうとしたのである。

　ハーンは今なお正当に評価されることの難しい人物である。欧米では異国情緒を伝える異文化探訪の作家として好評を博した時期があったが、脱西洋を標榜して、極東の島国日本に帰化し、反キリスト教的な異教を探究して、魑魅魍魎の異界に夢中になって没頭したことは、西洋社会では受け入れ難いことであった。ハーン自身も数人の例外を除いて欧米の学者や牧師を嫌い、外国人教師を避けたので、東京帝国大学の同僚の学者や外国人教師から非難されたり、変人扱いされて仲間はずれであった。ハーンの文学的業績の真価を良く理解し、彼を松江の尋常中学校での職に推薦し、熊本第五高等中学校に紹介し、さらに東京帝国大学に推挙したのは、他ならぬチェンバレンであった。しかし、唯一親しく交流していたチェンバレンとも晩年には疎遠になった。特にチェンバレンが英国に帰国後、非常に低い評価を下すようになったことは、ハーンの日本研究や異文化理解の業績に対する評価を、今なお西洋社会であまり高くないものにしている原因の一つとなったのである。ハーンの日本への賛美は病的であり、現実的感覚を欠落しているとチェンバレンは批判した。細部を詳しく観察し描写する能力に優れていたが、全体的に把握する能力がなかったと断じて、ハーンの隻眼という肉体的欠陥にまで言及し、その生涯は悪夢の連続であったと決めつけた。チェンバレンによれば、ハーンの賛美した日本は、西洋化した新日本ではなく、過去の日本であり、西洋に汚される以前の日本で、実際は彼の想像の世界以外には存在しないという。また、交友関係でも、ハーンはすぐに友人を理想化して、幻滅すると相手を見境もなく非難したという。

　スペンサーを巡る論争でも、チェンバレンがハーンの期待したほど著作を読んでいないことを知ると、両者の交流に危機が訪れたという。キリスト教を拒否したハーンにとって、スペンサーは神のような存在で、進化論哲学に指導的原理を発見していた。さらに、ハーンは女性的な程に過敏になって、日本を賞

賛する時の論理において、絶えず西洋を悪者にしている姿勢にチェンバレンは特に異議を唱えた。しかし、想像力を重視するハーンの文学作品が、すべての日本の現実社会に内容を縛られる必要はないのである。ハーンが好んで江戸期の風物や人間模様を描いたからという理由で、彼の文学に現実認識がないという主張が妥当とはならないのである。永遠の日本の姿、普遍的な日本民族の本質、新旧の相克の中で不変であるべき人間の尊厳、このような時空間を超えた次元を表現することは、優れた詩魂を持った作家の特権ですらある。チェンバレンは文学者ではなかったので、作品の内容と現実との整合性を問題にし、また、西洋至上主義に拘り、西洋文明を悪者にするハーンの文化論に同調できないという立場の違いがあった。西洋を悪しざまに舌鋒鋭く批判し、セツを現地妻に迎えて帰化までしたハーンをチェンバレンが裏切り者のように感じていたことは充分にあり得ることであった。

　このように、チェンバレンはハーンに対して冷徹な批判で悪意に充ちた評価を下した。特に、第二次世界大戦以降、日本の国際的地位が急落すると、ハーンは敵国日本に同調した裏切り者として見做されるようになった。日本が敵対国になって以降、学者や文化人達もハーンの業績に対して冷淡な反応に終始し、彼を無視し低い評価を与える傾向があった。また、ハーンがアメリカやイギリスで時折論じられることがあっても、文学史に大きく名を残す作家としてではなく、従来のジャンルに適合しないマイナーな作家として取り扱われ、日本に帰化した風変わりな西洋人として矮小化されて、ついに日本の怪談を書いた奇人作家として過小評価されてきた。また、日本では英語で書かれた明治文学として、ハーンを日本文学史に残そうとする機運が起こっている。しかし、作家としての彼は、日本の読者を全く念頭に置かなかったのであり、ひたすら西洋の読者を想定して作品を英語で書いていた。翻訳文学として主に日本人に読まれていることは、原文と翻訳という難しい問題を孕んでおり、どれ程優れた翻訳でも原文とは別物であると言わねばならない。何度も何度も推敲に推敲を重ねたと言われる彼の繊細な英文の世界が、簡単に翻訳の日本語で全て伝わるとも思えない。ハーンは様々な意味で曖昧な解釈と評価を受けてきた複雑な立場の作家である。

　ハーンは書物ばかりに依存するのでなく、実体験の取材から学んだ血肉としての知識を持っていた。このような職人的作家としての見識と実学風のジレッタントというべき独自の世界を持っていたことが、東京帝国大学でも教育者として他の学者や外人教師とは一線を画す強みであったが、同時に他の西洋人達

から疎外された原因でもあった。さらに、猜疑心や被害妄想を伴った複雑な性格から、彼は激情に駆られた言葉を口走り、誤解されかねないような発言をしたり、時には異様に自分を卑下して謙遜することも多かった。畢竟するに、彼は日本に帰化して日本人になろうとして叶わず、妻セツと家族だけが唯一の慰めとなって、西洋社会へも後戻りできなくなった天涯孤独の異文化研究者であったといえる。

　このように、彼は不遇の生い立ちから、悲惨な青少年時代を辛酸を舐めて暮らしたので、猜疑心や被害妄想に取りつかれた一筋縄ではいかぬ複雑な人物だった。ハーンは親日家として熱心に日本を西洋に紹介したが、反面、八雲とハーンの間で激しく苦悶した時は、海外の知人に宛てた手紙では日本や日本人に対する不満や不快感を激しい口調で吐露していた。帰化して後も、彼は親日感情を台無しにされるような不快感に駆られる苛立ちを経験していた。不満や反感を吐露する気持ちの奥には、日本人になろうとしてなりきれず、疎外感や不信感を募らせていたハーンの姿があり、異文化理解の難しさを一身に背負って、日本に対する複雑な分裂意識や東西両極の感情に翻弄された彼の苦悩が窺われるのである。

　晩年に至って、予告なしに東京帝国大学を解雇された時、ハーンは他の外国人教師達の策略に違いないと感じ、猜疑心と被害妄想を大いに募らせ、非礼な扱いに心から義憤を感じた。他の外国人教師達と違って、自分だけが解雇通知一枚だけで職場を追われたのは、キリスト教を信じない異端者として自分を誹謗する牧師兼外人教師達の陰謀だと疑った。外国人教師との交流を避けてきたことが、外人達の陰謀や策謀の原因となり、自分を追い落したという被害者意識は、激しい妄想を生んでハーンは一人苦悶したのである。

　西洋社会に背を向け、白人至上主義を忌み嫌い、ギリシア神話やケルトの伝説に親しんだハーンに対する最近の再評価の機運は、西洋に於ける無視や低い評価への反動である。キリスト教や西洋社会から離反した脱西洋の思想を標榜するハーンにとって、ギリシアは非キリスト教的な異教に充ちた多神教の世界であり、ケルトは妖精や神霊の住まう神秘的世界であった。このような異教、異界、異文化に親しんできたハーンは、日本の神道を自然に受け入れることが出来た。彼は古代ギリシアの世界をキリスト教以前の世界として把握し、非キリスト教的要素に充ちている点で、ケルト的な神秘の世界と共通する魅力を認めていた。

このように、父親のアイルランドよりは母親のギリシアに親しみと憧れの念を抱いていたが、実はケルト的神話もハーンに大きな影響を与えていたのである。また、生別した母親とのつかの間の淡い原体験、ダブリンで大叔母と暮らした愛情のない日々の苦渋の幼児体験などが、ハーンに満たされない魂の渇望をもたらし、失われた理想郷を追い求める漂泊の人生を決定づけたと言える。そして、ギリシアと母親への思慕の念が血肉となって、生きた知識としてギリシア神話に親しみ、同時に父親の血統のケルト的神秘思想への傾倒が、複雑で特異な性格を形成するに至った。ギリシアは母親への思慕と深く結ばれ、その後、母親への思慕が未知の国日本への探究へと発展したのである。

　来日後、ハーンは松江の大気そのものの中に何かがあり、それが神道の感覚であることを看破し、西洋文明とキリスト教至上主義に反旗を翻して、日本の文化と宗教を高く評価した。彼は日本の伝承伝説や霊界の話を好み、西洋人としては珍しいほど日本の神仏混淆の世界を良く理解し表現できた。ハーンは帰化して小泉八雲になると、西洋人達から土人になったと中傷された。現地人の女と同棲はしても結婚すると、北米プロテスタントの白人社会からは、西洋の白人女性と結婚できない変人奇人で、落ちこぼれのはぐれ者というレッテルを貼られてしまうのであった。しかし、ハーンは在日の西洋至上主義の白人たちからの誹謗中傷に臆することなく、日本の民間信仰を熱心に調査し理解して作品化したのである。

　繊細な感性と深遠な求道者的探求で、日本文化の真髄に迫ろうとした彼の一連の著書は、異文化に対する柔軟な考察と文学的想像力で横溢した新鮮な発想と独特な文体の趣きを持っている。さまざまな日本文化探訪の中で思索を記したハーン独特の英語表現は、訳者の翻案的な解釈が入り込んだ訳書では完全に変換出来ず、彼の言葉に対する飽くなき研鑽の痕跡はあまり表現できない。英語の原文の中に示された文学的な意匠は正しく理解されず、原文に滲み出る緻密な文章構成、創意と工夫、作品としての完成度などは訳文では充分に伝わらない。推敲に推敲を重ねた繊細な英文の筆致は、翻訳で読む日本人には気づかない精緻なもので、ハーン文学の評価の難しさを物語っている。彼自身も東西文化の大きな隔たりを考慮して、日本における西洋文学研究の困難さに触れて、外国文学を研究するための読書は、作家と同じ精神的緊張感と真摯な態度で行うべきだと警告している。また、外国文学の研究が日本人の視野を広め、自己表現能力の向上に役立つ必要性を力説し、最終的には日本文学の発展に寄与することを彼は強調したのである。

ハーンは「創作について」と題する講義の中で、著述における妥協のない推敲作業の必要性を強調し、最高度に芸術的な文学作品の条件として特に削除と添加の二つを挙げている。何度も書き直しを繰り返す中で、当初の想念の曖昧さがなくなり、ついに明確な感情が表現できる名文を生み出すと言う。さらに、たとえ一度は完成しても、少なくとも一ヶ月ぐらい一度も見ずに引き出しにしまっておいた後に、落ち着いて見直すことができるだけの時間の経過を待ってから、もう一度読み返してみることを強調している。このように、完成原稿とするまでには、慎重にもうしばらく待って考える必要を説くハーンは、少しでも不審があれば、おそらく一ヶ月か一年、あるいは五年でも待つことがあると述べている。場合によっては、物語を書き終えるまでに七年もの間、引き出しの中にしまっておいたことすらあると強調している。このような忍耐強い作業を通じてはじめて、文章表現はさらに磨きをかけられて完成度を高め、自分の感情と思想を読者に的確に伝えることが可能となる。ハーンは再話文学の創作において、特に原話以上の深い感動を読者に与えるために、このような優れた技量と力量を十二分に発揮したのである。

　また、ハーンの日本関連の著書の内容が、現実の日本と相違したり、矛盾している点を含んでいるとしても、彼は単に現実の日本をレポートしたわけではない。西洋の読者に分かりやすくするために、作品中に描かれた人物や事件の多くは、真実味や迫真性を高めるために劇的効果を利用して表現されている。また、日本文化を理解しやすく表現するために、脚色や誇張が施されており、事実としての現実と作品としての虚構が想像力で巧妙に織り交ぜられて理解しやすく工夫されている。したがって、ハーンの描いた日本は、現実の日本とは異なっていることがあった。しかし、彼は単に写実的観点で過去現在の日本を見たのではなく、詩的想像力で表現することに努め、詩人の眼で心の中の日本を英語で再現しようとした。このように、詩人的感性と想像力で、ハーンは日本の美質を詩情豊かに表現する文学作品を創作した。日本人も気づかず省みることのなかった古き日本の面影を捉えて、当時の新旧日本の相克を見事に表現して、西洋に紹介した稀有な外人作家として、ハーンの業績は高く評価できるのである。

　ハーンは日本の昔話の中でも、特に霊的なものに非常な関心を抱き、独自の解釈を加えて再話文学として作品化した。また、ニューオーリンズ時代の10年にも及ぶフランス文学の翻訳作業は、文学研究から作家への道を懸命に辿るもので、ハーンの文学修業となって彼独自の文体や文学観を確立させ、さらに来

日後の日本研究の著作に結実したのである。すなわち、ニューオーリンズでフランス文学の翻訳に傾倒した時期は、作家の創作心理や文体の研究に繋がり、彼の詩人的素質と散文体とが見事に調和するための準備的な修業の期間であった。フランス文学の翻訳によって得た作家と文体の研究を創作活動の基盤にしながら、彼は様々な試行錯誤の後に、小説の執筆よりも再話文学によって自らの才能が開花することを悟った。ニューオーリンズ時代にハーンはすでに『中国怪談集』を出版し、霊界や異界の出来事を異文化世界の素材で語り直すという独特の創作手法を用いていた。そして、来日以降には、小説家としては大成しなかったハーンが、再話文学において自らの才能を十二分に発揮する機会を与えられたのである。このように、ハーンはニューオーリンズで不可思議な現象や超自然的な出来事に関心を示し、数多くの作品に取り上げていたが、日本時代になると、さらに多くの作品の中で霊界や異界の物語を好んで取り扱うようになった。古今東西に及ぶ様々な作家や思想家の研究を通じて、ハーンは科学万能の猛威と圧倒的な物質主義に対峙し、冷徹な資本主義の競争原理を批判した。そして、古き良き世界を排斥する近代化の論理に対抗し得る、霊的で超越的な存在原理の確立のために、過去の文学や伝説に記された異界や超自然界の普遍性や背後の神的存在を探究し作品化したのである。

　翻訳から翻案、そして再話物語へと展開するハーンの文学活動は、西洋人による英語で書かれた日本文学を作り出したと言える。昔話の語り直しは、充分な日本語の読解能力を持たなかったハーンのために、絶えず妻セツの語り部としての言葉を通じて行われた。語り部セツの語り直しは、ヘルンさん言葉という片言日本語で行われ、武家で育ったセツの感情や熱意の籠もった言葉と表情や身振り手振りを見聞しながら、ハーンは独自の想像力で解釈し再話物語を創作したのである。ハーンの書いたあらゆる英文原稿は、セツには理解不能のものであった。したがって、セツの語りから生まれたハーンの英文原稿は、本来セツに読んでもらうことを一切念頭にしていなかった。皮肉な成り行きであったが、セツの語り直しからハーンの想像力が最大限に発揮され、見事な英文による文学作品を生みだしたのである。このように、セツという優れた語り部を得たことによって、ハーンは日本の昔話を新たな物語に語り直す再話文学において、原話の正確な翻訳でも翻案でもない、彼独自の創作世界を築き上げたのである。

　セツがハーンの気に入りそうな本を古本屋などで探してくる。そして、その

物語を原話にして語り直しがおこなわれ、語り部セツの解説がさらに加わり、ヘルン言葉による説明からハーンの英語による創作活動が始まるので、文学作品として完成に達するまでには夫婦間の多くの協同作業が必要であった。夫婦間の共通語であったヘルン言葉で、原作から再話の世界を模索しながら表現したものが、さらに文学的見地や異文化理解の観点から、ハーンの精緻な英語に練り直され文章化されて、芸術性を備えた新たな作品に生まれ変わったのである。このような複雑な創作過程で成立した作品であることを考慮すれば、日本語の翻訳ではハーンの繊細な英文の味わい深い風味が充分に伝わらないと言える。もはや読まれなくなって、消滅しつつある古書の中の古き良き日本の面影を新たな文学として書き残すことに彼は日本人以上に熱心であった。その彼の真摯な熱意がセツの献身的な協力を喚起し、作品は時空間を超越して歴史に残り、今なおジャンルを超えた文学として息づく普遍的価値を持つに至った。すべてに欧米化による均一化が進行したために、本来の国の姿を見失った現在の日本にとって、明治期に帰化したハーンが高く評価した旧日本のほうが、表層的に近代化した新日本より遥かに説得力を持ちリアリティを感じさせるのである。近代化に走る日本の新旧の対立と矛盾は、彼の日本研究の思索の源泉でもあった。彼はチェンバレンへの書簡の中で新日本を激しく批判する言葉を投げかけている。

　「逆にわたくしは、新日本の露骨な利己主義、冷酷な虚栄心、浅薄俗悪な懐疑主義、つまり天保時代に対する軽蔑を喋々し、明治以前の愛すべき老人を嘲笑し、ひからびたレモン同様に空虚で苦い心しか持たぬがゆえに、決してほほえむことを知らない新日本を、言うに言われぬ嫌悪をもって憎悪するのです。」
　(7)

　ハーンは庶民の日常生活の中から、消え行く旧日本の美しさを少しでも書き残そうとした。また、彼は外国人としての特異な立場から西洋的な着想を得て、新たな再話文学という領域を構築したのである。従来の文学的ジャンルや抽象的な理論にこだわらず、彼は異国情緒に満ちた文学の創作を実践し、現場重視の職人的な作家として、日本の伝統、神話、伝説、異界、霊界を心から愛していた。このように、ハーンは日本文化の審美的で不可思議な世界に惹かれ、そこに日本の美と日本人の善と神仏の真を追究し、独自のロマン主義的な観点から文学作品を創作したのである。

ハーンは庶民生活の中の些細な出来事に注目して、日本の美質を発見し見事に表現することができた。怪談や奇談のような小説的興味で霊の世界を描写した再話文学ばかりではなく、地方に古くから伝わる伝統文化に取材した異文化探訪と調査によって、ハーンは地域社会、民間宗教、風習、伝説、民俗などに関する作品を数多く残した。

　ハーンは著書の中で多様な文学的手法を駆使しながら、様々な内容の作品を書き、全体として一冊の著書として纏まるように構成している。一人称で述べたエッセイ、紀行文、手記のようなもの、ジャーナリステックな興味をそそるもの、三人称で客観的な視点で物語る小説的なものなどが渾然一体となって融合して、全体としての著書の魅力を醸し出している。常に著書としての全体の相を意識しながら、各作品の内容が見事に練り上げられている。各作品を一編ごとに分断するのではなく、取材内容と表現方法を自由自在に工夫し、様々な作品群を有機的関連で結びつけ、彼は全体的な意匠を著書にもたらして、独創的な効果を生み出している。各作品間で響きあう文学的意匠の相乗効果が全体を纏める焦点となって、作品群がお互いに力強く光を放って輝き合っている。ハーンの日本に対する考察には、一般的な西洋人の傍観者的態度とは違って、日本に対する心からの愛着と異文化に魂の拠り所を求める求道者のような詩人的感性や哲学性や宗教性がある。磨き上げられた詩的散文を駆使して形而上的に昇華するハーン文学は、妻セツの協力によって集めた様々な文献や各地への現地取材の見聞などから成立しており、その内容をさらに想像力によって読み解いて創作されたものである。また、日本について論じながらも、文学と哲学と宗教の広範囲にわたる思索を挿入しながら分かりやすく纏め、西洋の読者のために脚色し比較文化的観点を表現するために、ハーンの作品は独特の構成と巧妙な虚構性を有しているのである。

　当時、西洋社会での日本台頭論や異国情緒愛好のために、日本文化を調査研究したハーンの作品は広く受け入れられた。各地への旅行記や紀行文も単なる事実の羅列や現地報告に終始することなく、ハーンは見聞した取材内容を独自の文学的感性とジャーナリスト的見地で捉えた。彼は異常なものや奇妙な現象に特に関心を示したが、物語性のある叙事的なものや叙情的なものを絶妙なバランス感覚で随所に織り込んで著書としての文学性を高めた。ハーンの紀行文や滞在記は、地域の民話や民間信仰を抒情溢れる名文で記している。特に宗教に注目して庶民の素朴な祈りや願いを民間伝承の中に調査し、日本民族の文化の根幹を探究して、彼は取材活動において民族学的視点を併せ持っていたこと

を示している。このように、ハーンほど当時の日本人の生活の諸相を幅広く取材して調査し、数多くの著書に纏めた者はいなかったのである。

日本人の宗教観を論じた「因果応報の力」、前世や霊魂を考察した「前世の観念」、祖先崇拝をキリスト教と比較した「祖先崇拝の思想」などは、比較文化論の立場から、日本人の信仰を日常的現象の中にまで分け入って分析し、日本人と同じ目線になることによって得られた豊富な経験と確かな観察力で、独自の優れた宗教的思索を吐露したものである。

このように、日本の宗教の神秘を扱うハーンの考察は、他の追随を許さない独壇場である。教義としての宗教の不毛性を指摘して、本来神とは死者の霊に他ならないと論じるハーンの論考は、今日でも輝きを失わず興味深いものである。西洋と東洋を常に比較文化的視野で捉えながら、安易な妥協と陳腐な論理に陥らないハーンは、神秘的な日本の文化と歴史について、帰化した外国人としての深層意識に繋がる独自の考察を示している。日本での生活体験から東西文化の対立と和解の諸相を論じ、民族意識や風習、伝統文化や時代精神、新旧日本の相克などの問題を、彼は庶民の日常生活に密着した取材内容や文献的調査から考察したのである。

ハーンとブレナン夫人
（ダブリン、1850年代後半）

ダラムのアショー校でのハーン
（13歳頃）

第三章　日本女性の美質

1．女性崇拝

　アメリカ時代にシンシナティ、ニューオーリンズ、マルティニークなどの各地を漂泊したハーンは、様々な土地の文化に接するたびに、その社会の底辺に生きる無名の弱者としての女性、特に混血の黒人女性に注目してきた。アメリカ時代に記者として、黒人女性や貧困の女性をシンシナティの社会の裏側で取材していた頃から、ハーンは弱者の愛という観点から女性の美しさや真心や善性の世界を作品に描き、永遠の母性を終生のテーマとして追究してきた。美と善と真を結びつけるものは、愛に他ならないとする彼独自のロマン主義的な観点から、社会から顧みられることのない弱者の女性を彼は描写しようとした。ハーンはキリスト教を嫌い西洋至上主義に反対したが、さらに、白人社会から離反して脱西洋を標榜し、女性の母性を神聖なものと崇拝して、特に有色の混血女性を理想化した。母親の母性を追い求めようとする、彼の混血女性へのこだわりは、彼自身の様々な人生体験の中に反映されている。

　シンシナティの下層社会に生きる黒人混血女性アリシア・フォーリー（通称マティ）の哀れな境遇に同情し、ハーンは同棲するようになった。当時法律で禁じられていた黒人女性との結婚を強行して、失職するという憂き目にあい、不利な条件で小さな新聞社へ移らざるを得なくなった。また、マティが彼の手に負えない程に自由奔放に行動することに戸惑い、仕事でも結婚生活でも行き詰まりと限界を感じたハーンは、二人の生活に見切りをつけざるを得なくなった。このように、ハーンはシンシナティで黒人混血女性マティと同棲し結婚を発表しながらも、かつて父親が母親を捨てたように、結局女性を見捨てたという痛恨の体験をしていた。マティとはハーンの下宿屋の料理人であり、身の回りの世話をしてくれたり、病気のときには熱心に看護してくれる親切な女性であり、不思議な霊の物語を語る語り部の才能を持っていた。マティとの結婚の発表は、当時の地域の法律で白人と黒人との結婚を禁じていた白人社会から白眼視されることになり、彼は記者の職を失い、さらに不利な条件で他の小さな新聞社で働かざるをえなくなった。将来への展望を失うという危機に瀕し、結局シンシナティを追われるようにして、ハーンは南方のニューオーリンズに新天地を求めたのである。マティとの結婚は失敗であったが、今まで知らなかった異文化や不思議な霊の物語を知り、社会の底辺に生きる有色の女性達に対する見識を深めたことも事実であった。また同時に、マティと別れて捨て去った

ことは、どのような理由があるとはいえ、自分の父親と同じことを繰り返したという痛恨の後悔の念となり、何処までも彼の心を苦しめ続けていた。憎んでいた父親と同じ罪を犯したという心の傷は、非常に深いものであったので、その後彼はこの件には一切触れようとはしなかった。

　マティの話術がハーンを魅了したように、来日後、語り部としてのセツから日本の昔話や怪談などを聞かされた時、幼少期に母親から聞いたギリシアの昔話の懐かしい記憶が蘇り、日本女性セツの物語に心から惹きつけられた。幼少期のギリシアの母親との日々、母親の子守唄やお伽話の淡い不確かな記憶が、何処までもハーンの心に残り続け、何時までも彼の創作意欲を刺激し続けたのであった。ギリシアの母親は黒い大きな眼で色黒の繊細な女性として彼の脳裏に焼き付いていた。そして、心に刻まれた母親の面影を、ハーンは黒髪と黒い眼の小柄な日本人女性セツの姿に見つけだしたのであった。異文化の異人種の女性との恋に惹かれていたハーンは、愛する男に献身的に尽くす日本女性と同じく、愛する女性に対しては何処までも寛大で利他的になり、崇拝の対象にすることを当然と考えていた。

　不幸な生い立ちと不遇な幼少年期をヨーロッパで過ごし、その後、親族に見放されて孤立無援となって頑なに心を閉ざしたまま、アメリカ社会で厳しい生存競争に晒されて過酷な苦労を重ねた末に、ハーンは記者としての職を得て社会人として自活するに至った。頑なハーンの固い自我の殻が、来日以降、穏やかな松江の母性のような包容力に包まれて少しずつ破られ、日本の未知の文化に接することによって、彼は教育者・作家としての自己発見と自己実現の絶好の機会を与えられた。日本女性セツを妻にし、さらに家庭や子供を持ったことで新たな視点を与えられ、母性崇拝への傾倒は一層強まり、日本女性を日本文化の研究の中心におくようになった。チェンバレンへの書簡の中でハーンは日本女性を次のように激賞している。

　「しかし、日本女性は何という優しさでしょう！──善性に対する日本民族の持てるあらゆる可能性は、女性に凝集しているように思われます。このことは、西洋の教義のいくつかに対する人の信仰を揺るがすものです。もしこの優しさが抑圧と圧制の結果であるとするならば、抑圧と圧制も全体的に悪いとは言えません。これに反してアメリカ女性は、自分が偶像崇拝の対象となりながら、その性格をどんなにダイヤモンドよろしく硬直させてしまうことでしょう。事象の永遠の秩序において、いずれが至高の人間でありましょうか？──子供

っぽくて、人を信じやすく、気立ての優しい日本女性でしょうか——それとも
われわれの、より人為的な社会に住んでいる、華やかで、計算ずくめの、人の
心を見ぬく魔女、悪に対する能力は巨大で善を目指す才能に乏しい魔女でしょ
うか。」(8)

　世界の各地を放浪してきたハーンにとって、日本女性は最も素晴らしい美質
を有し、日本文化の最高のものを凝縮して、些細なことにでも子供のように喜
ぶことのできる純粋さを失わない可愛らしい存在であった。ハーンによれば、
日本の最高の芸術作品は日本女性である。主君のためには命懸けで滅私奉公す
る日本の封建的な男社会が、数千年もかけて造り出した日本女性は、いじらし
く愛らしい存在であり、無我に徹して宗教のように自己犠牲に殉じた生活を送
っている。男性中心社会である集団に自ら埋没し個我を無にして、利他的な情
念のように自己犠牲を信奉しているのである。理想郷としての夢の国日本の理
想的な日本女性を描くために、ハーンは日本の事物すべてをこの世のものなら
ぬ魅力的な姿にした。

　ハーン文学の繊細な美しさは日本女性の美質に注目する彼の女性観と深く結
びついている。彼にとって、女性という異性こそ永遠に未知の異文化であり、
日本女性を日本文化の理解への糸口としたことは、失われた母親の母性の面影
を追い求めてきた彼独自の感性と想像力であった。すなわち、女性への愛に対
する考え方が、その社会全体の価値観、伝統文化、民族の思考様式さえも決定
づけていると彼は考えていた。日本社会の不可思議で特異な姿は、封建制の抑
圧と男尊女卑の不条理の中で、大和撫子という清楚な日本女性の美質を育んで
きたという事実であり、ハーンは日本女性に注目すれば、日本の社会構成の秘
密を理解できると考えたのである。

　ハーンは詩的芸術家として日本を研究し、詩的文学作品としての日本像を想
像力で表現した。各作品は彼独自の感性を駆使して考察されており、さらに独
自の芸術観に立脚した日本論の披瀝であった。特に彼は日本の最も優れた美質
を体現したものとして日本女性に注目した。ハーンは弱小なもの、風変わりな
ものに特別な関心を抱き、日本や日本人との出会いを運命的な遭遇と認識し、
全身全霊で異文化に接しながら各地を探訪し、時に忍耐強く仕える淑やかで直
向きな日本女性に接した時、霊的な崇高さを看取し、霊界や異界に遭遇するの
と同じゴーストリーな感銘を覚えたのである。

西洋文学の詩や小説では、キスや抱擁、愛撫といった男女の恋愛の姿を赤裸々に取り扱ったものが多いが、日本文学には男女間の露骨な性愛描写は伝統的にほとんど存在せず、母親の子供に対する場合を除けば、愛情表現としてのキスや抱擁が作品に堂々と描写されたことはない。西洋化された現代文学を除けば、日本では恋愛や性愛表現が露骨に表現された時代はない。西洋では、抱き合ったりキスをして愛情の激しい言葉を声高く投げ合い、お互いの愛を確認しあうような男女の場面であっても、日本では激しい言動を抑えて、ただ二人は黙ってうなずき合うだけで、お互いの肩をそっと撫でる程度で、男女の愛情表現の場面が終わる。現代では日本でも不倫を小説の主題に取り上げたり、露骨な性描写が登場するのも珍しくなくなったが、元来、日本では女性への愛の耽溺や陶酔は、心身を苦しめ正道を踏み外す煩悩と捉えられ、遊女や芸者との放蕩と同等のものとして一般化して表現され、忌むべき自堕落な乱行に他ならなかった。これに対して、西洋では洗練された恋愛や女性美への耽溺が大いに賞賛され、中でも既婚女性への激しい姦通や破滅的不倫愛などが堂々と文学として表現されてきたのである。

　このように、西洋文学のほとんどが男女の恋愛を扱ったものであり、詩も小説も女性崇拝の心情を吐露したもので満ちている。英国留学した夏目漱石は英国の文化や文学を研究すればするほど、全く異質な文化とのギャップを痛切に感じざるをえなかった。漱石が英国で疎外感と不安感に苦しみ、アイデンティティ喪失の危機を体験したのもこの事実と無関係ではない。彼は英国と英国人について懸命に研究に取り組んできたが、英語教師として英文学研究のために留学してきた漱石と東洋人に冷淡な態度を示す英国人との間には、埋めきれない深い溝があった。彼は膨大な西洋文化の優越性が、東洋人である自分の存在そのものを否定しているように感じたのである。英国人は漱石に何ら斟酌せずにコックニーで話しかけ、理解しずらい漱石を嘲笑し無視した。下宿屋のおばさんでさえ彼を見くびってきたのである。また、あらゆるエネルギーを傾注してきた英文学が、男女の物語に終始する事実に漱石は当惑した。実際に英国に来てみれば、人前を憚らず抱き合ったりキスをする連中であることに彼は唖然とし、さらに、明らかに自分よりも知性も教養も劣る下宿のおばさんや女中までが、矮小な自分の風体や日本人の英語を怪しみ、西洋の優越性を露骨に誇示していた。白人たちが心底から自分を過少評価することに、漱石は学者としての誇りを傷つけられ、人間としての尊厳を著しく損なわれて呻吟した。漱石は恐らく英国に留学して、ハーンとは全く正反対の経験をしたが、この東西文化

の軋轢や失意や疎外感が、後の漱石の作家的使命の確立に大きな意味を持つに至ったのである。

東京帝国大学での文学講義「ヨーロッパ文学研究のむずかしさ」において、ハーンは学生に愛の理念を語り、人を愛すると人は利己的でなくなり、自己犠牲を惜しまず、自分の所有物をすべて愛する者に与えようとし、愛のためなら自ら進んで苦しみを甘受し、生命の危険さえ厭わないと論じている。しかし、愛の理念を語る場合も、西洋と日本では全くの正反対である。長い封建制の間に男尊女卑が浸透した日本では、大和撫子としての日本女性が自己犠牲的愛を献身的に男に捧げるが、西洋では男が女性に対して神に対するような至上の愛を惜しげもなく捧げるのである。西洋においては、結婚した男は父親よりも妻に対して第一義的な義務を負う。さらに、社会通念として男は女性であることに対してすべての女性に敬意を示さねばならない。西洋社会では、支配権や管理権を除けば、あらゆることに対して宗教的信仰のように、女性は最高の処遇を受けている。この事実を理解しなければ、西洋文学に精通することは不可能であるとハーンは説いている。

「階級や文化によって違いはあるにしても、ヨーロッパ全般にわたって、女性に関する宗教感情とまったく同質の敬虔な情操が存在している、という考えを私は諸君にぜひ伝えておきたいと思う。これは真理であり、このことを理解しないならば、ヨーロッパ文学は理解しがたいものとなるのである。」[9]

このように、西洋では、女性は宗教的崇拝の対象であり、まさに神そのもののように崇拝されている。西洋の男の女性に対する態度は、一種の礼拝のようであり、社会的地位や文化の違いにかかわらず、女性への宗教的感情には全く同じ敬虔な気持ちが存在している。西洋文化や文学の理解には、このような女性観の歴史的事実を把握することが不可欠である。女性崇拝の感情はギリシア・ローマのラテン民族から発祥したものではなく、古代北方のアングロ・サクソン民族特有のものである。この民族では古来から母である女性は、創造者として半神的存在として崇められてきた。さらに、女性には超自然的な不思議な力があると信じられてきた。このような北方民族の感情にロマン主義的感情が加わり、芸術的により複雑なものに進化して、キリスト教のマリア信仰に集約されたのである。また、中世の騎士道精神が女性崇拝を一層強固なものにした。そして、ルネッサンスによって、ギリシア神話の女神達に新たな敬意を示

すようになった。このような歴史的事実が古代からの女性崇拝の感情を複雑で強固なものにし、一層繊細なものに発展させ文芸に反映させたのである。

　夏目漱石はロンドン留学でこのような女人崇拝の事実に大いに呆然とし、人前で平気で抱き合ったりキスをして女性に奉仕する男を見て、東西文化の隔絶を痛切に実感し、日本人としてのアイデンティティに苦しみ、自らの英文学研究に疑念を抱くに至ったのである。すなわち、ほとんどの西洋文学は詩や小説において、ひたすら男女の恋愛を取り扱っているという事実である。ハーンによれば、この事実を理解しない限り、西洋文学や文化は日本人にとって意味不明であいまいなもので終わってしまう。西洋における女性崇拝は宗教的感情であり、現世的で社会的な宗教である点で、民族的な感情であり信仰に他ならないのである。ハーンの著作における日本女性への傾倒は、まさに西洋的な女人崇拝の精神であり、日本女性の男への自己犠牲的な献身的愛は、まったく正反対の関係における愛の理念の実現に他ならないのである。

　日本から西洋を客観的に眺めることになったハーンは、白人社会や黒人社会を充分に熟知し、多様な価値観にも取材を通じて体験していた。しかし、日本社会は今まで体験してきたどの社会とも全く異なっていたし、日本女性は傲慢な白人女性や虐げられた黒人女性とも異なった特別な美質を有していた。他の外国人とは異なって、彼は西洋的価値観で判断するのではなく、日本社会というまったく特異な文化をそのまま受け入れ自ら同化して取材しようとした。特に、露骨な西洋の性愛表現と異なった控え目な日本女性の愛の世界に触れて、ハーンは奥ゆかしい愛情表現や気品のある日本女性の魅力に大いに惹かれた。献身的にハーンを支えていた妻セツも、夫に同化するようにしてヘルン言葉を話し、喜びも悲しみも共にしてひたすら夫に尽くす女性として生きた。日本女性の美質を物語る不思議な逸話や昔話に非常な関心を抱き、彼はセツの支援を得て再話文学として西洋の読者に紹介したいと思うに至った。文明開化の明治時代にもかかわらず、依然として旧態依然とした男尊女卑の風潮が色濃く残っていたが、ハーンは女性を対等の立場で眺め、控えめで慎ましい日本女性が自己犠牲して、内助の功の支援を惜しみなく与えていることに深い感銘を受けた。

　このように、妻セツの原話の語りから、美意識と想像力に訴えかける愛の物語に再構築して創作したのがハーンの再話文学の特色の一つである。ハーンの再話文学の原話は、『今昔物語』などの日本の古典から明治時代の書物など、様々なものから取り入れられている。伝統的な風俗や習慣を説明する語り部セツの表情や感情から受け取った直接的印象から、ハーンは想像力を駆使して原

話を新たな文学世界に作品化した。日本で温かい家庭の幸せを最大限に享受していたハーンは、仕事の支援者、創作の協力者としてセツに絶大なる信頼を託していた。彼にとって、家庭は心休まる雰囲気と美味しい食事を提供するものであり、そして何よりも妻セツの親切な心遣いに溢れた仕事場であった。妻セツによって幸せな家庭に包まれたハーンは、アメリカ時代以上に立派な社会的地位を得て、作家・教育者として積極的に活躍した。また、彼は母性崇拝と愛情至上主義の傾向を確立し、好んで社会的弱者としての女性を作品に取り上げ、セツの協力によって様々な日本女性の美質を作品に描いたのである。

　セツを妻にしてから、女性崇拝や母性への思慕は具体的な女性に集約されて、ハーンは新たな視点を与えられ、日本女性を日本文化研究の重要な手掛かりとするようになった。様々な異文化の中を放浪してきたハーンは、日本女性を最も賞賛すべき美質の持ち主と受け止め、日本文化の最高のものが日本女性に凝縮されていると看破した。どこまでも自己犠牲を惜しまず、些細なことに子供のように喜ぶ純粋さを失わない日本女性は、ハーンにとって、この世のものとは思えない聖母のような超越的存在であり、注目すべき霊的な特質を漂わせていた。ハーン文学の美しさは日本女性の美質に注目した彼の作家的観点と深く結びついており、日本女性こそ永遠に未知の神秘的な異文化であった。このように、天使のようなやさしさと辛抱強さを併せ持った日本女性を日本文化の探究の糸口とし、神秘的な日本女性の姿を描いたことは、彼独自の女性観の表現であり、文学的特徴ともなった。晩年の日本研究の集大成である『日本』の中で、ハーンは日本女性こそ日本の産んだ最高の芸術作品に他ならないとまで述べ、日本女性の美質を最も高く評価したのである。

　「日本の婦人は、すくなくとも仏教の天人の理想を実現したのである。人のためにのみ働き、人のためにのみ考え、人を喜ばしてはおのれが楽しんでいる人、——邪慳になれず、自分勝手になれず、先祖代々うけついだ正しい考えに反したことは何一つ出来ない人——しかも、このやさしさとおとなしさにもかかわらず、いざといえば、いつ何時でも自分の命を投げ出し、義務のためには何事も犠牲に供する覚悟のできている人。これが日本の婦人の特性であった。この小児のような魂のなかに、おとなしさと烈しさ、やさしさと勇気が、いっしょに結びついているというのは、いかにも不思議に見えるかもしれないが、この解明はしかし手近かに求められる。彼女のうちにある、妻としての情愛、親としての情愛、あるいは母としての情愛よりも強いもの、——いや、女とし

てのどんな感情よりも強いもの、それは彼女の大きな信仰から生まれた道徳的信念だったのである。」(10)

　ハーンによれば、長い封建制の中で、日本の女性は男性とはまったく違った倫理的存在であり、男性と同じ民族に属するとは思えない程に崇高な存在になっている。すなわち、素直で子供のように信心深く貞淑な女性は、日本以外では存在しえないものである。西洋人の美の標準とは異なるが、幼年期のような美しさがあり、顔にも姿にも大きな魅力がある。それはいとしいほどに小さな手足のきゃしゃな美しさである。綺麗な子供のように愛らしいので、西洋的な意味では典雅な女性ではないが、日本独自の意味で優雅な女性である。したがって、家庭で勤めを果たしている淑やかで健気な日本女性を見ることは、ハーンにとって、日本の美学を学ぶ者にとって一つの学問となる。このような論理は、セツを通じて彼が日本を学んだことの証左ともなる。封建制の悪弊にもかかわらず、旧日本が女性に与えた躾や教育は、親切、素直、同情、繊細な心などの女らしい性質をすべて育成するように向けられてきた。このような昔堅気のしつけで育った日本女性は、徹底した利他と無私において、日常生活の言動が信仰の動作であり、ハーンには存在そのものが一つの宗教となっているように思えたのである。このように、ハーンの日本女性に対する賞賛の念は、来日以降、生涯不変であった。日本に対する危惧の念や失望があったとしても、日本女性に対する彼の讃美と信頼の念は微動だにしなかった。日本女性の優しさや従順さは、権利意識ばかり強くて自惚れの強い西洋の女性には見られない素晴らしい美質であった。決して見返りを望まない献身的な愛に自己犠牲できる日本女性をハーンは心から賞賛した。彼の作品の中の日本女性の美質は、士族の娘としての躾けと嗜みを身に付けた妻セツを彷彿とさせるものである。ハーンは18歳年下のセツを心から信頼し雑事のすべてを任せ、日本研究を中心とした著述と英語英文学の教育に没頭していたのである。
　「君子」、「舞妓」、「日御碕にて」などで、ハーンは愛のための自己犠牲に徹した日本女性の具体的な姿を描いた。自己主張や権利意識の強い西洋の女性には存在しない無我と献身の美質は、多少誇張があるにしても、日本古来の社会や文化に特有の謙譲と謙遜の精神とも結びつき、愛に基づく利他と無私を示している。このような日本女性の美質に感銘を受けたハーンは、熱心に欧米の読者のために多くの作品を書いたのである。

2．芸者と舞妓

　何処までも無私になって男に寛大な日本女性は、男性を甘やかせる母性的原理の社会を生み出していた。日本の昔話の中で、死んでもなお男に愛情豊かな優しさを見せる健気な日本女性に興味を持ったハーンは、男尊女卑に反論するかのように、新たな近代の解釈で愛と女性優位を導入した再話文学を完成したのである。

　『今昔物語』からの再話である「君子」では、自己犠牲の愛に無限の母性を見出していたハーンにとって、日本女性君子の美質こそが無償の愛の具現として映ったことを示している。全てを捨てて尼僧になった君子は、愛する男のために、無償の愛という大きな自己犠牲を払った。黙って全てを運命だと受け止めて耐える気丈な君子の愛には、毅然として潔く信念に従って生きる純粋なひたむきさがある。その無私に徹する姿は、気品に充ちて、神聖な心の優しさと美しさを示している。愛する男の人生のために、敢えて男の妻になることを拒絶して身を引き、金持ちの男の嫁になって玉の輿にのることをやめた芸者君子の自己放棄は、自ら幸運を捨て去り茨の道を辿るという聖人のような利他的行為であり、欲の柵に生きる人間には珍しいことである。没落士族の娘から芸者に身を落としたという自己卑下するような身の上と士族の血統が、君子の禁欲的な生き方と自己犠牲の愛に繋がったのである。次の一節は妻セツの半生を物語っているともいえる。

　「君子が、ほかの芸者とちがうところは、血統が高いことであった。芸名をつけられるまえの本名は「あい」といった。「あい」というのは、漢字で書けば「愛」という意味である。また、おなじ音の漢字で書けば、「哀」という意味にもなる。「あい」の一生は、じつに、この、「哀」と「愛」の一生だったのである。……… そこへ御維新がやってきた。位階の高かったものは、ことごとく位階を剥がれて、窮乏のどん底におちいるのやむなきにいたった。あい子も、学校をやめなければならなくなった。相次いで、さまざまの大悲劇があとからあとからと持ち上がって、とうとうしまいには、あい子は、生みの母と幼い妹と、三人きりになってしまった。母とあい子は、機織り以外に、べつに手になんの職ももっていない。しかし、機織りぐらいでは、とても生活の足しになろうはずもない。」⁽¹¹⁾

　愛する男の立身出世のために自発的に身を退く芸者君子は、男の幸福のため

に自分の愛をあきらめるという自己犠牲の愛に殉じて、利他的に自分の幸福を自ら進んで放棄する。自己主張の強い西洋の女性ばかり目にしてきたハーンにとって、この様な悲哀の漂う無償の愛の行為は、この世のものとは思えない程の鮮烈な衝撃を与え、無条件に賞賛すべき聖なる美質として写った。

　一見穏和でしとやかな君子は、内面に激しい情熱と意志力を秘めていた。君子は良家の侍の娘であったが、維新後零落し、父親の死後は家屋敷を手放すほどに生活に困窮を極めるようになったため、芸者になって母親と妹を養っていかねばならなかった。君子は誰からも後ろ指をさされないように、ひたすら控えめに身分相応の生き方に満足していた。良家の武家の娘として華道や茶道や和歌を習得し、高い教養も身に付けていたが、生活のために芸者の身分を分相応と考え、如何なる男にもなびくことはなかった。金満家の御曹司と数ヶ月にも及ぶ同棲生活を送り、相思相愛の仲になったにもかかわらず、君子は正式の結婚の申し出には頑として同意せず、頑なに拒絶するのであった。

「自分の胸にうけた火傷のきずは、いまに治っておりまへんのどす。そのきずを払うてくれる神通力も、この世にはあれへんのどす。その私のような女子が、こんなりっぱなお家の御寮んはんになって、あんたはんの子供を産んだり、その子供がお家のあとめを襲いだり、……ほんな資格、どない考えても、私にはあれしまへん。」(12)

　芸者の身であることを考えれば、格式ある家では歓迎されない女として排斥され、結婚後の不要な摩擦で相手の家庭に不和を起こすことを君子は恐れた。また、熱狂している相手の男の心変わりを懸念しながら暮らす生活の耐えがたい負担を予感し、男にはもっと身分相応の女性を見つけてくれることを望んだのである。君子は何も持たずに急に男の前から姿を消し、数年後、男が他の女性と結婚し子供もできた頃に、突然、尼僧となって現れる。達者なのを確認するように子供に言葉をかけ、男にこんな嬉しいことはないと伝言して、また風のように姿を消したのである。門前に来た尼の正体を知った男は、昔愛した女の献身的な陰徳と聖母のような計らいに感涙にむせぶのであった。聖女のように無欲な君子は、優しく思いやりがあり、物静かで気丈な日本女性の美質を代表しているのである。

　控えめで物静かな君子の忍耐強さ、気丈さ、賢明さに対するハーンの尊敬の念が、作品の中に反映されている。君子の穏やかな口調の背後には、純粋に愛

する男のために自己犠牲する利他的な愛の情念がある。このような無償の愛の神聖さに対するハーンの賞賛の念が作品全体に込められている。日本の美しい自然の中で育まれた物静かな日本女性に対する賞賛は、来日後、セツとの出会いで培われたもので、その後、生涯失われることはなかった。彼は常に母性のような優しさと安らぎを女性に求め、何よりも幸せな家庭的愛情を求めていたのである。ハーンにとって、女性は家庭の魂であり、あらゆるものを美しく変えてくれる存在であり、女性がいなければ、家は単に家具と壁だけの不毛の場にすぎなかった。

　舞妓や芸者は蔑視的な社会通念では、金銭的利益のために男を色香で騙し、男に財産を浪費させ、男の家庭を破壊させるために、秋波を送る偽善に充ちた美しい淫婦であるとされる。しかし、本当の優れた舞妓や芸者は、美人で芸達者あると同時に利口でもなければならない。一般的な西洋人にとって、舞妓や芸者は異国情緒に充ちた日本女性の代表として有名である。例えば、若い苦学生の男に献身的に学資を援助し、やがて出世して政府の官僚になると、妻に納まるという芸者の話は、典型的な日本女性の内助の功として多くの物語に登場してきた。

　しかし、芸者の君子は好きな男の将来のために、自ら身を引いて男の前から姿を消す。君子は芸者の身分をわきまえて相手の男の将来を思い、自分の美貌に惚れ込んだ金持ちの御曹司から身を隠し尼となる。愛する男への献身的な自己犠牲は、男のために自分の権利や将来をも放棄するという殉教ともいうべき無私の姿である。ハーンにとって、このような世俗的欲望を超越した自己犠牲は、限りなく美しい日本女性の美質であり、この世のものではない天使のような神秘的存在に他ならなかった。

　しとやかで控えめで、ひたすら与えられた宿命の中で義務を忠実に果たしながら、男への愛を示そうとする君子の無償の愛と無私の姿が示されている。この世の苦労は前世の罪の報いであるいう仏教の教えを忠実に守り、君子はすべてに感謝する心を持ち続ける女性である。虚偽や自惚れなどは微塵も感じさせない少女のような純粋さと優しさを兼ね備え、運命に黙って堪え忍ぶ、気丈な日本女性君子の姿が抑えられた筆致で描かれているのである。

　このように、ハーンは賞賛と同情で温かく見守るかのように、無償の愛を女神の如く愛する男に与える日本女性の物語を作品化している。芸者・舞妓は男の身を滅ぼさせるもの、家庭の破滅者、美しい偽善者、薄情で強欲な淫婦、男

の財産を浪費させて自分のふところを肥やす輩というのが、一般的に世間で通っている悪評である。しかし、「君子」では愛する故に自ら恋人から身を引く崇高な愛が描かれ、「舞妓」では亡夫の仏壇の前で舞をまって、弔いの行為を無心に捧げる若い女性が登場している。君子も舞妓も自己犠牲の愛によって愛の苦悩から解き放され、自己放棄によって無償の愛の喜びに満たされている女性である。

　すなわち、「舞妓」では、男を滅ぼすような悪評の輩ではなく、きらびやかな衣装を身にまとった美しい白拍子、すなわち舞妓に関する悲哀の物語が語られている。貧乏な男と相思相愛になり駆け落ちした美しい舞妓が、男の死後も位牌の前でその霊を慰めるために、舞をまいながら孤独な生涯を終えるという物語である。山の中の鄙びた一軒家で、舞妓が死んだ男の仏壇の前で一人寂しく舞をまっている。妖麗で不思議な美しさを漂わせる舞妓は、正にハーンにとってこの世のものとは思えぬ神秘的な存在となっている。神秘的な妖気を帯びた女性が位牌の前で舞を舞って、死んだ男の霊をひたすら慰めているのである。死んだ男に変わらぬ愛と貞節を捧げる女性の魂は何処までも美しく、不運な人生に耐えて、毅然として心の美しさを守って生き抜く女性の生涯は、悲哀と気丈さに溢れている。

　たった一人で修行のために全国行脚していた絵師が、日没後の闇夜に山中で道に迷い困窮していた時、小さな小屋の女主人から一宿一飯の恩義を受ける。夜中の眠りの中で妙な物音に眼を覚まし、音のする方を見てみると、明りのともった仏壇の前でりっぱな舞妓の衣装を身に付けた女主人がひとり舞を舞っているのである。寂しい山中の一軒家で舞を舞う女の美しさは、何かこの世の者でない妖怪のような異様さが漂っていた。身の上話を聞けば、女主人はかつて有名な京都の舞妓で、貧しい男と相思相愛となって、富も幸運も捨て去って姿を消して、山中の小さな家で二人でひっそりと暮らしていたという。男は毎晩自分が奏する曲に合わせて、舞を舞う女の姿を見るのが何よりの喜びであった。しかし、長い冬の寒さに病にかかり他界してしまう。

　　「それ以来、彼女は死んだ男の思い出にすがり、愛と敬意のささやかな供養を仏にささげながら、孤閨を守りつづけてきたのであった。男の位牌の前に、彼女は今でも毎日かかさず、花や供物をそなえている。そして、夜になると、ありし昔のようにひとり舞を舞って、男の霊を慰めているのである。」 ⁽¹³⁾

（13）

多くの歳月が過ぎ去って、かつて山中で難儀していた貧乏な若い絵師に舞妓が示した好意は、後年、年老いて困窮の身に零落したときに報いられる。かつての若い絵師もいまでは老人であったが、成功して裕福になり美しい邸宅をかまえる著名な画匠になっていた。みすぼらしく落ちぶれた老女になり果てた女は、ぼろ包みを抱えて自分の絵姿を描いて欲しいと絵師を訪ねてくる。包みの中には着古して色あせていたが、昔なつかしいあの女主人のみごとな舞妓の衣裳であった。画匠は昔山中の一軒家において無報酬で自分をもてなしてくれた美しい舞妓のことをはっきりと思い出したのである。立派に成功した画匠に自分を描いてもらいたいと言う老女は、40年前に親切にもてなしてくれた舞妓に他ならなかった。寂しい山中の一軒家で、位牌の前で舞をまっていた舞妓に違いないと確信した時、画匠は平身低頭して、昔受けた恩に対する感謝の言葉を述べた。すでに有名になり裕福になっても、以前に受けた恩義に対して感謝を忘れず、お礼を述べる律儀な画匠の姿は美しい。

　今では老女になった舞妓も、昔世話をした若い絵師のことを思い出し、うれし涙のうちに身の上を語った。もはや仏前で舞を舞うこともできなくなったので、かつての自分の若くて美しい舞姿を絵にしてもらい、仏壇の前にかけておきたいと願いを述べた。ハーンは生前世話になった人に対して、忘恩で利己的で無情であること以上に、人間としての悪は、この世に存在しないと考えていた。このように、今では老女となった舞妓は、仏壇の前で舞をまう姿を描くように画匠に依頼するのであった。画匠が頼まれた絵を完成させると、うれし涙で何度も礼を述べて、老女は浮浪者の巣となった河原のむさくるしい小屋に帰っていった。画匠がそこへ訪ねていくと、老女はもうすでに眠るがごとく死んでいた。

　「画匠はその時、老女が冷たくなっているのを見た。茫然として、かれはしばしの間、老女の死顔を打ちまもっているうちに、なにやら不思議な心持がしてきた。老女の顔が、なんとなく若やいで見えるのである。まるで若い女の幽霊にでもあるような、澹蕩たる美しさが、老女の顔にかえってきていた。愁苦の皺は柔らげられ、老いの条がふしぎにも滑らかになっていた。」（１４）

　死んだ後の老女の様子は、不思議に若返って見え、若い幽霊のような美しさを帯びていた。それは無き夫の霊を慰めるために、献身的な愛の形として、生涯舞をまい続けた女性の崇高な美しい死であった。

さらに、「日御碕にて」では、出雲の主君松平公が神社の宮司検校の妻に横恋慕して側室にと望んだが、元来、家老の娘で誇り高き武家の出であった宮司の妻が、夫への操を守って主君の申し出を拒絶すると、怒った主君が夫の宮司を島流しにしてしまうという話が述べられている。宮司が隠岐の島で死去すると、主君は父親の家老にあらためて娘を側室にと望むが、夫の後を追って自刃して果てた娘の首を丁重に差し出したという凄惨な事件の顛末が語られている。

　「松平は欣然と笑って、しからば余の面前にすぐ連れてまいれと命じた。家老は平伏して御前を下がると、やがて引き返してきて、主人のまえに首桶を据えた。首桶の上には、いま斬り落としたばかりの女の生首がのっている。紛うかたなく、それは死んだ検校の若い妻の首であった。その首を前に据えて、家老はただひとこと言った。
　　　「娘めにござりまする。」
　娘は自分のけなげな意志によって死んだのであった。——そのかわりに、末代の汚名をのがれたのである。」　(15)

　理不尽な夫の死に直面しても、突然の不運という苦難に打ち勝ち、死んだ夫に無償の愛を捧げ、愛に殉教する女こそ、ハーンにとって感銘深い生き様に他ならなかった。宮司の妻の苦悩、悲哀、絶望感が、決然と夫の死に殉教する身の処し方によって美化されて描かれている。陰と陽の交錯した繊細で控え目な芸術的表現によって、ハーンは物語全体の審美感を増す工夫をしている。単なる絶望や悪運を美化することはできないが、愛は死よりも強いという信念によって殉教を決断する妻の自己犠牲ほど、美しくて睦まじい夫婦愛は存在しないのである。
　すなわち、真の愛の姿とは無償の愛の行為に他ならず、命を投げ捨て一生を棒に振ってでも、男の幸福のために尽くす女性の気高い無私の献身に示されているのである。真の愛の証明は、愛する人のためなら自己犠牲によって、どんな苦難にも耐え抜くという献身的な思いであり、愛の成就のためには死をも厭わないという自己放棄である。そして、愛のために無私無欲を貫く女性は、愛する男が不実であっても、自分のもとに再び戻ることを願い、献身的な無償の愛に殉じるのである。無償の愛のために自己滅却の勇気を決断する女心の崇高さは、正に死を超越する愛の生き方の実践によって示されるのである。
　多情多感な人物であったハーンは、正義感が強く、不実な恋愛関係や不倫を

断固として認めなかった。ハーン作品の倫理性は、愛こそ無私の行動の源泉に他ならないとするものである。無償の愛の優しさで家庭を幸せにする信頼感こそ、気丈な女性の美しさの根幹であると彼は説いている。無償の愛による女性の美しさ、真心、善性の世界の表現こそ芸術の最高のテーマであり、見る者に高尚な感情を喚起し魂の高揚を招来するのである。

3．勇子の殉教

　明治24年5月11日、滋賀県の大津で来日中のロシア皇太子が巡査津田三蔵に襲われ、重傷を負うという大事件が起こった。日本全土を震撼させた大事件に対する不安と憂慮の中で、ひとりの女性が京都府庁の門前において剃刀で頸動脈を切って自決した。27歳の娘であった畠山勇子が、陛下のためにロシアに罪を詫びて自殺したのであった。ハーンはこの畠山勇子という日本女性に心ひかれた。そして、世間を騒がせた大津事件の顛末に、ハーンは深く感銘して、「勇子」として『東の国から』の中で取り上げて作品化したのである。ハーンは勇子の死に注目し、士族の娘の憂国、無私の精神、ヒロイズムに心から感嘆した。痛ましい現実としての勇子の壮絶な殉死は、武家の作法を体現する語り部セツによって、生死を越えて大義に身を捧げる覚悟の士族の娘の物語となった。

　「勇子」、「君子」、「ハル」などは明治日本の変革の中で、士族の困窮と日本女性の意地を見事に描いた作品である。作品の中に登場する勇子、君子、ハルの痛切な訴えは、正に没落士族の娘であった妻セツの哀切の声であり、切実にハーンに強い感銘を与えた。旧日本の価値観や美意識を一身に帯びた語り部セツの助言や協力によって、彼は古い文献や資料を耳からの想像力で具体的な想念として理解することが出来た。ハーンの再話文学の創作におけるセツの役割は、武家社会に精通した素養を身につけ、旧日本を体現していた点で重要である。また、セツは同時に妻としてきわめて親密な夫婦愛で深くハーンと結びついていた。セツから没落士族の困窮ぶりを聞かされていたハーンは、家族のために身を売って芸者になるという悲惨な境遇を「君子」で表現した。当時27歳のセツが新聞の記事を読んで聞かせた内容に触発されて、ハーンは芸者の失踪事件という小さな出来事を想像力で誇張して描き、落ちぶれた士族の娘として君子を事実のように述べて、旧日本の古い伝統への郷愁を感じさせる物語に仕上げた。同じように、実際に目撃したかのように述べながら、実際は新聞記事の内容を想像力で膨らませ、人情溢れる物語に作り上げたものに「停車場

で」がある。また、「ハル」で彼は古風な旧日本の女性の壮絶な生き様を劇的に表現した。さらに、吟遊詩人のような無名の女旅芸人を扱った「門つけ」は、醜い盲目の女性の巧みな芸と美しい歌声に深い感動を受けて書かれたものである。

　ハーンの作品に登場する日本女性は、いずれも武家の娘であった妻セツの不遇の半生の影響を受けている。「勇子」は、古色蒼然たる旧日本の感覚を伝え、勇子の怒りと義憤は気丈なセツの面影を示している。勇子の自殺が強烈な劇的効果を生む物語に仕上がったのは、ハーンが勇子の身命を賭しての憂国に、没落士族の娘であったセツの苦悶の悲しみを感じたためであった。士族の娘として生まれたセツの武家社会では、大儀に殉ずる自殺が、古来名誉として語り継がれて来た。セツは立派な家柄の松江藩士小泉湊の娘であり、セツを養女に迎えた稲垣家も百石の士族の身分であった。また、セツの親類縁者はほとんど士族であり、幕末の動乱を経験した身分ある士族とも姻戚関係にあった。自殺した勇子の壮絶な最期と潔い志は、行間に滲み出たハーンの鋭い洞察と温かい同情によって、読者の心の奥深くまで訴えかけてくる。

　『こころ』の中の「前世の観念」で、ハーンは人間の感情の奥深いところにある情熱や崇高なものは、すべて超個人的なものであると強調している。一目惚れという恋愛感情も全く超個人的なものであり、祖先からの遺伝的記憶の存在と深く結びついて特定の人物を愛するようになると説いている。すなわち、すべての愛と死に対する無私で忘我の感情は、無意識の中で祖先の意志を受け継いだものであり、勇子の自決は無数の祖先の意志の力によって駆り立てられた行動に他ならないのである。したがって、人間は無意識のうちに過去の記憶を受け継いでおり、前世の観念は忘れられていても、決して消え去っているわけではない。「勇子」でも天皇に対する宗教的感情について次のようにハーンは述べている。

　「要するに、天子様を欽慕して身命を省みない至心である。しかも、これはたんなる個人的感情ではない。無数の霊魂が遺した不滅の意志と倫理であり、その源をたどれば、連綿と遠い過去、忘れ去られた無明の時代にまで遡る古人の心なのだ。この娘の体は一つの御霊屋にすぎず、中に宿っているのは、今の西洋とは似ても似つかぬ過去——幾百年もの間、すべての人々が、一つの生き物のように団結し、西洋とはまったく異なる仕方で、生き、感じ、考えてきた経験なのだ。」 (16)

大津事件におけるロシア皇太子遭難に対する日本国民の深い悲しみは、お心を痛めておられる天皇陛下の憂いを共にして憂うというものである。陛下のご心痛に対して国民が一様に悲しみにくれたが、武家の出の勇子の悲しみには尋常ならざるものがあった。彼女の純粋な無垢の心、武家の娘の死を恐れぬ剛毅、神仏に対する素朴な信仰、これらのものを遥かに凌駕するのが、天皇陛下に対する宗教的感情に他ならないのである。

　日本の集団主義の没個性を懸念したハーンであったが、反面、全体への奉仕は自己犠牲の精神を醸成してきた日本社会の特性であり、天皇への忠誠を基盤とした日本人の優れた倫理的特性を意味していることを彼は承知していた。特に、愛する男のためにひたすら献身的に奉仕する日本女性の自己陶酔のような自己放棄は、主君や国家や家のために利他的な生き方を禁欲的に守っている明治期の日本民族の自己犠牲の美しさを暗示している。

　武家の娘が死をも恐れぬ剛毅を示したという興味深い逸話がある。セツの実母チエの実家塩見家は、千四百石の禄高で家老の家柄であった。特に祖父増右衛門は傑物で、幕末の騒然とした時勢にもかかわらず、放蕩三昧に耽る主君松平出羽守にお家の存亡を訴えて、陰腹を切ってまで諫言したという。命を賭けてでも主君を諫めるという豪胆な気性は、チエやセツの気丈な性格に遺伝したと言える。また、チエは小泉家に嫁ぐ以前に、他家との婚姻関係がまとまり、13歳で結婚したことがあった。しかし、武家の間の政略結婚に承服できない相手の男が、好きな別の女と無理心中してしまうという無惨な経験をしていた。夫になるはずの男が、庭で愛人の首を切り、自らも腹を切って死んだのである。最初から本人同士の意見は全く無視された武家の結婚が、悲惨な結末を迎えたのであった。しかし、まだ13歳であったチエは、血みどろの修羅場と絶望的な挫折を味わったにもかかわらず、取り乱すことなく冷静に実家に戻ったという。
(17)

　ハーンにとって、忠義の武士道や武家の作法は、一般的な外国人が受け止めるような異国情緒に充ちた珍しい風俗習慣ではなく、自分も実践すべき真剣な礼儀作法であった。士族の衰退は彼も所属する親族の痛切なる事実であったが、死をもって主君への武士道に殉じた誇り高い先祖が、セツの親族に厳然として存在していたのである。したがって、ハーンがセツから聞いた士族をめぐる逸話、伝説、悲惨な物語などは、彼の再話文学や日本研究に大きな影響力を与えたと言える。

日清・日露の戦争での度重なる勝利は、かつて文明の恩恵を与えてくれた大国を島国の小国日本がうち負かしたことを全世界に知らしめた大事件であった。軍国主義による富国強兵を謳歌する近代国家の樹立という大義名分によって、戦争貫徹のために国民の人格も権利も押しつぶされて、激しい戦火の中で数多くの名もない庶民に悲劇が生まれていた。軍国日本の戦費を支えるために、窮乏に耐え抜く日本女性に多くの不幸な事件が各地で発生した。中でも、国家と天皇のために、自ら自決し血を流して死ぬ勇子の壮絶な姿は、苦しい困窮の中での純粋な憂国の志を示すもので、心から深く感動したハーンの同情と共感の的になった。

　この作品の記述内容に数多くの事実誤認があることを指摘し、その信憑性を問題にする批評がある。しかし、大津事件の畠山勇子に取材した「勇子」では、遺書などで自殺に至る詳しい事情を事実として正確に描くよりは、ハーンは多くの点で事実を作家的観点から取捨選択し、さらに脚色して単なる事実の報告よりも、劇的に事件の核心に迫る文学作品に仕上げたのである。実際は平民階級であった勇子を武家の娘としたのは、士族出身の妻セツの影響であり、文学作品としての劇的効果を考えたからであり、情報不足による単純な事実誤認ではない。正確な事実報告が文学作品の使命ではない以上、事実の誇張や脚色が作品の文学的価値を高めて、事実の本質を鮮明に抽出するために、想像力による文学的表現が不可欠であった。

　このように、畠山勇子を正確に報告するのが作品としての「勇子」の目的ではなく、ハーンは事実と作品の矛盾を細かく点検して、作品中の勇子と史実としての畠山勇子をすべて一致させる必要性を感じなかった。事実を詳しく記述するだけなら、アメリカで新聞記者であったハーンは、事件を新聞記事のように扱い、人物の言動を詳しく伝えるノンフィクションの作品にできたはずである。しかし、彼はわかりやすく事件に文学的な興味を与えて、西洋の読者に感動を生み出すような作品として書き上げたかった。大津事件と畠山勇子の自決に触発されて、事実としての事件を利用しながら、大胆に想像力を駆使して事件を脚色した作品の価値は、歴史的事実とは別の文学芸術の次元に求められるべきものである。したがって、再話文学における原話と同じように、ここでも対象としての現実と作品としての虚構の境界線上で自由自在に想像力を行使して、独自の世界を構築するのが作家ハーンの文学的創作であると言える。

　「勇子」に描かれた殉死へのひたむきなプロセスを考えると、畠山勇子の自決に対する同情の念が、ハーンの創作の根本的動機であったことが分かる。気

丈な日本女性の美質を探究したハーンは、けなげに生きる没落士族の娘の姿を想起し、陛下のご心痛を慰めるために身を捧げて自決するという決断について考察した。貧困のために学問を身に付けられなかった没落士族の娘セツの苦悩と悲哀が、苦労人のハーンの心の中で憂国の勇子の苦悶の悲哀と重なり合った。また、天皇、神道、武士道などの日本古来の伝統文化の世界は、一般的な西洋人には理解しがたいものである。しかし、彼はこの難問にチャレンジして日本人の宗教、道徳、死生観を取り上げて、殉死に至る複雑な勇子の内面心理を冷静な筆致で際立たせようとした。一般的な西洋人には計り知れない極東の島国日本の神秘に注目し、その未知の世界への探求の果てに、異文化理解への微かなインスピレーションを手探りするようにして、ハーンは想像力で模索しながら難しい問題を取り上げて創作した。彼は苦労して日本文化の研究と調査を続け、セツの協力と助言によって、先祖崇拝、神道と仏教、自然と人間、儒教的な忠義と忠孝の精神などを、他の外国人作家には例を見ないような受容力で把握し、「君子」や「勇子」のような独自の文学に再構築して表現したのである。

　日本の異文化に何の偏見もなく浸り込むことによって、ハーンは西洋社会を今まで以上に客観的に眺めるようになり、西洋優越の固定観念に縛られることなく、日本文化の諸相に柔軟な姿勢で臨むことができた。日本の様々な文化の様相の中でも、ハーンは日本女性に特別な意義を見出した。特に女性をテーマに取り上げた作品では、ハーンの愛情至上主義的な個性が発揮されて、愛や母性を中心とした見事な再話文学が完成されている。日本の昔話、民話、伝説などをセツや近親者から耳に直に聞いて、その時の生の感動や具体的なイメージといった感覚的情感から想像力の着想を得て、彼は作品を創作していたのである。新聞記者時代のジャーナリズムの経験から、関連資料や様々な現地取材を組み合わせることによって、まとまった記事を完成させる技量と力量を彼は併せ持っていた。ハーンは原話からの物語の粗筋だけから、本格的な文学作品を創作する手腕に優れていた。このように、再話文学の作家として、ハーンは日本の昔話、民話、伝説を理解しやすく工夫し、もはや日本でも一般的には読まれなくなった昔の古い本からの原話という限られた世界を、彼は想像力で膨らませて鮮やかに蘇らせ、独創的な発想と見事な文体で血肉の通った文学作品に仕上げたのである。ハーンは原話からの再話でも現地取材のエッセイや紀行文でも、様々な素材の中から最も描きたい部分だけを抽出して、自由に想像力を駆使して自らの新たな作品に再構成する。美しくないものや構成上都合の悪い部分はすべて切り捨ててしまう。遠い過去の昔話に個性的な近代文明の光を投

げかけて、原話を新たな文学作品に再構成する優れた能力を彼は有していた。

　ハーンが作品に描く日本女性の優しさは、彼自身の心の優しさの反映でもある。それは理想の女性であり、永遠の母性と深く結びついていた。彼の詩人的精神は女性の美を愛し、弱者としての女性への同情と共感を示し、女性の無償の愛の崇高さに敏感な純粋さを併せ持っていた。彼は女性的なほどの繊細な感性の持ち主であったが、常に瑣末なことでも全体の相で眺める大きな心を有していた。日本女性の気高い気品と情感を通して、日本文化に強い関心を抱いたハーンは、日本の日常的な庶民生活や旧日本を彷彿とさせる地域の人間社会を研究しようとした。日本人は静かで礼節をわきまえ、人前ではほとんど喧嘩をするところを見たことがないと激賞して、ハーンは日本人の融和精神や美しい心に感銘を受けていた。実際には喧嘩をしない人間などこの世に存在しないが、アメリカの厳しい競争社会で辛い困窮生活を繰り返してきたハーンにとって、特に地方の日本は心洗われるような清真な人間の住む楽園のように思えた。彼は心優しい母性のように包み込んでくれる土地を求めていたので、寛大な日本のおおらかな心をすべて何の偏見もなく受け入れようとしていた。ハーンは日本女性の美質に全身全霊で心から接し、雑多な枝葉末節に拘らず、新旧日本の社会問題や文化的課題を充分に承知していたけれども、あえて矛盾を恐れず想像力で日本の本質に迫ろうとしたのである。

　東京帝国大学での文学講義「創作論」において、ハーンは文学芸術の創作の秘密に触れて、視覚的映像としての木の印象に対して、木そのものから受ける特別な感情としての第二の印象があると述べている。それは木の持つ特有の性格であり、その木の発する感情に他ならない。文学芸術を職業とする者はこれを探究し把握して表現することが出来なければならない。すべての事物には独自の顔があり、それを見る者に必然的にある種の感情を起こさせるものである。芸術家はあらゆるものに独自の顔と性格を認識して、その事物から生じる感情を受け止めて表現するのである。この意味において、彼は日本女性から受けた特別な情緒や美意識から、日本文化そのものの特性を把握し表現しようとしたのである。すなわち、ハーンにとって、文学とは思想と感情を高尚な情緒や無償の愛によって表現することである。すなわち、作品の言葉が事物の顔や性格を把握し、高尚な情緒や無償の愛として人間の善と美と真を表現することによって読者に感動を与えるのである。彼はこのような創作の手法で日本女性の美質を捉えて、様々な日本文化の諸相を作品化したのである。

　ハーンの創作における芸術的感性による対象の情緒的表現力や把握能力は、

人から教えられたものではなく、文学芸術の奥義を求めて自らを教えることによってのみ育成されたものである。したがって、芸術的独創性や創作能力は教育とは無関係であり、教育が大作家を作り出したことはなく、むしろ教育を受けたにもかかわらず、自らの天分や感性を保持し発展させた者のみが、優れた天才的芸術家や作家になったと説いている。ハーンによれば、教育を受けて機械的に知識を吸収しても尚、子供のような心の純粋さや柔軟さを失わない者こそ、偉大な詩人や作家になる逸材である。

　このように、前世からの遺伝的知識である子供の本能的感性を大人になっても保持していることが、文学芸術の創作の要諦である。子供のような純粋な感性で日常生活の些細なことにまで興味を示し、心から喜びを持って人生を見つめ、事物の核心に触れる人こそ、事物の顔や性格を把握して普遍的情緒を表現することが可能となり、文学芸術においても優れた業績を残す者に他ならない。教育は自分の感情を他人の言葉や考えで表現することを教えるが、文学芸術では常に自分自身の血肉の通った考えや言葉のみが真正なものである。ハーンも純真な感性と想像力を駆使して、日本女性の美質をめぐる小さな逸話の積み重ねを題材にして、日本文化を扱った多くの優れた作品を書き残したのである。

ハーンと島根県尋常中学校の生徒たち（1891年）

第四章　霊的な日本女性

1．輪廻転生の愛

　ハーンはアメリカ時代から仏教研究を通じて、人間の魂も動植物の魂も宇宙世界の中では同一であるいう思想に大きな影響を受けていた。1880年の『アイテム』で人間は過去に数多くの生命を生きてきたと述べて、彼は仏教研究の成果を披瀝しており、さらに、1884年『タイムズ・デモクラット』の「仏教について」という論説でも宗教的考察を展開し、来世での転生は現世での生き方次第であるという輪廻転生の思想に非常な関心を抱いていたことを示している。特に来日以降、素朴に輪廻転生を信じ、この世での苦労を前世での罪に対する罰として受け止め、因果応報の掟を業として認識する日本の民間信仰に対して、ハーンは深い感銘を覚えた。この事が仏教の輪廻転生や極楽浄土の思想を研究し作品化する彼の大きな動因となった。

　来日後の仏教研究は、「横浜にて」、「大乗仏教」、「前世の観念」、「涅槃」、「焼津にて」、「草雲雀」などに見事に作品化されている。現世の不運を前世の因縁と説明し、ひたすら不幸に耐え抜き、来世に救いを求めるように説く仏教の教えを民間信仰の中に辿り、西洋の読者に分かりやすく説明することにハーンは腐心している。このために、『怪談』では、前世の所業の影響に翻弄される姿を幽霊によって明確に具現化し、彼は因果応報の摂理を具体的な人間の物語にして西洋に紹介しようとした。ハーンの仏教研究は再話の創作において原話の解釈と新たな文学創出に大きな役割を果たしているのである。一連の日本研究の著書を執筆するにあたって、神道に対する見識と同様に、仏教研究をさらに深めるようになり、神仏両面に対する日本人独特の宗教観を把握してはじめて、日本研究の作家としての力量と技量を充実させることになり、ハーンは独壇場とも言える日本文化研究の文学を完成させるに至ったのである。

　仏教は現世の苦悩に対して前世からの因果応報を説いて人々の心に慰めを与える。来世での神の救済を信じて現世の苦境に耐え抜こうとする庶民の心を辿り、日常生活の中に密着した具体的な民間信仰の姿をハーンは作品に描こうとした。犯した罪に曖昧な寛大さで対峙する仏教の下で、罪に対する寛大な許しを願う日本の民間信仰に心からの親しみを覚えたハーンは、何処までも厳しく戒律を押し付け、罪を容赦なく糾弾する過酷なキリスト教の教義を批判し、東西比較文化の有益な視点から熱心に日本文化の霊的側面を描こうとした。作品の中におおらかな仏教の教えを織り交ぜながら、ハーンは理想的理念としての

日本女性の愛による善と美と真の融合の世界を庶民生活の日常性の中で表現しようとしたのである。

　仏教の輪廻転生の教えでは、人間は前世において無数の生命を生きてきたのであり、男にも女にもなり永久に転生を繰り返し、花にも鳥にも獣にもなって生と死とを繰り返してきた。現世での苦悩を前世の罪の因縁と説明し、煉獄による来世での救済を説く仏教の教えに非常な関心を抱いたハーンは、現世の過去性という宗教的テーマを探究し作品化しようとした。また、中でも、この世の苦労を前世の因縁と信じて、身勝手な男に耐えて自ら進んで自己犠牲の愛を捧げて、煩悩を解脱しようとする女性たちの人生にハーンは注目した。前世の因縁や輪廻を説く仏教の教えを西洋の読者に分かりやすく表現するために、彼は日本女性の霊的な美質を用いたのである。このような仏教の教えと神聖な日本女性の霊的な生き様を表現しようとしたハーンは、自己犠牲の愛によって貧しく寂しい生涯を送る女性、他界した夫に誠を貫いて自殺する女性、相思相愛の男の出世のために身を引き姿を隠す女性などを見事に作品化した。これらのけがれのない登場人物の女性の清らかな心の中には、たとえ現世で不幸であっても、必ず苦労は報いられて、幸福な来世を約束してくれるという信仰が存在している。この世に生きながら超然として超越的な人生を歩む日本女性は、すべて何処か霊的な美質を漂わせている。また、輪廻転生の教えと共に、簡素で道徳的な生活の中で育成されてきた祖先崇拝の思想は、日本に洪大な人間愛の精神を発達させてきたのである。

　「しかし、この洪大な人間愛への発展のなかで、過去の世に負う物質上の恩義を認めることよりも、もっと有力な要素は、心霊上の恩義を認めることであろう。なぜというのに、われわれは、われわれの非物質的な世界——われわれの内部に生きている世界——美しい衝動や、感情や、思想の世界をも、やはり死者に負うているからである。いやしくも、人間的な善さを学問的に悟るものは、だれによらず、どんな下賤な生活のどんな平凡なことばのうちにも、神々しい美を見出だし、そしてある意味では、われわれの死者はしんじつ神であるということを感じるだろう。」[18]

　たとえ科学技術によって知識が進歩しても、死の恐怖を排除出来ないように、むしろ人間は知識を巨大化して知れば知るほどに、不可知なものの存在や不可

避の死に対する底知れぬ恐怖を増大させてきた。このような死の恐怖が仏教の信仰と結びつき、一度死んだら全てが終わるわけではなく、無数の生と死の輪廻転生によって永久に命を繰り返すという教義に魂の救済を求めたのである。転生の繰り返しの中でも、汚れのない子供の純粋な眼には、何百万もの前世から受け継いだ命の知識が、消え去ることなく残っている。大人になると喪失してしまう豊かな感性や事物に対する驚嘆の念を、子供は生まれながらに持っているのである。

　人間は時間の概念が始まる以前から存在し、永遠の輪廻転生の終わりのない果てに至るまで何百万もの命に形を変えながら生き続けている。さらに、何百億もの無数の命を繰り返して生きていく中で、幻影として残った何十億もの記憶が、心の中にぼんやりとした面影を育てていく。このために、子供は前世の記憶を多く心に留めているが、成長過程にあってもすべてが消失するわけではなく、いくつかの事柄が人間の深層心理に消え去らずに残滓のように残り続ける。このように、大人になって相思相愛の相手を見つける場合、無数の因縁の連鎖によって、過去の記憶に深く結びつく特定の人を他の誰よりも美しいと人は感じることになるのである。

　前世において無数の恋愛の対象になった全ての女性の総体、そのような宿命の過去に連鎖する多くの女性の魅惑の記憶が、ある特定の女性にどうしようもなく惹かれる幻影を生み出す。恋する者にとって、普通の人が愛の力で美しい至上の存在となり、何か超越的要素と溶け合うので、単なる妄想とするには、あまりに強い必然性に支配され、転生の因縁に縛られて相手の霊的な魂に取り込まれてしまうのである。したがって、恋する男が一人の女に愛を感じ、美しい至上の存在として妄想を抱くとしても、相手の女から受ける美しい霊的な魅力は、幾万年にも遡る男の前世と因縁のある過去のすべての女との愛の記憶の現出に他ならない。愛は死よりも強しという理念は、前世との因縁としても論じられ、ハーンの独壇場というべき文学世界を創出しているのである。

　最愛の女性に遭遇した時に、物質的欲望に駆られる利己的な思いは滅却され、利他的な思いから無私と自己犠牲の悟りに近づき、人間の内奥に秘められた仏陀の救いの光がこの世を美しく照らし出す。この時、人間の心の中に不滅の明かりとしての仏性が息づく。そして、前世から生と死を永遠に繰り返す転生の中で、人間にはすべて生来の仏性が秘められ、潜在的に仏陀の心を内面に宿していることを自覚するのである。また、男のために自己犠牲の愛を貫き、愛の殉死ともいえる死の瞬間における女性の優しい微笑は、あらゆる苦境や煩悩を

超越した静かな心の悟りの境地を示すものである。愛する男のために死んだ女性の顔は、苦しみも怒りもすべて消えて、安らかに美しい微笑みを湛えている。死はつかの間の眠りにすぎず、転生を信ずれば死は恐れるべきものではなく、人は永遠の生を繰り返すことに救いを見出す。このように、ハーンが描く女性の無私の自己犠牲は、明るい仏性の光を感じさせ、輪廻転生を実感させて不滅の愛で読者に感銘を与える。つまり、ハーンの一連の著書に描かれた日本女性は、霊的なほどの高潔さを充満させて、来世に明るい光を予感させて読者に感動を与えるのである。

２．小さな霊的愛

ハーンにとって、日本では人も物もすべてが小さく、風変わりな様相で神秘性を発散していた。青い屋根の家も小さければ、青い着物を着て無邪気に笑っている人達も不思議に小さいのであった。日本との出会いを特別なものとし、心楽しく感じさせたのは、小さな人々の眼に魔法の国の住人のような異様に不思議なやさしさを彼が見たためであった。苦悶しながら生きてきた厳しい競争原理の西洋社会の中で、彼が直面し狼狽してきたような不実な嘘偽りや不快な虚飾が、何一つない世界のように感じたのである。したがって、西洋では存在し得ない小さな妖精の国日本との出会いに、ハーンは戦慄を覚えるほどに感激したのである。

このように、小さな妖精の国と映ったハーンの眼には、夢の国のように不快なものが一切ないと思えるような霊妙な日本があった。ハーンの理想郷を求める眼が純粋で澄みきっていたのか、当時の日本はまだ霊的な空気を留めていたのか、または彼が見たいと思っていた夢の国を熱狂的に幻視したのか、いずれにしても、彼は自分の生まれ故郷に出会ったかのように、日本との宿命的な出会いを意識し、日本を心から愛したのである。

か弱い小さな日本女性の不滅の愛を賞賛したハーンは、生来、些細な出来事や小さなものに意識を集中させ、ミクロな世界に非常な関心事を抱く傾向があった。誰も気づかないような珍しい音、小さな虫の鳴き声、さまざまな微妙な音の世界に彼は繊細で敏感に反応した。彼は日本の下駄や拍手に日本の不思議な音の魅力を見出し、深い感銘を受けるという西洋人には稀な鋭い感性を持っていた。このように、ミクロな世界や不思議な音の世界をはじめとして、海や島、小さな虫、墓地、霊魂、幽霊などはハーンの取り憑かれたような偏愛的な

探究の対象であった。

　小さな虫はハーンのような孤独な人間の最高のパートナーであり、彼には淋しい境遇を生き抜いてきた人間の優しさがあり、小さなものや弱者に対する心からの同情を持っていた。虫の鳴き声に何の関心も示さない西洋人に対して、日本の文化や文学では虫の声が大きな意義を持っていることに彼は心から共感を抱いた。小さな虫の世界を学べば学ぶほど、彼らの過酷で無駄のない世界が、古代人の地獄の苦悩を想像させるような生存の厳しさを示唆し、原始の時代の残忍で凄まじい生きざまを具現しているとハーンは感じたのである。

　特に、蛙、蝶、蟻、蜘蛛、蝉のような小さな生き物は、彼の楽しい観察の対象であり続けた。小さな虫を心から愛し、小さな籠の中で虫を飼っていたハーンは、虫にも人間と同じ魂の存在を認め、虫の発する鳴き声に小さな魂の震えるような命の声を聞いた。彼の想像力は小さな虫、忘れられた古物、珍しい古書、奇妙で風変わりなものなどに向けられたが、中でも霊界や異界に没頭するようになり、その不思議な世界に感情移入して、彼はその中の住人になることが出来た。日常的現実の世界の中でも、小さな命を見つめれば、そこには想像を逞しくさせる異界があった。そこへ入り込んで、ハーンは目線を小さな存在に合わせて押し下げ、弱小なものに同情し共感しながら、こおろぎや蛙をじっと眺めるのであった。誰も気にもかけない片隅の小さな世界に生きるささやかな命は、凝視すれば驚くべき異界の住人であり、それを同じ魂で透視すれば、彼は人間と同じ命の尊さを感じることができた。

　このように、ハーンは小さなものに対する愛着があったので、些細な事柄がハーンの中では何よりも大事であり、小さな虫ばかりではなく、花、蛙、蝶、蟻、蝉、夕焼けなどは彼の一番の楽しい生きがいであった。彼は虫の音を好み、小さな虫の心に耳を傾け、鳴く音に霊的な響きを聴き分けることが出来た。自然の中の小さな儚いものに常に心を惹かれ、宍道湖の夕焼けや山河の自然、神秘的な遠い彼方の風景は、彼のロマン主義的精神を絶えず鼓舞し続けたのである。水墨画のような宍道湖の美しい光景は、ハーンの松江での一番のお気に入りであった。

　小さな虫の命を愛し、虫の中に人間と同じ命を見つめたハーンは、誰も気にとめない小さな世界を異界として受け止め、そこに生きる小さな虫の奇妙で風変わりな生態に何よりも心惹かれた。このような小さな生きものが、小さな世界という異界の中で人間と同じように生命の営みを行い、鳴いたり飛んだり跳

ねたりするのを眺めていると、幼少時代に恐怖の対象であった精霊や幽霊と同様に、彼の最も身近な愛すべき存在となり、その後の彼の創作の最も得意な対象となった。このように、ハーンは異界や霊界に深い感銘と親近感を覚え、彼の人生の最も興味深い生きがいとしたのである。

　微小なものや弱小なものの結合、無名の庶民のささやかな生活感情、農民や平民や小市民たちの喜びと悲しみ、このような最小単位の基盤によって、世の中のあらゆる組織が構成されている。日常生活における些末な事柄が、人生に大きな意味を与えるという認識において、ハーンの探究した小さな世界は、表と裏、大と小、光と闇、現在と過去、自然と超自然、西洋と東洋、未知の異文化、霊界や異界などへの探究に結びつく基礎的視点としての重要性を持っていた。

　小さな虫や鳥の儚い命に心から感情移入できるハーンは、この世のすべての現象に生者必滅、栄枯盛衰を透視し、消え去る文化、過酷な境遇に呻吟する人々、無常の世界の儚さと悲哀に誰よりも敏感であり、日本のささやかな庶民生活における日常的感情に苦もなく参入できた。この世という煉獄の中で、逃れがたい宿命に呻吟する庶民の悲しさを、自らの悲しい生い立ちに照らし合わせて、彼は心から同情して作品に書き残した。籠の中の小さな虫の命の営みと無情の死を見つめ、あらゆる命の尊厳と悲哀を鋭く看破するハーンは、小さな命の不思議な世界を心から愛した。そして、自然界の小さなものにも霊魂があり神が宿るという汎神論的立場で、日本の神仏混淆の世界に注目して、民俗、慣習、信仰を研究したのである。

　小さなものへの探究は、ハーンの世界観の思想的基盤を作り出した。このような世界観から生まれた文学は、庶民の小さな日常生活を見据えた創作活動となり、小さな逸話を積み重ねた物語を再話するものとなった。そして、小さくてささやかな物語の集積が、今まで描かれなかったミクロの魂の世界を表現した。小さな世界の生命や不可視の存在が、大きな世界を動かす原動力としての無限のエネルギーを秘め、自然界に霊的特質を付与し、日常性に非日常的瞬間を与えるのである。超自然現象や霊的な存在を扱った不思議な昔語を好んだハーンは、セツの献身的な協力を得て、忘れ去られたような古い文献から、怪談や奇談のような霊性に溢れた再話文学を創作したのである。

　風変わりなもの、超自然的な現象、霊的な存在、弱小で日陰の存在などに強く惹かれたハーンは、古い民間伝承の中に奇談や怪談として地元に根強く残る民話や伝説の中に、日本の霊性と日本人の心の美質が見事に現れていると考え

た。ハーンは日本の伝承としての霊魂や幽霊の昔語を好んで取り上げ、自分の再話文学として完成させている。それは単に怖いだけの興味本位の怪奇談ではなく、幽霊や亡霊を通して、霊的な存在に人間の永遠の心や純粋な魂を投影して描いている。簡潔な文体を駆使して書かれた晩年の名作『怪談』は、このような彼の霊的探究の集大成に他ならない。

　東京帝国大学での文学講義「読書論」の中で、ハーンは読書とは本の内容をただ受身的態度で終始受容するのではなく、能動的に創作的行為をするに等しい生産性を有すると述べ、正確に読み込むことによって、作者の意図から喚起されて、さらに大きな想像的構想を描くことの必要性を力説している。読書では読む本の世界の中に感情移入して、作者の精神に肉薄するほどに内奥に迫り、創作では描写する対象との心の触れ合いを彼は大切にした。森羅万象と日本人の心の交感を研究して、彼は人間と自然を巡る哲学的で宗教的な思索に耽り、詩人的想像力で原話となるべき各種文献や資料、現地見聞の事柄、民間伝承、伝説などを自らの作品の創作に反映させたのである。

　ハーンの文学の大きな特徴は霊への関心である。父母の血統からギリシア神話やケルト神話に幼少期から近親感を抱き、不可視で神秘的な精霊や異教の神々の世界に陶酔していたので、霊界や異界への傾倒は、非キリスト教的世界の異文化に対する探究となった。ハーンはチェンバレン訳の『古事記』を通じて、日本神道の伝統に興味を抱き、研究を深める中で、小さな鳥や虫に人間と同じ魂があり、自然界のいたるところに神が偏在し、あらゆる草木や山河にも神が存在し、土、大気、炎、水にもそれぞれ神が宿り、雨風や石にも神が潜在するという多神教の世界、すなわち、汎神論的信仰が日本では太古から民間信仰として存在したことを学んでいた。
　小さな虫にも人間と同じ魂の存在を認める意識は、草木や石にも霊があるという日本独自の宗教観を生み、ギリシア神話とも共通する多神教の神秘主義的世界観を構築した。しかし、人は死んで神になるという神道思想は、非キリスト教的な考えで、西洋社会では異端として排斥されている。キリスト教嫌いのハーンにとって、キリスト教以前の古代ギリシアの宗教観は、日本人の宗教感情に極めて似通っていた。死者の霊との共存や祖先崇拝の思想が、ギリシアと日本で共通性を持っていることは、彼の日本研究にとって非常に興味ある手掛りであった。このように、人間以外の霊魂を認める多神教を異端や邪教として

排斥するキリスト教の価値観に背をむけて、多神教の宗教観や民間信仰を調べた彼の日本研究の集大成が、晩年最後の労作『日本』であった。霊魂偏在や祖先崇拝は、日本の文化的伝統を形成した風習や民間信仰であり、ハーンにとって、日本解明への重要なヒントに他ならなかった。神々の国である日本は、汎神論的宗教観の世界であり、自然界のあらゆる場所に神霊が偏在し、死者の霊も日常的にこの世に共存し、生者に語りかけているという。このような日本の宗教観にハーンは深い感銘と霊感を抱き、『日本』執筆の構想を得て、独自の解釈としての日本観を書き残したのである。

　愛のためにはあらゆる自己犠牲を厭わない日本女性の姿は、ハーンのロマン主義と愛情至上主義の理念に至上のものとして重なり合った。ハーンにとって、崇高で無垢な日本女性は、この上もなく純粋な存在であり、霊的要素を漂わせる女神のようであった。特に彼は恋に命を賭ける日本女性の無私の自己犠牲に魅了された。愛は利他的で高尚な行為であり、他者に対して最大限に寛大になれる人間の至上の行為であるために、愛に関する社会の受け止め方が、社会全体の文化の程度を表していると言える。完全に利己主義を排して無私に徹し、男性に寛大になり自己犠牲する日本女性は、個人主義的権利に固執する西洋社会では考えられない現象であり、ハーンは強い文化的衝撃を受けた。日本女性の男性に対する献身ぶりは、女人崇拝の西洋では見られないもので、命を奪われても尚、幽霊となって男に尽くそうとする姿にハーンは強く魅了され、同時に深い同情の念を覚えたのである。そして、彼は日本女性の美質を研究すれば、不思議な霊気を漂わせる日本の異文化や社会構造の秘密が理解できると考えた。
　また、男尊女卑の古い封建制社会の中で自我を押し殺し、自己犠牲を続けてきた日本女性が、亡霊となってはじめて男に自由に自己主張している姿にも、ハーンの想像力は大きな刺激を与えられた。ハーンの『怪談』では、このような日本女性の複雑な心の世界が、亡霊という純粋な魂となって表現され、霊界が愛に殉教した日本女性の美しい物語の世界になったのである。このように、霊的な日本女性を描いた彼の怪談は、単なる恐怖物語ではなく、長年の日本研究の成果であり、人間の心霊の研究の結実であった。妻セツによれば、ハーンはどんな些細な話でも単なる詰まらない話題だと気軽に考えず、何でもすべてを真っ正直に真摯に捉え、その物語の秘められた意味や背景を大まじめに探究したという。怪談は単なるお化けの物語ではなく、ハーンにとって、本当に思考と感情に訴えかける人間の魂の真実であり、彼は物語の主人公に感情移入し

て宗教的で超現実的な存在を創作したのである。

　「おしどり」は、池でつがいのおしどりの雄の方を撃ち殺して食べた尊允という鷹匠が、恐ろしい夢を見るという物語であり、番鳥の夫婦の情愛を真摯に訴えかけている。雌のおしどりが美しい女となって夢の中に現れて、夫を殺したことを激しく抗議して恨み言を述べ、明日池に来るように言い残して消えてしまう。夢が気がかりな鷹匠が、池に出かけてみると、雌のおしどりが凄い眼で睨みながら近づいて来て、くちばしで自分の体を引き裂いて鷹匠の眼前で自殺する。一途な雌の自殺の動機は、殺された雄への献身的な愛の殉教である。おしどりの愛への殉教は一過性のものではなく、愛する者への自己犠牲において普遍的な夫婦愛を感じさせる。小さな名も無き生き物の愛にも人間に劣らない真摯な心と強い絆が存在することを感じさせる。愛の絆と生命の尊厳に繋がる宇宙的な摂理において、おしどりの夫に対する理不尽な殺害が糾弾されようとし、失われた命に対する愛のひたむきな殉教によって、ハーンは究極の美と善と真の姿を表現しようとしたのである。

　このように、「おしどり」は再話文学として独自の芸術性を持っており、その優れた表現は、雌鳥の最後を描写した部分に示されている。鷹匠の眼前で劇的に自殺する雌のおしどりは、近代的な個我の苦悩の表現であり、いかにも人間くさい情念を吐露する激しい性格描写でもある。おしどりの夫婦愛は、夫への愛をはっきりと自己主張する雌のおしどりによって、実に人間的なドラマになっている。雌鳥の命を賭しての渾身の訴えがいかにもセツの声と共鳴し合って、痛切にハーンの心に強い印象を与えたにちがいない。ハーンを支援した語り部セツは、主観的な実感を込めて原話を語り、彼は哀切に訴えるようなセツの声に何か不可思議で神秘的な響きを感じたはずである。

　雌鳥の自殺は強烈な悲劇的効果によって感動を生みだしている。語り部セツの理不尽な不遇の前半生の悲しみの声が、無体な悲運に対する雌鳥の怒りの糾弾に乗り移り、ハーンは雌鳥の痛切な訴えにセツの悲しみの半生を感じた。ハーンの再話文学における語り部セツの役割の重要性は、両者のきわめてパーソナルな夫婦愛と深く結びついているのである。

　「それで赤沼へ行った。川岸まで来てみると、雌のおしどりがただ独り泳いでいる。と同時に向うも尊允に気がついた。だか逃げるどころか、雌鳥はまっすぐに男めがけて泳いで来る。奇妙なじっと据った眼付で尊允を見詰めたままである。と、突然、雌鳥は己れの嘴でわれとわが腹を引き裂いたかと見る間に、

猟師の目の前で死んだ。」[19]

　鎌倉時代の説話集『古今著聞集』の原話は、仏教的教義で裏打ちされており、雌のおしどりの雄への殉死の訴えによって、空腹に駆られて雄鳥を射殺した鷹匠は、罪を恥じて頭を剃って出家する。ハーンは陳腐な仏教説話を近代的な人間ドラマの寓話に作り替えている。原話の仏教説話には、文学的リアリティーが欠落し、不思議な出来事の説明が不十分であった。雌のおしどりが鷹匠の夢の中に出現しても、宗教的教義という目的のために物語の不合理性は黙認されている。しかし、ハーンの再話では、雌のおしどりは鷹匠の非情な行為を後悔させるために自殺したのではなく、無垢な雄鳥を殺害したこと対して、鷹匠に復讐するために自分の体を引き裂いて雄鳥に殉死したのである。罪を犯した鷹匠が罪を悟って出家するという仏教的説話の色彩が弱められて、近代的な物語として再話され、夫婦愛に駆られた雌鳥の近代的な個我の自己主張と復讐への強い意志を賞賛する物語に変えられているのである。

　このように、ハーンの「おしどり」は仏教説話としての原話の趣旨から逸脱して、鷹匠の出家という宗教的要素を強調するのではなく、雄鳥に殉死する潔い雌鳥の自殺という復讐劇に注目し、気丈な気高い殉死の姿を鎮魂する物語になっている。原話の宗教説話の趣向を無くすることによって、ひたすら雄鳥のために復讐する雌のおしどりが、実に人間臭い情念に突き動かされた女性になっていると言える。しかも通常の人間の情念を超越して、女性として妻として、愛する夫のために、あり得ない程に決然と自己破滅的に殉教する点で、まさに霊的存在となったような異常行動で自己主張を完遂して、この世を忽然と去るのである。

　東京帝国大学での文学講義「文学における超自然的なるもの」において、太古から霊的（ゴーストリー）という言葉は不可思議な超自然的現象すべてを意味し、あらゆるものの創造主である神が聖霊とも呼ばれているように、神自身さえ意味するとハーンは述べている。古代アングロ・サクソン人達は神聖なるものすべてを霊的という言葉で語り、現代のカトリックの神父が霊的な父と聖霊とキリストに呼びかけている以上に、霊的という言葉にもっと大きな意味を持たせていた。また、実体を伴った物質でさえ本質的には霊的なものであり、霊の存在を信じない現代人でさえ一つの霊に他ならず、その生命の本質において不可思議な存在である。壮大な宇宙の神秘自体が霊的なものであり、あらゆる偉大な文学は宇宙の謎に触れて、何か霊的なものを伝達するものである。そ

れは人間の心の中の永遠なるものに呼応して、まるで神に遭遇したかのように、読者に戦慄と共に感動を与える。霊の存在を信じない現代科学の時代でも、文学における霊的なテーマはなくならず、人間の心の霊的真理が否定されることはない。したがって、霊的な感性を有しない作家が作品に普遍的な生命を吹き込むことはできないのである。

　このように、文学における霊的な存在、すなわち超自然的要素の重要性を説いて、ハーンは霊的な存在を感知する感性を有する者のみが、躍動する生命の諸相を表現できると述べている。文学で不可欠なものは独創性と想像力であるが、独創性は霊的な存在を表現する感性を有する者にのみ可能であり、霊的な情緒の芸術的表現の萌芽は夢の中に存在し、夢は正に文学の創作に不可欠な独創性と想像力の宝庫に他ならない。霊と夢の関係を考えれば、霊や超自然を信じない者でも、驚嘆すべき現象や異常な事柄を夢の出来事として体験しているのである。現実には霊的なものを信じなくても、夢での体験が源泉となって、霊的な作品の真実性を保持し得るのである。したがって、夢の経験を持たない作家による作品は、読むべき立派な文学ではないという。中でも悪夢は最も特異なもので、偉大な文学の霊的現象の供給源になっている。特に最初一種の疑念や曖昧な不安から始まる悪夢は、訳の分からない神秘的な恐怖を生みだし、怪談や奇談の格好の材料となる。悪夢の世界では、迫りくる魔性のものから逃れようとしても、息詰まるような恐怖心の中で身動きも出来ず、また助けを求める声も出ない。悪夢は不安や恐怖によって、文学における最も霊的なインスピレーションを提供する。このような悪夢の体験における恐怖や不安の感情を利用しながら、ハーンは霊界への想像力を膨らませて、超自然的なものを作品の中に表現したのである。

　夢は不安や恐怖を与えると同時に、文学における霊的美質を供給するものである。夢の世界では、人は不老不死である。夢の中で今は亡き人たちと再会し、妻は夫を生き返らせ、引き裂かれた恋人達は愛を成就させる。このように、愛する者が死者となっても夢の中で蘇り、まるで生きているかのように語りかけ、恐怖を超えた世界の中で、すべてが穏やかで美しくなって、実にリアルな感覚で迫ってくることがある。また、無償の愛を捧げる女性は、死んでもなお夢に現れ、不滅の愛の誠を示そうとするので、無私の愛が何よりも美しく優しく現実味を帯びて出現するのである。ハーンにとって、このような不滅の愛の真摯な姿を描くことは、夢の世界を洞察する最大の独創性と想像力を必要とするもので、感動を与える優れた文学の創作と密接に関係している。翻訳でも翻案で

もないハーンの再話文学の芸術性は、原話を再話する際に、実際に夢の中で見た彼の霊的体験から得た超自然的な感覚を頼りに、独自の新たな文学に作り替えたことにあり、さらに、何度も推敲を重ねて完成度を高めた芸術的な情緒表現に存在する。

　『怪談』において、ハーンは霊的な超自然的現象を表現するために、人間の魂の声を語る幽霊を扱った。再話文学の形態を利用しながら、最も分かりやすい劇的な物語の中で、彼は日本文化における伝統的な風俗習慣、生活感情、思考様式を西洋に紹介しようとした。このようなハーンの真摯な努力の結実が、簡潔な文体でありながら幽玄な余韻の調べを残す傑作『怪談』であった。ハーンは『怪談』で霊的な日本女性の諸相を取り上げ、愛は死を超越するという神秘的な理念を作品化したのである。

　ハーンの再話文学の特徴は、原話には描かれていない細やかで愛情深い情緒表現であり、人生の痛切なる悲哀、激しく訴えかける慟哭、抑制された哀切の情など、運命に翻弄された人間の悲劇を繊細に描き、時代や国を超えて読者に感動を与えていることである。また、彼は原話にある不要で不純な部分をろ過して取り除き、日本女性の霊的な美質のみを語り直して、美しい愛の姿を描こうとした。『怪談』の中の「青柳物語」はある侍と柳の精との結婚という不思議な世界を物語り、柳の精である妻の死後、侍は全国行脚してその霊魂を弔うというものである。『骨董』の「草ひばり」では、小さな籠の中の虫の命が人間の魂と永遠に一つであることを悟り、命を削るようにして声の限りに歌う小さな虫に対するハーンの共感が述べられている。小さな命を燃やし完全燃焼して、燃え尽きるように命の歌を歌い、絶唱するこおろぎの生涯は短くてはかない。ハーンは人間の一生と草ひばりの短い生涯に思いを馳せながら、この世の無常を沈思黙考する。愛の世界を霊的な次元にまで昇華させて表現するハーンは、詩的想像力を霊界や異界の中で発揮するロマン主義的な文学者であった。この意味において、「青柳物語」と「草ひばり」はハーンの詩的文学の特徴を表す代表的な作品である。

　万物と人間とが同一になって流転しながら融合するという輪廻の認識の下で、自分の魂が前世でいろいろな生命となって生きてきたことを悟り、来世でも何百万回もの無数の生物となって、この世を生きるのにちがいないと確信する。前世で幾百万もの命となり、来世でもさらに幾百万もの命となって、無限に輪廻転生を繰り返すという認識の中では、柳の精も草ひばりも人間も永遠に同じ命と魂を共有するものに他ならない。人間と柳の精とのはかない愛の幻影から、

ハーンは人間も動植物もすべて同じ魂を持っている事を寓話として作品化した。「青柳物語」や「草ひばり」において、万物を同じ命として愛することを説くハーンは、自然の森羅万象と溶け合う中で、時空間を超越して無限の宇宙意識を抱くに至る。このように、ハーンは日本文化や仏教への探究を深めながら、宇宙的な視野で前世と来世の観念を考察し、その成果を具体的な物語として作品化している。「草ひばり」では、次のように、ハーンは小さな鳥や昆虫の生命に人間と同じ尊厳を透視しているのである。

「これらの虫たちは虫売り商人の店にある陶製の壺の中で卵からかえされたもので、その後ずっと籠の中だけで暮らしたのであった。しかし彼はおのれの種族の歌を幾千年、幾万年前に歌われたのと同じように、そして又歌の一節一節の正確な意味を知っているかのように間違いなく歌っている。もちろん彼はこの歌を誰から学んだものでもない。その歌は生得の記憶の歌、——彼の種族の精霊がその昔、小山の露でぬれた草むらから甲高く夜に鳴いた時分の、何億何兆とも知れぬ同族の遥かな、おぼろげな記憶が歌わせる歌である。……恋をする人間たちも自分では気付かないで随分似たようなことをしている。恋人というものは胸にえがく幻影を理想と呼ぶ。その人たちの理想は結局のところ種族の経験のただの影、生まれる前まで遡れる記憶のまぼろしにすぎない。」
(20)

草ひばりは日が沈むと、美しい神秘的な調べで繊細な音楽を響かせる。夕闇になるにつれ、その音色の美しさは増し、草ひばりの声は周りにしみ渡るように、異様な共鳴で打ち震えるのである。それはまだ見知らぬものを慕う恋の歌に他ならない。小さな籠の中の虫という大霊の一分子と人間に中にある大霊の一分子とが、共に実在という無量界の深みの中で同一の命であり魂であることを、草ひばりのか細い微小な声が告げているのである。

霊的な日本女性の姿を表現すると、ハーンは他の追随を許さない独壇場の作品を創作することができた。霊的なほどに無私な女性の言動は、遠い昔の日本の庶民の生活感情を彷彿とさせて、古来の日本人の価値観や思考様式を現代に伝えて人々に感銘を与える。旧日本の空気を漂わせる霊的な日本女性達は、情念としての無私の世界を語り、不滅の愛の諸相を表現している。
昔話や伝説やお伽噺の再話において、ハーンが全力を傾注したのは、超自然

的な世界、すなわち霊界の描写であった。寂しい山の中の静けさ、未知の土地、底知れない深淵、意識の薄命状態などは絶好の霊的な描写であり、現実世界から異界へ移行する表現は、時空間を超越して遙か遠い昔の日本へ読者を誘うものである。このような夢幻のような光景は、別世界を想起させるのに充分であり、異様な静謐は読者の日常的意識を鈍らせる催眠的効果持っている。深い闇、寂しい山奥、迷路の先の未知の土地などの情景の描写によって、ハーンは時空間を超越して読者を別世界へ、遠い過去の世界へと誘う。彼の怪談は幽霊話であっても、どこか美しい愛の不滅性を語っており、死よりも強い愛の力の美しさは、決して消滅せずに永遠に魂の中に生き続けるという愛の理念が強調されている。怪談の中の霊的な日本女性は、単なる恐怖を煽る幽霊ではない。たとえ死んでも人間の魂の存在は決して消え去るものではないことを強調し、彼は霊的な日本女性の美しい魂を通して、愛は死をも超えて永久に残るという理念を表明している。ハーンは美と善と真の融合を霊的な不滅の愛によって具現化するために、愛は死よりも強いという理念を具体的に作品化した。彼にとって、愛の不滅の世界を作品化することは、作家としての使命に他ならず、愛は死よりも強しという理念は、霊的な探究と愛の普遍性を強調する物語を生みだした。日本の異文化の中で愛の普遍性を証明する物語を書くために、ハーンは日本女性を何処までも理想的な姿に表現したのであった。霊的な日本女性の美しさを表現するために、死を超越して愛を実践する女性の幽霊の登場は的を得た方法であった。女性の幽霊の出現の背後には、時空を超えた霊界が君臨し、死よりも強い愛の力が存在している。

3．愛の諸相

　昔話の中の日本女性の不思議な魅力に注目したハーンは、情念としての霊的存在を描いた夢幻の世界を表現して自らの独創性と想像力を発揮した。霊的な情念の言動には、日本女性のひたむきな愛情が込められており、日本独自の価値観や思考様式が示されている。男に対して無限の母性で何処までも寛大な日本女性は、愛のためならどのような犠牲でも払おうとする存在であり、愛情至上主義のハーンにとって崇高で無垢な聖女のような存在に他ならない。しかし、聖女のような日本女性が愛の誠を求めて、魔女のように変身する場合もある。『日本雑記』の中の「破約」では、瀬死に陥った侍の妻が、自分の死後、再婚するかもしれない夫の相手の女ことを気がかりにして成仏できないでいる。控

えめで物静かな妻は、再婚しないようにと穏やかな口調で夫に訴えた。そこで、決して再婚しないことを約束する夫の言葉に安堵して、妻はこの世を去る。しかし、妻の死後一年もすると、夫は約束を反故にして再婚する。夫の不実に納得できない妻は、亡霊となって現れ、再婚相手の女を怨念で殺してしまう。このように、夫が簡単に妻を裏切り再婚をしてしまうと、穏やかな外見の妻の内面に秘められた夫に対する愛の執念は、燃えるような情念を生みだし、愛の亡霊となって現れ、約束を守らない身勝手な夫ではなく、後妻となった女を恨み殺して首をもぎ取ってしまうのである。若い後妻を護衛する二人の武士と主人の前に、前妻は恐るべき魔物となって現われるのである。

「とうの昔に埋葬されたはずの女が、墓の前ににゅっと立ち、片手に鈴を握り、もう一方の手に、血のしずくの滴る首を持っていた。三人は痺れたようになって立ちすくんだ。一人の武士が念仏を唱え、刀を抜くや、その魔物を打った。途端にそれは土の上に崩れ落ち、空っぽの経帷子と骨と髪が飛び散った。崩れおちた残骸のなかから、鈴がチリンと転がり出た。」[21]

亡霊になってでも自分の思いを叶えようとする妻は、死後もひたむきに夫を愛し、死と生の境目を超越して彷徨い、愛は未来永劫に不変で不滅であることを求める激しい気性の持ち主である。不実な夫を憎むのではなく、後妻となり夫を自分から取り上げた女を恨み殺すほどに、死んでも尚、自分の愛を貫こうとする女性である。一見控えめで物静かな日本女性の内面に激しく燃える情念は、死んでも尚、消え失せることがない。しかし、死んだ先妻が死後も幽霊となって後妻を呪い殺すという激しい愛は、夫の人生も道連れにして破滅させる。このように、「破約」では、同時に、結果的に後妻を殺し夫も破滅に引きずり込む愛の不毛性が語られ、そして、激しい情念に苦悩して死後も成仏せずに彷徨う愛の亡霊が描かれて、心に救いが生じない愛憎の世界が表現されている。

このように、ハーンは物静かでひたむきな日本女性の霊的な姿の背後に秘められた激しい愛の情念も描いている。愛の亡霊の執念と同時に、愛の不毛性と残忍さが描かれているのである。「破約」の中の日本女性は、男に対する激しい愛ために、死んでも尚男に取り憑いて、死んでも愛の亡霊となって自らの執念を果たすべく彷徨い、夫の後妻を殺して何処までも男への愛を全うし、結果的に夫の人生も破壊して道ずれにする。夫に従順に仕える優しい妻が、復讐に

狂う恐ろしい魔物に変身することも物語として存在するのである。したがって、女性の幽霊の出現は、男性中心の社会に対する怨念でもあり、愛する男に対する未練の表明でもある。ハーンは近代的な思考から、気の毒な日本女性の境遇に同情して、その高い徳性を評価し男への復讐を正当な行為と捉えている。男性中心社会の中で忍従を強いられている女性の姿は、我儘で身勝手であった自分の父親像を想起させた。女性の魔物や幽霊は死者の霊に対する信仰を喚起し、自己犠牲の愛に生きる日本女性を理想化し、男性中心社会の理不尽を批判することにもなった。理不尽な男の我儘に振り回され、不実な男によって不幸に陥って命果てた女性に同情したハーンは、善、美、真を求めて愛の殉教者となった女の霊に救いを与えようとし、薄情な男性中心社会に対して近代的な愛の理念によって、恐るべき魔物となって復讐する女性の立場の正当性を強調しようとしたのである。

　前章で考察した「君子」では、明治維新で没落した士族の娘が、家族のために芸者になって自己犠牲する姿が描かれていた。自己抑制して無私と礼節を守る君子は、相思相愛の男と約束通りの結婚をするのではなく、男の将来と相互の身の破滅を案じて自ら身を引いて男を拒絶する。相手の男を心配して、玉の輿に乗るという幸運を自ら放棄するという常識を超えた行為は、正に利他的行為に徹するという点で霊的な存在であることを証明している。最後に旅の尼となって現れた君子は、世俗に染まり凡庸に生きる男に、自分の自己犠牲の愛の意味を伝えて忽然と霊のごとく消え去るのである。
　身分の違いを自ら恥じ、将来的な結婚生活の破綻を予感して、男への真実の愛故に、結婚を反故にして身を隠す女性や、後妻に夫を奪われて嫉妬心と共に死んだ後に亡霊となって出現する女性は、優しい物静かな外見を一変させて、辛抱強い従順な女から信じがたいほど冷徹に男を拒絶する女性になったり、後妻に対して怨念を晴らす愛の亡霊となって復讐の鬼に変貌するのである。このように、日本女性の優しさの背後には、断固とした気概が秘められている。何処までも無私と自己犠牲の愛を男に捧げるが、その献身的な愛が裏切りや破滅で返されたとき、思いもよらぬ決断力で拒絶したり復讐を求めるのである。
　これに反して、「ハル」や「和解」の中の日本女性は、何処までも無償の愛の優しさで、家庭を幸福にしようとする物静かな気丈さを宿している。また、喜怒哀楽を簡単には表には出さず、苦難に耐え忍ぶ日本女性には、苦しみや悲しみを乗り越える強い心と精神的気高さがある。ハルは堪え忍ぶことを美徳と

していた旧体制の典型的な日本女性である。

　「ハル」では、夫の商売に献身的に協力し成功へ導く手助けをしてきたハルが、夫の浮気という裏切りに苦しむ話が描かれている。夜遅くまで帰宅しない夫に何の咎めをせずに黙って耐えて、ハルは眠りもせずに帰りを待ち続けるという献身的な妻であり続ける。しかし、常に従順であったハルもついに堪忍袋の緒が切れて、ある日、夜遅く帰宅した夫に詰め寄るかのように、「あなた」と声をかけた途端に、崩れるように倒れてあの世に旅立つのである。感情を露骨に出すことは嗜みのない行為とされているので、ハルは西洋の女性のように自己主張することなく、悲しみを顔に出すことなく、ただ「あなた」という言葉に全てを含蓄させたのである。日本の封建体制が日本女性の男に対する献身的な奉仕を植え付けてきたのであり、日本社会以外に国際的に日本女性のような大和撫子の清楚で美しい存在はあり得ないと言える。そして、ハーンは身勝手で薄情な男に命をかけて悔悛の情を求めたハルの無償の愛と自己犠牲の愛を、近代の人間愛の観点から高い評価を与え、この日本女性の美質を西洋に紹介しようとしたのである。

　「彼女はやっとの思いで、玄関まで迎えに出たが、やせ細った体は、高熱と苦しさと、その苦しさが露呈するのではないかという恐怖心とで打ち震えていた。そして男は驚いた。妻がいつものにこやかな笑顔で迎えてくれるかわりに、小刻みに震える小さな手で着物の胸元を摑んだのである。彼女は、真心のかけらを探し求めるかのような眼差しで、夫の顔をのぞきこんだ。そして話をしようとしたが、口に出来たのはただ一言だけだった。「あなた」、と。ほとんどその瞬間、弱々しく摑んでいた手がゆるみ、目は不思議な笑みをたたえたまま閉じられ、夫が腕をさしのべて支える間もなく、ハルの体は崩れ落ちた。彼は妻を抱き起こそうとした。だが、かぼそい命の糸がぷつりと切れてしまった。ハルは死んだ。」(22)

　衰弱したハルが渾身の力を込めて、今際の言葉のように「あなた」と不実な夫に呼びかけ、裏切りの行為の反省を求め、夫婦愛を取り戻そうとする涙ぐましい努力をして、命果て崩れるように倒れ絶命するのである。死に際の「あなた」という消え入るような魂の一言は、夫を責めるよりは夫の心に残る言葉であり、霊的な存在になったハルの夫への無償の愛の最後の訴えであった。ハルの死を賭けた愛によって、夫は不実な裏切りを悔いて、妻の優しい愛の力に目

覚めるのである。ハーンは近代の精神で西洋の読者に分かりやすい表現や解釈を加えて、無償の愛に生きる日本女性を紹介しようとしたのである。

　「ハル」に描かれた日本女性は、無私と自己犠牲に徹し夫に対して献身的であり、現実社会では存在し得ない程に優しくて美しく純粋なので、この世の存在よりはすでに霊的な存在に近いと言える。利己的な理屈で生きる男は、献身的に尽くす女性を裏切り続け、女性の死に直面してはじめて失ったものの大きさに気づかされる。自分の非情な態度を後悔し改悛の情に苦しみ、死んだ女性に対して優しさを取り戻す。つまり、妻の死という最後の犠牲によって、はじめて男は愛の真価を悟るのである。

　夫が芸者に走ったのは自分の至らなさのためだとハルは自戒するが、悲しみを顔に出さずに、悶々として忍耐の生活を続けるうちに体調を崩してしまう。ハルは苦しい体で玄関まで迎えに出て、芸者遊びから遅く帰宅した夫の眼をじっと見つめながら、「あなた」と最後の言葉を投げかけて死ぬ。夫の愛を失った苦しい胸の内と体調不良という肉体的苦痛の中で、それは優しさと悲哀の混じり合った複雑な思いの訴えであり、夫への渾身の願いであり、救いを求める言葉でもあった。このような妻の悲痛に充ちた訴えの言葉と無念の死が、不実な夫に後悔の情をもたらす。「あなた」という言葉には、精神的で肉体的な苦痛の全てを暗示させるハルの不遇の生涯の思いが込められている。そして、正に霊的存在になったハルの死に顔には、もはや悲しみや苦悩の表情はなくなり、穏やかに眠るような安堵の表情が現われていたのである。

　このように、「ハル」では、夫に誠心誠意を尽くして仕えても、不実な夫の浮気に苦しめられ、何も不平を口にせずにひたすら平静を保ち耐えている日本女性が描かれている。芸者遊びに明け暮れて遅く帰宅する夫を待ち続け、何一つ抗議も詰問もせずに、ハルは何処までも献身的に夫を陰で支えている。しかし、ある日、ついに思いあまって、いつものように遅く帰宅した夫に向かって、まるで何かを訴えるかのように、「あなた」と喘ぐように言葉を発した後に、ハルは崩れるように倒れて死んでしまうのである。このように、怒りや悲しみを決して表情に出さず、ひたすら献身的に男に仕える日本女性は、ハーンにとって、まさにこの世の人間とは思えない程に自己犠牲を示す霊的な存在であり、権利意識の強い西洋の女性には決して見ることのできないものである。自分を裏切る不実な夫への最後の言葉は、咎めるというよりは、夫に自分への愛を目覚めさせようという最後の願いの呼びかけであった。男のために無私に徹し、自己犠牲に自らを捧げ、死をもって愛を全うしようとする女性は、余りに高尚

で利他的な人間である。夫のために自分を無にして、ひたすら男のために生きる一徹さにおいて、ハルはすでに霊のような存在なのである。

「ハル」に見られるように、不実な夫の裏切りで死ぬほどの苦労を重ねても尚、優しく無償の愛を献身的に捧げる女性こそ、ハーンにとって感銘深い聖女のような存在に他ならない。人生の苦悩に耐える気丈な女性は、夫に対する優しい同情心と情に流されない理知を併せ持っている。このような女性の自己抑制と忍耐から生まれる自己犠牲の精神が、献身的な無私の優しさで無償の愛を注ぐのであり、さらに、神仏に対する素朴な信仰心を植え付け、死してのちに全ての悲しみを喜びと感謝に変えてしまう。

「君子」、「ハル」、「和解」、「舞妓」、「日御碕にて」などに描かれた日本女性は、優しくて物静かな美人であり、聡明に現実に対処し、男に対して礼節をわきまえている。ハーンが描く日本女性は理想の女性としての美質を漂わせ、何処か聖女のような母性を秘めている。また、生身の人間を超越した霊的な属性を身に付け、実際に永遠の愛のために死しても尚、霊として男の脳裏に姿を現すのである。このような霊的な女性は、愛のためにはたとえ不幸の身の上であっても、苦境に耐え抜く気概を有し、極端に自己犠牲する境遇が悲哀を醸しだし、さらに愛に殉教する姿を見せている。ハーンによれば、あらゆる文学の素晴らしさは、悲哀の人生にその宝庫を有することを示すものである。悲しみの逆境にありながら尚、心豊かな嗜みと身の処し方を保つ姿に、日本女性の卓越した霊的美質が示されているのである。

「君子」や「ハル」などに描かれた献身的な日本女性の自己犠牲の愛は、権利意識や自己主張ばかりが目立つ西洋の女性には見られない美質であり、日本の伝統文化の中でのみ存在し得るものであった。このような日本文化の精髄としての日本女性の美質こそ、一連の著書の中でハーンが最も西洋に紹介したかったものに他ならなかった。

生死を決断するような重大な瞬間に、この女性達は不実に生き長らえるよりも、純粋な思いで死ぬのであり、潔い滅私の道を選ぶ。愛する者のために己を捨て去り、死よりも強い愛に殉教することで、永遠の命を手にしようとする崇高な精神を発揮して霊的な存在になる。そして、利己的な打算をすべて超越した無私と無償の愛の行動が、読者に深い感動を与えるのである。このような愛の殉教によって、心洗われる高揚感を感じさせるのが、ハーン文学の倫理性に他ならない。自己犠牲の精神に目覚めた無償の愛が、利他的な自己放棄で真の愛の姿を実現し、美と真と善の倫理的融合をもたらすのである。このような霊

的な日本女性の姿は、ハーンの愛の理念によって生みだされた文学的創作である。ハーン文学では愛の理念によって、日本女性は女神のように善性、美質、真心を実現する。現実には存在しないような誇張された霊性の描写は、西洋の読者に分かりやすく日本女性を紹介するためのものである。西洋風に愛に関する表現手法を駆使し、外国に馴染み深い芸者や舞妓のイメージを多用して、必ず興味を引くような異国情緒を織り込んで、ハーンは難しい題材を見事に作品化しているのである。

　急速に近代化し廃仏毀釈に走る明治期の日本を目撃しながら、ハーンは明治以前の滅びゆく旧日本の歴史と伝統を調査し、さらに、神仏混淆の世界にまで探究の眼を向けていた。彼の作品形態は、ルポルタージュ風のノンフィクション、紀行文、エッセイ、論説、再話文学など多岐にわたる。特に、ハーンの愛の理念は昔話や怪談を原話にした再話文学に示されている。セツは妻として夫ハーンに従順に責務を果たし、献身的に夫への愛を示す気丈な日本女性の典型を体現していた。ハーンを感銘させた日本女性の美質は、小さな親切に感謝して子供のように喜ぶ無私無欲の姿である。苦難に遭遇しても何も不平を言わずにひたすら耐える態度は、この世の苦労をすべて前世の因縁と捉えて生きる諦観と無縁ではない。傷つき悲しい時でも、苦しみを表に現さずに平常心で仕事に励み、微笑みを絶やさず周囲に気配りする日本女性の慎ましい犠牲的精神は、西洋的論理や権利意識では説明不可能な自己抑制と自滅的行為に他ならず、ハーンにとって感動的な程の不可思議さと躊躇いのない自己放棄の潔さを示していた。

　息子の一雄は『父「八雲」を憶う』の中で、母セツの機織り仕事の苦労や自己犠牲に触れて、親族を養うために自己滅却に徹していた姿に父ハーンが大いに感銘を受けたことを記している。同僚の英語教師西田の案内で、機織り仕事に従事しているセツをそっと見て、ハーンは辛い過酷な境遇に非常に同情し憐れんでいたという。セツは零落した家族の扶養のために、ハーンと結婚する前日までも機織り仕事を日夜続けていた。このような重労働に従事していた事実は、セツの手足の太くてごつごつしていたことを大いに納得させるものであった。セツの懸命な自己奉仕の姿はハーンの記憶に焼きつき、「和解」において、貧乏生活の中で苦労して機織り仕事に励むひたむきな日本女性として描写されたのである。没落士族の娘であり、不運にも結婚に失敗した女であったセツは、忍耐強く家計のために機織り仕事に努め、自分を滅却しひたすら自己犠牲していた。その健気ないじらしさや優しい物腰、そして柔和な微笑みを絶やさない

気丈な姿に、ハーンはセツを心から愛おしく思い、作品中に日本女性の美質として理想化して表現したのである。また、このような日本女性の美質を見事に描写するだけの文学的力量と技量をハーンは持ち合わせていたのである。

　『明暗』の中の「和解」では、長い歳月の間ひたすら愛する男の帰りを待ち続けて、ついに幽霊になってしまった日本女性の物語が語られ、自分を裏切って捨てた薄情な男を何処までも待ち続ける女性の崇高で可憐な魂をハーンは表現している。没落し貧困に窮した京の侍が、美しい気立てのよい妻を離別し、家柄の娘と縁組をしなおし、都を去って新たな任地へ出かけた。しかし、後妻は薄情な我儘者であったので、先妻の良さが骨身にしみて分かるようになり、若気の無分別に慙愧に堪えない思いを募らせるようになる。細やかに気を配る気丈な姿を思い起し、辛抱強く笑顔で何事もとりなし、夜昼となく貧乏所帯を支えて機織り仕事に精を出していた先妻に対して、あまりに恩知らずな仕打ちをしたことに深い悔恨の情に取りつかれ、男はかたときも心休まることがなくなるのである。幾年か歳月が過ぎて、役を解かれると、男は後妻を実家に帰し、先妻を訪ねて京へ向かった。今ではひどく荒れ果てた以前の住居に来てみれば、荒れ果てた家の一番奥の部屋から、明かりがともり、そこで霊となった先妻が縫物をしているのである。以前と少しも変わらず、若く美しい先妻に再会して、その不可思議さに思い至らぬ男は冷たい仕打ちを詫びて、今までの償いをしたいと申しでると、すべて貧困ゆえのことで、自分は値打ちのない女だから、何も詫びることはないと取り成す。辛く悲しかった歳月の苦労は、一言も口には出さず、再び会えたので何も言うことはありませんと、先妻は優しい心根で男を慰めるのである。冷たく捨てられた先妻の女性としての霊的な程の優しさと穏やかさやが強調されている。愛に殉じる日本女性は自己犠牲を厭わず、孤独に耐えて男の裏切りを許し、死んでも尚、幽霊となって男への思いを伝えようとする。その愛の一途な姿には、女心のいじらしさと同時に、男への思いの情念の深さがある。一方、自分の立身出世のために大事な妻を捨てたことで、男の後悔の思いは募り、男は良心を苦しめる。すでに死んで幽霊となった先妻に投げかける男の弁解と改悛の言葉の身勝手さには、ハーンの父親に対する根強い反感の気持ちが込められている。自分を捨てた男を霊となって優しく慰めようとする女性の白骨死体は、男に戦慄と共に痛恨の後悔の傷みと絶望を与える。捨てられた女性は何処か優しい心で、死んでもなお幽霊となって愛する男に尽くそうとするが、裏切った男は、変わり果てた女性の姿に恐怖を覚えて後ずさりし、後悔の念と絶望を痛切に感じる。

このように、久しぶりの再会に喜び合って、男は明るくなるまで、お互いの身の上を先妻と語りあい、二人の将来のことなど話し合っているうちに、いつのまにか眠り込んでしまったのである。

　「男が目をさました時には、もう日のかげが、雨戸のすきまからへやのなかにさしこんでいた。その時、男は何げなくあたりを見まわしてみて、あっと驚いた。見れば、自分は、根太の腐りかけた、何も敷いていない、むきだしの床の上に寝ているのである。はて、夢でも見たのかしらん。いやいや、夢ではない。その証拠には、女がちゃんとそばに寝ている。女はすやすやと眠りこんでいる。男はそっと身を起して、寝ている女の上からのぞきこんでみた。とたんに男は、きゃっと絶叫した。寝ている女には顔がなかったのである。男のすぐ目の下には、一枚の経かたびらをまとった、女の死骸が横たわっていたのである。しかも、その死骸は、もうだいぶ久しいあいだ打ち捨ててあったものとみえて、わずかに白骨と、おどろな髪の毛とだけが残っている、骸骨にすぎなかったのである。」[23]

　極貧の侍が栄達のために、ひたすら夫のために尽くしてきた妻を離縁して、良家の娘を妻とすることによって望みの出世の途を見つけるが、そのうちに、長い間放置していた先妻に会いたくなり、帰って久しぶりに会い、変わらぬ愛妻と仲良く語り明かし眠った後に目覚めると、すでに死亡していた先妻の無惨な骸骨の横で眠っていたことに気付き、戦慄を覚えて愕然とする。見捨てられた先妻は、何処までも愛する男に優しく仕え、夫の帰りを待ち続けてこの世を去った献身的で物静かな日本女性であった。我が儘で強情な後妻の態度に愛想を尽かすようになった男は、見捨てた優しい先妻の辛抱強くて控えめな心情が懐かしく思い起こされ、失ったものの大きさに気づき、身勝手な行動を反省すると同時に改悛の念に打ちひしがれるのである。至上の愛は愛する者に自己犠牲的でなければならず、夫に裏切られても尚、死後幽霊となって夫を愛し続ける女性の霊性が何処までも強調されている。身勝手な思いに駆られて道を踏み外し、最愛の妻を失ってはじめて何処までも優しいその真価を思い知った男は、自責の念にかられて苦悶する哀れな姿を曝すことになる。このように、身勝手な男にひたすら耐えて、無償の愛に生きる日本女性の素晴らしさを強調する一方で、愛は死よりも強しと女性が幽霊となって出現し、男への変わらぬ愛を示そうとすると、男は白骨を見ただけで恐怖に震えて逃げてしまうというだらし

なさが対照的に描写されている。

　立身出世を求めて妻を捨てた身勝手な男は、自分の冷たい仕打ちを悔悛の情と共に反省し戻ってくるが、すでに死んでいる妻は霊となっていじらしくも変わらぬ愛を示した。だが、翌朝には、自らの醜い亡骸を曝して男を恐怖に陥れて、妻は男から受けた冷酷な仕打ちに復讐し深い情念を露わにしたとも言える。一般的には、女性が幽霊となって出現する場合、自分を冷たく捨てた男と浮気相手の女に対する復讐を意味している。しかし、この妻はひたすらいつ戻るかもわからない身勝手な男を待ち続けて、誰にも看取られずに一人さびしく絶命したのである。辛抱強く待ち続ける妻の忍従と無償の愛は、身勝手な男を再び自分の元に帰らせるだけの不思議な力を秘めていたのである。浅はかで身勝手な男の言動を描写することで、ハーンはいじらしいまでに無欲な女性の気高い忍従と無償の愛の力を際立たせたのである。

　死んでも尚、自分を捨てた夫に尽くし、何処までも寛大な優しさを男に示そうとする日本女性は、生前から現実の人間とは思えないほどの霊的な魅力を湛えている。そして、専横的で自己中心的な男に無償の愛を注ぎ、ひたすら自己犠牲する女性は、死んだ後までも幽霊となって自分の愛を貫こうとする。身勝手な男は自らの不実を恥じて恐れをなし、骸骨を眼前にして尻込みし逃げようとする。日本文化を西洋に紹介するために、最も優れた美質としての日本女性の霊性を表現したハーンは、愛は死よりも強いという恋愛観の普遍性を強調するために、ひたすら愛に殉教する日本女性を何処までも理想化したのである。

　「和解」では、欧米の読者に日本女性の美質を紹介するために、ハーンは旧日本の封建体制に生きる滅私の姿に注目して、西洋化される以前の日本女性を描いた。作品に登場する前妻は、夫に捨てられて長い歳月が過ぎているにもかかわらず、全く変わらない美しさと優しさを保持している。前妻が身勝手な夫の望むままに耐えて尽くす姿勢は、理不尽な仕打ちを超克するような霊性を漂わせて、日本女性の優しい心情を現わしており、ハーンが描きたかった古き良き霊妙な日本の面影に他ならない。夫は前妻に優しくもてなされるが、実は死人の霊であり、眠りから覚めると女の骸骨の傍で眠っていたことに気づき慄然とする。夫の身勝手な振る舞いに前妻が恨みを晴らすという復讐劇の解釈は、ハーンが前妻の献身的な姿勢に妻セツの面影を重ね合わせていることを考えると無理がある。むしろ身勝手な男のだらしなさや哀れさが強調された結末である。しかし、極貧の中で機織りを続け、その後も夫をひたすら待ち続け、再会できたことを心から喜ぶ前妻には、夫婦愛が滲み出ていると言える。

また、『今昔物語』の原話からの再話文学であるが、ハーンは近代的な心理描写に力点を置いて、身勝手な男の心の変化、良心の痛み、疑惑、償いなどの倫理意識を表現して、19世紀末の欧米の読者に納得できる物語に作り替えているのである。このように、原話よりも3倍くらいに内容が膨らんだハーンの再話は、心理や性格描写に力点が置かれ、原話の粗筋に登場人物の感情や心理の変化を分析的に追加して説明しようとしたのである。良心の呵責や悔恨の情など独特の倫理感で物語全体が見事に整理されている。古い原話に近代的な思想や心理学的分析を加えて、裏切り、憎しみ、後悔、罪の意識、償い、告白など愛憎の世界を奥深く探り適確に表現している。すなわち、ロマン主義的精神の持ち主であったハーンは、愛は死よりも強しという理念を日本の古い原話の中に生かし、幽玄な想像力の文学作品に仕上げたのである。このような強い個性的な感情表現は原話には全く存在しない要素である。ハーンはゴーチェなどのフランス・ロマン主義文学への傾倒から、好んでフランス文学の翻訳に取り組むようになり、このような文学修業ともいえる翻訳作業を通じて、愛は死よりも強しという理念を強く抱くようになった。

　一方的に父親から離縁されて、アイルランドからギリシアへ悲嘆のうちに帰国し、生き別れた母親は、ハーンの生涯を通じて忘れられない母性の面影となった。薄情な父親の行為を憎んだので、ハーンは父親のように女性を不幸にすることを恐れていた。優しい母親が父親によって一方的に離縁されたことで、心に深いトラウマを抱いた彼は、女性を寄るべなき弱い立場の小さな存在と考え、横暴で大きな男の不実を厳しく糾弾した。生き別れた母親の面影が、同じ様な弱い境遇にある女性への心からの同情となって、彼の数多くの作品の中に繰り返し反映されている。

　幼くして母親と生別したハーンにとって、愛は死よりも強しという理念は、母性への永遠の思慕と密接に結びついている。母性への思慕の念はハーンの一生を支配し、無償の母性愛のみが、弱い人間の心を支援して育み、高尚な感情を抱かせ、彼に多くの苦難に耐えさせる力を与えてきたのである。ハーンの描く日本女性には、裏切った不実な男への愛に苦悩していても、また果たされぬ恋に悩む時でさえ、何処かに温かい母性を感じさせる女の優しさがある。男に尽くす無償の愛に底知れない母性の姿を見たからこそ、ハーンは西洋の女性には存在しない徹頭徹尾に無私の自己犠牲を、日本女性の美質と捉えたのである。何処までも自己犠牲して、無償の愛で薄情な男に尽くす日本女性の生き様は、

ハーンにとって、子供のように我儘で身勝手な男に献身的に尽くす母性の愛のように感じられたのである。死よりも強い愛は、死んでも引き離されることのない女性の男への愛の大きさであり、女の母性の勝利としてハーンの心に深い感銘を与えたのである。死してもなお、霊となって男への愛を成し遂げようとする女性には、裏切った男を思いやる母性の美しさと悲しさが同居している。このような母性愛から構築されたハーンの女性観は、何処までも優しく自己犠牲の愛に生きる超越的な聖母のような存在である。男への愛のために幽霊となって現われる女性の姿は、悲哀に充ちており、決して単なる恐怖として描かれていない。ひたすら堪え忍び、自分を抑圧して生きてきた女の情念が、死んで自由な霊となって男の前で自分を曝す姿は鮮烈である。日本女性に対するハーンの同情に満ちた繊細な筆致が、純粋な魂の結晶のような母性の姿を悲しいほどに美しい霊的存在にしているのである。

　女性の幽霊は死んでもなお男への愛を貫こうとし、愛する男を取り戻そうとして、生前には自己主張出来なかった思いを自由に鮮烈に霊となって表現するようになる。霊界や異界に想像力を膨らませていたハーンにとって、霊的な日本女性の幽遠な美しさは、封建制の中で自己主張を禁止されていた女の複雑な情念を秘めている。

　即物的な西洋の女性とは根本的に異なった、しとやかで霊的な日本女性の穏やかな物腰の下には、決して顔に出すことのない激しい女の情念が秘められている。決して感情を表に出さない神秘的な日本女性の言動を研究すれば、自ずと不可思議な日本社会の本質を解明することになるとハーンは考えた。無表情に何かを抑制している仮面の下に存在する普遍的な人間の感情を、穏やかな日本女性の利他的な言動に探れば、伝統的な日本の社会構造を理解する大きな手掛かりになったのである。魅惑的なほどに霊的な日本女性と出会って、日本文化の解明と研究という生涯の目標を手にした時、辛く厳しい競争に明け暮れた西洋社会で固く冷めきったハーンは、本来の温かい柔軟性を取り戻し、求道的な彼自身の自己発見と自己実現の場に遭遇したのであった。

第五章　没落士族の娘セツ

1．日本女性セツの献身

　小泉セツはハーンの妻として、日本での数多くの著作活動に関して、陰に陽に夫の仕事の支援を続けた人物である。戸籍名はセツであるが、後年、ハーンの伴侶となってからは、節子とも名乗った。当時は古来からの習慣で、余程の高貴の女子でもない限り、名前に漢字や子の接尾辞の使用を避ける傾向が強かった。たとえセツが士族の娘でも、控えめに漢字よりは片仮名やひらがなを使うのが適切とされた。明治の文明開化以降、過去の封建的な制約が薄れ、名声を得た八雲の妻としての立場に合わせるように、セツは自分の名前を節子と表記するようになったと考えられる。

　文筆だけの生活に不安のあったハーンは、斡旋してもらった松江の英語教師の職に飛びついた。冬になると非常に寒くなる山陰の地松江は、南国のギリシアとは気候が異なるが、ハーンの好きな海と島はもとより、風変りで古風なものがたくさんあり、宍道湖や日本海、そして出雲大社をはじめとする古い神社仏閣は、彼の求めた古き良き日本の面影を伝えるものであった。彼が終生賞賛して止まなかった日本女性の素晴らしい美質に出会ったのも松江においてであった。その後生涯の最良の伴侶となる小泉セツを得て日本に帰化することになったことは、彼の人生最大の転機となった。

　セツは没落した士族の名家の出で、貧窮のため高等教育を受けられなかったが、幼いころからハーン好みの昔話やお伽話を好む利発な女性で、話上手な語り部の才能を有した娘であった。セツはハーンの仕事をよく理解し、いち早く彼の気難しい性分にも無理なく対応できるだけの柔軟さと気丈な性格を兼ね備えており、日本研究の協力者として語り部として文献や資料について全面的に支援した。ハーンもセツも奇妙な昔話が好きであったが、初等教育しか受けていないセツが知識人で気難しい彼の期待に応えることが出来たのは、武家の厳しい躾と素養を身につけて育ったセツが、彼の期待するような典型的な日本女性の美質をすべて兼ね備えていたからであり、また、利発で優しい包容力において、ギリシアの母親の面影を感じさせたからである。

　零落の中にいたセツは、高給取りの外人教師ハーンを夫としてはじめて、貧困の親族を養う見通しを得た。また、それまで孤立無援のハーンも養うべき妻とその親族を得て、幸福な家庭を手に入れることが出来たのである。さらに自分の子供が出来た時に、彼はついに帰化して日本永住の決意をする。ハーンは

どのような事情があっても、妻子を不幸にして、憎むべき父親と同じ事を因縁のようにすることを非常に恐れていた。そのような悪い因縁を絶たねばならなかった。セツは作家で外人教師でもあるハーンとの裕福で知的な生活を喜び、自分は高等教育を受けられなかったが、日本語の読み書き能力が十分でない夫のために、古書や文献を渉猟し、分かりやすいヘルン言葉にして説明して様々な面で協力し、彼の研究や執筆活動を側面から手伝った。ハーンの日本語は十分とは言えないが、独特のヘルン言葉と呼ばれていたもので日常生活の必要を充たしていた。

　古書店を献身的に捜し回り、ハーンの気に入りそうな本を手に入れて、その内容を分かりやすく解説して聞かせたのである。日本で入手した文献の殆どは、セツを通してハーンの手に入り、その文献の全体像はセツのみが知っていた。妻であると同時に日本研究の助手でもあったセツは、ハーンによって本の単なる機械的な朗読を禁じられていた。セツは当時の語り部としての仕事について次のように述懐している。

　「私が昔話をヘルンにいたします時には、いつも始めにその話の筋を大体申します。面白いとなると、その筋を書いて置きます。それから委しく話せと申します。それから幾度となく話させます。私が本を見ながら話しますと、「本を見る、いけません。ただあなたの話、あなたの言葉、あなたの考えでなければいけません」と申します故、自分の物にしてしまっていなければなりませんから、夢にまで見るようになって参りました。」[24]

　このようなハーンの指示は、実にハーンの再話文学創作の秘密を物語るものと言える。
　日本の日常的な習慣を教えることについても、20歳近く年下のセツが指導的立場にあり、献身的に自分に仕える妻を、ハーンは誰よりも大事にしていた。着物を愛用し、日本食に拘ったのも、日本に帰化することを決断したのも、日本でのセツや子供の立場を熟慮してのことであった。また、松江から熊本へ移ったのも、給料が倍増するという好条件以外に、地元で外人の妾のように噂されたセツの立場を考えてのことでもあった。セツが英語を学ぼうとしたこともあったが、英語を覚えようとしなかったギリシアの母親の面影に固執したハーンは、妻が英語に堪能になって、日本女性の美質を失い、西洋の女性のようになることを恐れ、あまり熱心ではなかった。

セツはハーンの妻として愛され、仕事の支援者として重用された幸せな女性であり、日本での著作活動に大変な貢献をしたにもかかわらず、内助の功に徹し、自分を他の人々と同じように書物の中で言及されることを好まなかった。セツは語り部として、作品が完成するまで同じ話を何度も繰り返し説明して、ハーンに理解できるヘルン言葉で語り続け、決して表立たずに夫の仕事を支援したのである。

　小泉セツは慶応4年（1868年）2月4日に松江藩士小泉湊とチエの次女として生まれた。松江藩に代々仕えた小泉家は、上級武士として周囲から尊敬される由緒ある家柄であった。しかし、親類の稲垣金十郎の家に子がなかったので、生まれてすぐ7日目に養女に出された。セツが養女として過ごした稲垣家は、並の家柄であったが、養父は古風で実直な侍であった。セツは武士時代の物語や風習を親戚縁者から聞いて育った。セツは子供の頃から物語が好きで、大人達から様々な昔話、民話、伝説などを聞くのが何よりも楽しみであった。出雲の神々や不思議な霊魂の話、祈祷や呪いの話、人を化かす狐や狸の話など神話やお伽話の世界と共にセツは育ったのである。後年、ハーンの伴侶となった時、このような生来の物語好きによる語り部としてのセツの才能と蘊蓄が、ハーンの文学構築や日本文化研究に協力者・助言者としての役割を果たすことを可能にし、教育者として作家としての活動を絶えず背後から支援するものとなった。また、養母のトミは出雲大社の上官の高浜家で育ったので、セツに神道への関心を高めさせ、後にハーンの生活や著作にも影響を与えるようになった。松江について取材した来日して最初の作品『日本瞥見記』の中の「家庭の祭壇」や「魂について」などには、トミがセツの幼い時に語り聞かせた出雲大社や神道の物語の内容が描かれている。

　セツは8歳で新政府が始めた義務教育の公立小学校に学んだが、すでに文明開化によって世の中が急速に変革し、侍であった養父達は短髪し帯刀も禁じられ、誇り高い士族が没落して行く有り様をセツは身の回りで実感しなければならなかった。セツは11歳の時に小学校下等教科を卒業して学校を退学させられることになる。勉強好きのセツは進学を望んだが、稲垣家の困窮のため断念させられ大いに悲しんだ。生活に困窮するようになった稲垣家には、もはやこれ以上学校へ通わせる余裕がなかった。人の良い養父金十郎は没落後の厳しい現実生活に奮闘する事も出来ず、働き者の養母トミが縫い物で僅かな金を稼いで生計を辛うじて立てていたので、セツも家族を支えるために一生懸命働かざるを得なかった。学校が大好きで成績も良く熱心であった利発なセツにとって、下等

教科だけで止めさせられ、他の生徒があと3年の上等教科に進学するのは非常に悔しいことであった。

２．士族の困窮

　王政復古の大号令によって明治新政府が樹立されると、松江藩は生き残るために、天皇を戴く官軍に対してひたすら恭順の意を示し官軍を迎えた。謹慎と恭順の意を表した松江藩であったが、新政府の急激な近代化への指令は、旧体制を根底から崩壊させる過酷なものであった。藩主は地方長官としての官名である知藩事に任命され、旧家臣であった士族達の家禄が、身分に関係なく全て一律に最低限に押し下げられ、収入が大幅に削減されたのである。

　明治の大変革を指導したのはごく一部の有数の士族達であった。武士の誇りを奪われ深刻な生活苦に陥った大多数の士族達は、零落の憂き目にあって最大の辛酸を舐めつくし、極貧の中で哀れな困窮生活を送らねばならなかった。激動する社会の逆流を秀でた才能によって見事に克服し、政府の要職に就いたごく少数の例外を除けば、大多数の士族達は新政府から何の特別な計らいもなく、極貧と恥辱の中を零落するばかりであった。かつて自分達に土下座していた人々に、生きるための救いを乞うて身を屈したり、貧民長屋に身を落とし大事な娘を身売りに出す者や、さらに、乞食となって通行人に施しを求める者まで現れた。このような悲惨な事態が日本全土で発生していた。稲垣家も例外ではなかった。養父も事業に成功するにはあまりにも世間知らずの善良なだけの人物であったため、詐欺師の餌食となり、セツが8歳の時に、長年住み慣れた屋敷を手放すことになった。

　したがって、セツがハーンと出会うまでの23年間は、明治維新という社会の大変革の中で、名家の誇りと生計の道を失い、どん底に突き落とされた没落士族の過酷な運命に晒された人生であった。セツの養父母も実父母もそれなりに地元の名家であり、封建制の中にあっては伝統的な武士階級の教養人であったので、立派な倫理意識と不撓不屈の精神を身につけていた。しかし、旧体制での長年にわたる家禄による模範的な生活と強固な価値観が、明治維新によって近代化へと変動する時代の激流に対応して生き残る術を士族達から奪っていた。

　生計の道を求めて様々な商業活動に手を出した士族達のほとんどが、商才に欠け不浄の生業に携わるという意識から解放されなかったので、失敗を繰り返し更なる零落の憂き目を避けることが出来なかった。世間知らずの士族の商法

で、生活のために私財の全てを不案内な事業に投機して、老練な商人や老獪な詐欺師達の餌食となった。このような事が没落に拍車をかけて、多くの士族達は全ての財産と生計の手段を失ってしまったのである。貧窮に追いつめられて、かつてはお姫様として育てられた娘達を売り払った没落士族の悲劇が、華やかな明治維新の近代化の裏の悲惨な暗部として日本中の至る所で生じた。また、家財を売り払い辛うじて生計を保っていたが、自らの不運を嘆き前途を悲観し自暴自棄になって、酒に溺れ一家離散の憂き目に会う者も多かった。

　しっかり者の実父小泉湊は、巧みに資金を工面して機織り会社の事業に参加して順調であった。このように、セツが娘の頃、小泉家は一時非常に羽振りが良かったので、セツも機を織る士族の娘の一人として雇われることになった。しかし、小泉家も最初好調であった機織り会社の事業が失敗に終ると、かつて家来が住んでいた門長屋住まいをするほどに深刻な零落に陥り、ついには、親戚縁者の家に同居させてもらいながら、何度も転居を繰り返さざるを得ない程になっていた。
　セツの実母のチエは小泉家が没落後も、奥方然としてまったく世事に疎く、実務的な処世術においては逆境に際して全く無能であった。家老の娘として育ち、上級士族の奥方であったチエは、社会の変動に対して適切な対応などできるはずもなく全くの無力であった。当時の士族の娘達はすべてお姫様育ちで、花道、茶道などを嗜み、侍の奥方として誇りをもって一大事に際しては、死を恐れることなく敢然と立ち向かう心構えとして、冷静な決断と行動のあり方を教育されていたが、商業活動や日常生活の卑近な処世術などにはまったく無知であった。生活費を工面する事もできなければ、残り少ない金や財産を有効に使って生き延びる術すら知らなかった。
　しかし、新日本へ適切に対応出来なかった養父母や実父母などの武家の親族達は、旧日本の歴史や伝統を自ら体現する奥ゆかしい気品と素養を身に付けていた。上の学校に行けなかったセツは、娘の頃から小泉家によく出入りし、古来からの良家の子女としての武家の嗜みを身につける事が出来た。したがって、生け花や茶の湯を嗜み、謡曲や鼓を見事に修得し、日本の造園や美術への芸術的素養を身に付け、日本の伝統的な着物や室内装飾や調度品に対してもセツは洗練された眼識を持っていた。このような日本の伝統文化に対する精密な鑑識力が、後にハーンの日本研究に力強い手助けとなった。ハーンは日本の美点のすべてをセツから学んだと公言したが、事実セツの上品な趣味や鋭い眼識が彼

の日本文化の理解に貢献していたのである。ハーンは絵や美術品を購入するときには、必ず常にセツの判断を頼りにしていた。

　このように実家と養家で武家の嗜みとして、古来からの日本文化の精髄を修得していたセツは、生来気丈で律儀な親孝行娘であり、また様々な日本の昔話や伝承を好む利発な文学少女のような気質を有していた。小泉家の没落と丁度同じ頃、すなわち、セツ18歳の時に、稲垣家と同じ没落士族で鳥取藩士であった前田小十郎の次男為二28歳を婿に迎える話がまとまった。稲垣家には事業の失敗による大きな負債があるにも関わらず、現実に対処して働く気力のない養父は、士族の気位だけ高く苦難に直面しても無為無策であり、養母トミが仕立物をしたりセツが機織りなどをして、女達だけが内職仕事に精を出しているだけであった。稲垣家の建て直しのために婿養子として迎えられて、セツと結婚した為二は、途方もない借金だらけの稲垣家の零落ぶりに絶望し、一年も経たない内に家出して姿を眩ましてしまう。為二は自分の少ない稼ぎで借金を返し、稲垣家全員を養わねばならないことに唖然としたのである。大阪にいることを知ったセツは、わざわざ旅費を捻出して大阪まで出向き連れ戻そうとしたが、願いは叶わなかった。家も土地も妻も捨て去った為二、困窮を極める稲垣家、自分を追いつめる厳しい現実、明治という過酷な時代の変遷にセツは激しい絶望感に駆られたに違いない。20歳前の娘には、あまりに厳しい人生の試練と重荷にセツは悄然たる思いであった。

　幸福な結婚となるべきこの縁組みは、セツを貧困と絶望のどん底へと突き落とし、悲惨な人生を送るべく宿命づけたかに見え、辛酸を舐め尽くすような辛い人生がしばらく続くことになる。実家の小泉家では次男武松が19歳で早世し、長男氏太郎は一家の責任を顧みず家出をしてしまった。代わりに一家を支えるべきセツの二つ年下の弟藤三郎は働こうとせず、小鳥を飼育するのに夢中になるだけの親不孝者であった。セツは夜遅くまで機織りの仕事に精を出しながら、病気で伏していた実父小泉湊の世話をするという大変な苦労を強いられた。ふがいない息子達の無能ぶりに落胆しながら、実父湊は失意のうちに、明治20年、セツ19歳の時に逝去した。実父湊が逝去すると小泉家はさらに大いに落ちぶれ、一挙に転落の憂き目に陥ることになる。結局は実父の小泉湊も養父の稲垣金十郎も士族の商売に手を出して失敗して、一度にすべての財産を失い下層階級へと零落するのである。

　このように、何とか生活を維持し持ちこたえていた実父湊の死去によって、大黒柱を失った小泉家はついにどん底へと突き落とされていった。失意の実父

や男兄弟を失った後、実母チエも乞食のような身の上にまで落ちぶれ、セツに
とって残ったのは頼りにならない弟と姉だけで、生計の道も立てられず、今に
も小泉家の血筋が絶えてしまう恐れがあった。その後セツは22歳になろうとす
る時に意を決して、明治23年（1890年）1月に離婚が正式に受理されると同時に
稲垣家を去って、実家の小泉家に籍を戻すことにした。このように、実父無き
後、セツは実母の世話をしながら小泉家を支え、同時に、稲垣家の養父母や養
祖父の扶養義務をも背負わねばならないという厳しい状況に追いつめられてい
た。しかし、その後ハーンとの出会いという偶然の運命の展開で、悪夢のよう
な苦境から解き放されて、真の幸福な結婚へ至る道が開かれるのである。

ハーンと熊本第五高等中学校の学生たち（1894年）

第六章　セツとの結婚生活

1．運命的な出会い

　セツはハーンと出会う一年前には、戸籍を稲垣家から小泉家に戻していたが、実際は依然として養父母達と生活を共にしながら、実母チエや姉弟も寄寓するという状況になっていた。したがって、稲垣家と小泉家が共に生活をしていたことになる。かつて武家の名門として権勢を誇った親戚縁者の人々も、旧日本の高い教養と品格を有しながらも、多くは新日本の激しい変化に適応出来ず、士族の商売に手を出して失敗し、すべての財産を失って哀れな程に零落していた。セツの困窮ぶりを他の親族が傍観し援助しなかったとしても、同じように零落の身の上に陥っていた場合は無理からぬことである。

　文筆だけでは生活できなかったハーンは、松江の尋常中学校の英語教師の職に就き、一番の理解者となる同僚の英語教師西田千太郎の知遇を得ていた。大いに古風な松江での生活を満喫して、ハーンは日本文化研究や英語教育に全力で取り組もうとしていた矢先であった。ハーンは松江の冬の例年になく厳しい寒さに体調を崩し、数週間も寝込んで死ぬほどの苦しみを味わっていた。また、この頃、貧困に喘ぎながら粗末な長屋のような家で寒さに耐えていたセツは、このまま家族全員が寒さの中で凍え死ぬのを防ぐために、逆境に敢然として立ち向かおうとして、外人教師の住み込み女中の仕事を引き受けるという起死回生の行動に出たのである。保守的な山陰の田舎町で、外人の住み込み女中の仕事を引き受けることは、当時では外人の妾という非難を誘発する恐れがあり、セツには大きなためらいがあった。洋妾（ラシャメン）に対する偏見や侮蔑の感情は非常に強かったのである。明治維新は武士階級の女性達の運命を大きく変化させたが、中でも、文明開化の風潮に翻弄されて、外国人の現地妻として雇われて、ラシャメンと呼ばれて市民から白眼視される者があった。したがって、通常では良家の娘が外人と正式に結婚することなど考えられないことであった。しかし、恩を受けた養父母や実の親に対する孝行のためなら、貧困に追いつめられたセツは、どのような汚名を被ろうとも、自分が犠牲になって実家と養家を何とか支えるしかなかった。絶対絶命の零落状態にあった家の事情から、セツは何としてでも家族を支えて生きていくために、洋妾の恥と非難を受けても、どうしても生きるためにお金が必要であった。

　セツは小学校中退後、少女の頃から養父母と養祖父のために機織り仕事で家計を支えてきた。仮住まいを転々としながら女中働きや機織り仕事など何でも

117

こなして、実父死亡の後は、セツは実母も加えて養父母と養祖父の4人を世話しなければならなかった。このように、セツとハーンの出会った頃は、貧困に喘ぎ困窮を極めた頃であり、養家の親の世話だけではなく実家の親族扶養のために、機織りの収入だけではもはや両家の家族を養う事が出来ない窮状に陥っていた。厳しい貧困生活の中でも4人もの親たちを決して見捨てようとはしなかったセツは、落ちぶれたといえども士族の娘としての誇りと親に対する孝行という一途な使命感を持っていたのである。

　零落した士族の封建的な家庭の中で、無名のうちに歴史の闇の中へ消え去るはずであった不運の女性セツは、婿養子の為二に捨てられてもなお、家族を支えるために決然として自らを犠牲にして逆境に立ち向かった。そして、ハーンとの運命的な出会いによって、文豪を支えた語り部の妻として名を残す幸運を得たのである。不滅の名作を夫婦の協力によって作り上げたという非常に特異な意味で、二人の運命的な出会いがあった。40歳独身のハーンは、友人の西田を通じて、炊事洗濯などの世話をしてくれる住み込み女中を求めていた。かつて逗留していた富田屋旅館の女中お信が、ハーンの住む末次本町の離れ座敷まで毎日食事や風呂の世話のために通っていた。以前お信が眼病を患っていたのに、旅館の女将が何の手当もしてやらないのに憤慨して、自らも眼の悪いハーンが、不憫に思い治療費を出して病院へ行かせたことが縁であった。このお信からさらに人を介して、住み込み女中を捜しているハーンの話がセツのもとに伝わったのである。寒さに弱って不自由していたハーンの身の回りの世話のために、明治24年（1891年）2月頃にセツは住み込み女中として働くようになった。松江の寒さに体調を崩し、独身での生活に不安を覚えるようになっていたハーンは、心の何処かで人生の伴侶を求めていたと言える。

　明治期の日本は長い鎖国から目覚めて、西洋の先進文明に驚嘆し、必死で西洋の文物を模倣しようとして外国人教師を多数雇用していた。そのような外国人教師として採用されたハーンは、松江で一人の日本女性セツと運命的な出会いを果たすのである。明治23年4月に単身来日し8月に来松して以来、日本研究に没頭していたハーンの印象と仮住まいの様子を『思い出の記』の中でセツは次のように述懐している。

　「私の参りました頃には、一脚のテーブルと一個の椅子と、少しの書物と、一着の洋服と、一かさねの日本服くらいの物しかございませんでした。
　学校から帰るとすぐに日本服に着換え、座布団に坐って煙草を吸いました。

118

食事は日本料理で日本人のように箸で喰べていました。何事も日本風を好みまして、万事日本風に日本風にと近づいて参りました。西洋風は嫌いでした。西洋風となるとさも賤しんだように「日本に、こんなに美しい心あります。なぜ、西洋の真似をしますか」という調子でした。これは面白い、美しいとなると、もう夢中になるのでございます。」[25]

　また、ハーンが市民や生徒達から親しみと敬愛の対象になっている外人教師であるばかりではなく、和服や和食の生活を送り、日本文化に深い関心を抱いた有能な作家であることをセツは新聞やうわさ話で知っていた。左眼を失明していることを事前に聞かされていたセツは、実際に会ってみて、ハーンの隻眼の苦労の痕跡を痛々しく感じたが、右眼の柔和な輝きと形の良い鼻や利発そうな広い額に強い感銘を受けていた。西洋至上主義的な立場から日本文化を下等な物として見下げ、侮蔑の態度をあからさまに示す他の西洋人とは、ハーンは何処か根本的に異なっていたのである。古くからの日本の建築物や食物が、本来日本の気候や日本人の気質に最も適しており、いたずらに西洋を崇拝してむやみに模倣することにはハーンは常に批判的であった。

　来日前に、ハーンはフランス領西インド諸島に取材に赴き、脱西洋を実践して、マルティニークでの２年間に及ぶ長期滞在による本格的調査をして、『仏領西インドの二年間』として纏めて出版している。彼は来日以前にすでにマルティニークで本格的な異文化体験をしているのである。非キリスト教世界である黒人信仰に興味をそそられ、島の土着の異端宗教を身近に観察してきた経験をもっていた。西洋のものが全て優れて素晴らしいとする西洋至上主義の価値観から離反したハーンの脱西洋は、白人女性のみを美しいとする美意識とは全く異なった世界を模索するものであった。彼は各地を遍歴して様々な異文化と遭遇し多様な価値観の存在を認識するにつれて、ますます非西洋の世界へと惹かれるようになった。このように、西洋文明の毒に汚染されていない地域を求めてマルティニークへ取材し、ハーンは独自の異文化探訪の作家としての創作態度を確立して後、日本への取材旅行の誘いに同意したのであった。来日以降は、松江滞在中の考察を纏めた『日本瞥見記』の中の「日本人の微笑」などにおいて、日本の過去の歴史や伝統を重視する立場を力説し、西洋に対峙しうる日本文化の価値を再認識する必要性を論じた。時の流れと共に我を取り戻し、維新の熱から冷めて、日本人は西洋化の欺瞞に気付き、日本本来の素朴な生活

の中に喜びや足るを知る満足の精神を必ず取り戻すと彼は断じている。

　その後、熊本、神戸、東京へと移住しながら、日本での生活を続けて、明治日本の現状を詳しく知るに及んで、近代化の美名の下に自国文化を卑下する態度をハーンは難じ、やがて日本人が無闇な西洋化の悪弊を反省し、日本古来の素朴な生活における純粋な満足感や、美しい自然と一体になった生活の存在感、庶民の民芸に見られる繊細な芸術的感性などを再認識する時が必ず到来すると彼はあらためて予言してる。日本古来の伝統文化が如何に素晴らしいかを再確認し、光り輝く霊気に囲まれた古き良き日本の姿を思い返し、日本独自の素朴な生活感情や神道的宗教感情を取り戻す時が必ず来るとハーンは期待を込めて説いている。

　ところが、地方の田舎の集落では日本神道の古き良き民間信仰を保持しているが、過激な西洋化の趨勢の中で、日本古来の神道的宗教感情は次第に都市部で消滅する危機を迎える可能性をハーンは危惧している。ハーンは日本神道の民間信仰の存続を信じようとしていたが、西洋化に走る日本は、唯物的な時代精神の中で、日本古来の伝統を卑下して放棄しようとしていた。それでも、多くの研究家が神道の消滅を予言したにもかかわらず、古代ギリシアの神々のような汎神論的信仰と共に、日本の庶民は自然と一体となって生活し、日本古来の民間信仰や民芸が伝統的に維持されてきたのである。残念ながら、現在のギリシアでは古来の神話的信仰は消滅し、キリスト教の布教によってギリシア正教が存在するようになったのである。

　日本古来の宗教は死者の霊と共存して生きることを教え、神聖な大自然の中で鳥居を構える神道の神社では、八百万神の多神教が信奉され、明治の日本では、毎日神棚への柏手の音が家屋の中で響き渡っていた。神道は外来仏教以前の日本古来の独自の宗教であり、自然界のあらゆる草木や花や岩石に神や霊が偏在し、雨や嵐や炎にも霊的意思が秘められていると信じるアニミズムとシャーマニズムの民間信仰を支えた汎神論的宗教である。

　ギリシアや日本の神話は、自然界の諸相を擬人化し、神々や英雄の物語を生んだ。ハーンは古代ギリシアと日本の類似性に着目し、日本の宗教や文化の理解に資するものと考えていた。しかし、ギリシアではキリスト教以前の多神教は異端として排撃され、ギリシア正教に統一されたのに対して、日本では今なお神道の神々を信じ、仏教伝来以降も神仏両方の宗教が無理なく併存している。他のいかなる宗教も異端として排撃し、自らの教義だけを正当化して、独善的に世界中に宣教するキリスト教の厳しい唯一神に比べれば、他の宗教にもおお

らかな寛大さを示す日本人の宗教観に、ハーンは心安らぐような救いを見出し、日本人以上に日本の神仏に対する敬虔な信仰を抱くようになり、維新後の過激な廃仏毀釈に屈することなく、本来の宗教の形態と伝統を維持することを願ったのである。

　このように、日本において異文化研究の優れた業績を重ねることになるハーンは、山陰の松江にやむを得ず来たのではなく、従前にアメリカ時代から熱心に予備的な調査研究を行って来日し、神話の土地を愛して自ら進んで松江を選び、脱西洋を完成するという信念を抱いていた。アメリカですでに文名を確立した彼が、わざわざ辺鄙な田舎町にやって来て、奇妙に日本の古い事物を尊重し、神社仏閣に多大な興味を示し、神道の国日本の古い風俗習慣をさらに調査研究しようとしていたのである。ハーンは全身全霊で日本と対面し、古い日本文化を蓄積した松江の全てを吸収しようとしていた。彼にとって、松江の人も自然も素晴らしく、山、海、湖、祭り、神社仏閣などのすべてが彼の心を鋭く捉えた。

　実は最初の出会いの時に手足が頑丈で太いセツを見て、ハーンは士族の娘というのは嘘かとお信の奉公先である富田屋旅館の女将ツネを咎めた。しかし、セツの手足が太く荒れているのは、少女の頃より親達を養うために、一日中の機織り仕事の激しい労働に従事して鍛えられたためであり、実家や養家が悉く没落しても、セツは自己犠牲を厭わず親への孝行を実践し、貧窮に追いつめられると、洋妾と非難されることを覚悟で住み込み女中の仕事を引き受けたのであった。このような厳しい困窮の事情と勇気ある決断を知ってハーンは深く心動かされ、セツの荒れた太い手を取り、これこそあなたが誠実な節操の人である証拠だとあかぎれしたごつごつの手を撫でたという。（26）このように、明治24年の2月末頃の住み込み女中としての同居の後に、両者の間に相互の信頼関係が構築されて、お互いに相手の人物像や人生に敬意と愛情を抱くようになった。セツはハーンの一刻ぶりや困窮している弱小なものへの深い同情心について次の様に語っている。

　「或る夕方、私が軒端に立って、湖の夕方の景色を眺めていますと、すぐ下の渚で四、五人のいたずら子供が、小さい猫の児を水に沈めては上げ、上げては沈めして苛めているのです。私は子供達に、お詫びをして宅につれて帰りまして、その話をいたしますと「おお可哀相の子猫、むごい子供ですね──」と

いいながら、そのびっしょり濡れてぶるぶるふるえているのを、そのまま自分の懐に入れて暖めてやるのです。その時私は大層感心いたしました。」⁽²⁷⁾

セツはハーンの小さな生き物に対する純粋な思いやりの心の一途さに深く感銘を受けた。そして、ハーンは住み込み女中となって献身的に仕えるセツの姿に感動し、その困窮の境遇を自身の過去と照らし合わせて大いに同情した。セツの親への滅私奉公の献身ぶりや没落士族の哀れな零落の境遇が、ハーン自身の不幸な生い立ちと共鳴しあい深い感銘を受けたのである。すなわち、貧乏のために機織りや住み込み女中をして、養家と実家の親たちを養って艱難辛苦を極めるセツの姿は、ハーン自身の辛い幼少年期や青年期を思い起こさせるものであった。両親の離婚以来、親から引き離されて孤独で不運な幼少年期を過ごしてきたハーンにとって、哀れなセツの身の上は、常に思慕してきたギリシア人の母ローザの不運と重なり合った。機織り工場で親のために女工として働いていたセツの姿に、悲哀の人生を送った母の面影を見て、ハーンは大いに敬意と同情の念を抱かざるを得なかった。セツを単なる住み込み女中ではなく、特別な存在とハーンは見なすようになったのである。セツも貧しく落ちぶれた自分に心優しく接してくれるハーンに敬愛の念を抱くようになった。二人の生来の気質、履歴、境遇などすべてが、融合し反響し合って確実に愛情が深まりつつあった。このような出会いから、ハーンは特別な思いを込めて、『東の国から』でも『こころ』の中でも、没落士族の娘達の姿を描き、その微動だにしない不動の精神力と大胆な行動力に注目し、傑出した日本女性の美質として賞賛したのである。

2. 夫婦の絆

困窮生活の中で押しつぶされて、一家離散する没落士族の悲劇が各地で見られたが、親族に対する扶養義務のために、厳粛な使命感でただ一人孝行の道を貫き通したセツのような美談も生み出していた。しかし、困窮する親族のために、古風な地方の町である松江で、まだ23歳ほどの娘が、外人の住み込み女中をすることは決して普通のことではなかった。閉鎖的で小さな田舎社会で、しかも国粋主義的傾向が台頭しつつあった当時、外人に対する感情には複雑なものがあったので、セツは少なくとも外人の妾になったと噂される恐れを覚悟しなければならなかったはずである。高収入の外人の世話をすることは、通常以

上の金銭的報酬に与るので、何かにつけて嫉妬から洋妾と非難されることが多かった。したがって、閉鎖的な僻地の田舎町で外人と先駆的な国際結婚をすることは、多大な偏見と中傷を覚悟せねばならず、セツは余程の決意と気丈な勇気を必要としていた。ハーンと共に暮らすようになると、洋妾と蔑む噂がセツに恥辱の苦しみを与えたのである。

　また、親族の扶養責任を一身に背負い、前夫に逃げられ離婚して、さんざん苦労を重ねてきたセツが、まったくの純情可憐な娘心からハーンに惹かれたとは考えられない。彼女は最初の結婚の無惨な失敗に、深い悲しみの思いを心の奥深くに秘めた女性であった。西洋人にしては短身で隻眼の見栄えのしないハーンに、初恋のように一目惚れしたとも考えられないのである。また、アメリカ時代にビスランドのような美しい白人女性と親しく交際し、並の人間よりも遙かに女性に対する審美意識が優れていたハーンにとって、短身で鼻が低く色黒で眼の細いセツは、西洋の基準から見れば、決して美人とは言えなかったであろう。しかし、日本の美しい自然と古風な社会に陶酔し感嘆していたハーンは、日本の美質のすべてが心やさしく快活な日本女性に集約されていると確信していた。

　また、隻眼で背も低く風采の上がらないハーンは、西洋では白人女性とは対等に付き合えないと思い込んでいた。自分自身の隻眼を何よりも醜い不具と思いこみ、ハーンはアメリカ時代から常に女性に対して遠慮気味で、半ば諦観を伴った思いで接し、数人の女性と関わりを持っていたが、現実の女性よりも幻の女性を追い求める傾向があった。心の安らぎを求めて異文化探訪に求道者的な人生を歩んできたハーンは、高等教育を受けず無学であるはずのセツが、心から献身的に夫に尽くし、しかも武家の娘としての優れた見識と高い教養を身に付けていることに驚嘆し、西洋では出会うことの無かった大切な人生の伴侶を得たという運命的な結びつきを自覚した。若くしてすでに人生の辛酸を舐め尽くしながらも、セツは他の女性とは異なった有能な人物であることにハーンは奥深い魅力を感じていた。武家の娘としての教養を身に付け、花柳界にも造詣が深かったけれども、苦労人のセツは安易に泣いたり愚痴をこぼしたりするような女性ではなかった。彼は物静かで控えめなセツの親達に対する献身的な孝行に敬意を抱き、一方、セツは孤独なハーンの心やさしい気遣いに好意を抱いた。貧困に負けずに家族のために自己犠牲している健気なセツを見たハーンは、権利意識だけ強く自惚れ屋の西洋の女性とは格段に違う日本女性のやさしい心情に深く感動したのである。元来、自意識過剰で自我が強い白人女性より

は、有色人種の女性に惹かれる性癖がハーンにはアメリカ時代からあったのである。隻眼で風采の上がらない自分の容姿に強い劣等意識を持っていたので、彼は白人女性の前ではどうしょうもなく寡黙で自分から何も言えないほどにおとなしくなったという。

　このように、セツとの結婚にはハーンの同情と諦観とが同居していた。西洋社会にも西洋の女性にも失望していたハーンは、日本の美しい自然の中で日本女性を感嘆と共に受け止め、単に美貌に惹かれるのではなく、セツの気丈な人柄、豊かな心情、献身的な自己犠牲の精神、単なる学歴では得られない奥ゆかしい見識や教養などにハーンは新鮮な魅力を感じたのである。ひたすら日本の美質や長所を描いて、自らも日本と同化するように帰化したのは、日本女性セツの魅力によるものと言っても過言ではない。

　ハーンのような仕事を重大な責務としている人物にとって、日本の風土に親しませて最適な生活環境を提供してくれるような日本女性が必然的に不可欠であった。鹿鳴館時代以来、西洋万能主義にひた走った日本では、西洋の衣服や文物を表層的に模倣する風潮が蔓延していた。西洋模倣の日本の時代精神に批判的であったハーンは、セツとの結婚によって日本理解を飛躍的に進展させていた。武家育ちの高い見識と古来の日本文化の風習や人情に精通していたセツは、日本独自の芸術の美意識も熟知していた。セツは常にハーンの側にいて、日本文化に関する疑問に適切な説明をしてくれる信頼できる優秀な解説者であった。家庭の中でも、西洋と日本の異文化がぶつかり合うことがあったが、常にセツの聡明さと度量がハーンを包み込み、未然に混乱や摩擦を解決してしまうのであった。

　ハーンとセツの関係は、明治24年2月頃に始まる住み込み女中から同棲生活、そして結婚へといたる。結婚の媒酌人は、ハーンの最も良き理解者で親友であった同僚の西田であり、当初から二人の間に入って通訳をし、セツの親族に関する諸問題を処理し説明した人物である。同年6月22日、ハーンとセツは北堀町の武家屋敷へ転居して、結婚の関係へと確実に進行しつつあったが、両者の間にあって仲介や通訳の役割を果たしていた西田が、明治24年6月14日と7月28日付けの日記の中で、セツをハーンの妾と記していることを考えると、まだ内縁の妻のような関係であったことが分かる。(28) しかし、転居して一ヶ月後の7月下旬頃には深い愛情で二人は固く結ばれ幸福を感じていたようである。

3．妻セツの貢献

　ハーンは生来メランコリックなはにかみ屋で、信仰心が厚く繊細で寡黙な詩人的性格を持っていた。また、幼少期から没落士族の出で苦労を重ね、機織りや女中をしながら、勝ち気な気性だけで何とか世渡りをしてきたセツにとって、人生ではじめて貧しい自分を心優しく支援し保護してくれる人物を得て、尊敬と感謝の念を抱き、心からの安らぎと幸せな日々を手に入れたのであった。

　明治24年（1891年）6月14日の日記によれば、西田はチエの依頼を受けて小泉家に経済的援助を与えるように仲介している。[29] 以来ハーンは小泉家と稲垣家の両家12人もの人々の扶養をすることになる。後にハーンはノイローゼ気味の藤三郎を40歳で死亡するまで養い、大阪に住むようになったチエには毎月生活費を仕送りしていた。自分自身も天涯孤独で極貧の中を呻吟してきたハーンは、喜んでセツの親族の面倒を見ようとしたのである。セツの親族がねだったり、たかったりするのは、セツ自身心苦しく常に負い目を感じざるを得なかったが、ハーンは気持ちよく大きな重荷を受け入れた。妾から妻へと存在感を増したセツは、ハーンにとってそれ程に掛け替えのない人物になっていたのである。

　ハーンはチェンバレンへの同年7月25日付けの手紙で、日本女性を最高だと讃美し、日本の素晴らしさはすべて優しい日本女性の美質に集約されると手放しで褒めている。

　「しかし、日本女性は何という優しさでしょう！――善性に対する日本民族の持てるあらゆる可能性は、女性に凝集しているように思われます。このことは、西洋の教義のいくつかに対する人の信仰を揺るがすものです。もしこの優しさが抑圧と圧制の結果であるとするならば、抑圧と圧制も全面的に悪いとは言えません。これに反してアメリカ女性は、自分が偶像崇拝の対象となりながら、その性格をどんなにダイヤモンドよろしく硬直させてしまうことでしょう。」[30]

　ハーンはロマン主義の精髄ともいうべき愛の強い熱情に支配されていた。権利意識が強く男性と対等になろうとして孤立し不幸になっていく欧米の女性に反して、封建的抑圧にもかかわらず、日本女性は権利や自己主張に固執せずに、ひたすら男のために自己犠牲して、愛に生きる至福の境地を志向するのである。たとえ裏切りにあっても、自分の元に戻ってきた夫の非を咎めることなく、全

125

てを許す日本女性の無私の愛の姿こそ、ハーンが最も感銘を受けたところであった。封建的抑圧を代償としながらも、霊的なほどの善性を高く評価して、ハーンはこのような古風な日本女性の献身に深い愛着を抱いたのである。妻セツが語り部として原話を話す時の表情やしぐさや繊細な感情から、ハーンは侍の妻の美しい心根を連想し、つかの間でさえ再び夫の情愛を得て喜ぶ女心をセツの口調から理解したのである。古風で優しい日本女性の気立てのよさに心から同情するにつれて、ハーンは作中の女性描写にセツの面影を投影するようになった。そして、このような古来からの日本の武家の女性の美質を広く西洋社会に紹介することこそ、日本研究の作家としての自分の使命だと認識したのである。

　その後、徐々に親戚縁者との接触を通じて、外部に向かって二人の関係が夫婦として成熟したことを明らかにするようになった。同年8月の手紙でアメリカの友人ベイカーにハーンは妻としてセツの写真を送り、結婚に絡む国籍上の困難な問題を報告している。子供が産まれ妻子のことを考えて、熟慮の末、小泉八雲として帰化するのは数年先の神戸時代のことである。また、同じくヘンドリックへの手紙では、結婚による家庭生活で大変幸福な身の上になり、日本にしっかりと腰を落ち着け定住することになったと知らせている。かつて妻を女王のように遇していると知らせたチェンバレンへの明治26年1月19日の手紙の中で、ハーンは多くの親族に囲まれたセツとの結婚生活に心から満足していると述べている。

　「わたくしが自分の周囲に作り出したこの小世界が、もしなかったとしたならば、すべてのヨーロッパ人から離れて暮らすことは、わたくしにとってはかなりつらいことに思われたでしょう。松江に残っている者もいるにはいますが、当地には、その者たちにとっては、このわたくしが、生命でもあり食糧でもありその他もろもろでもある者たちが十二人近くいます。その他のどんなことが、どんなに耐え難くとも、いったん家へ帰れば、わたくしは、昔風の習わし、昔風の考え方と礼儀から成り立っている、自分の小さなほほえましい世界に入ります。──ここでは、すべてが眠りのなかに見るもののように、柔和で優しいのです。あまり柔和で、あまりに触れ得ぬほどに優しく、愛らしくもあどけないので、時々ここは、一時の夢にすぎないと思われるほどです。そこでこの世界が、消えてしまうのではないかという恐怖が起こるのです。この小世界はわたくしそのものになっています。わたくしが嬉しいと笑い、わたくしが不機嫌

なときは、シーンとすべてが沈黙してしまいます。」⁽³¹⁾

　家族や家庭という肉親の情愛に飢えていたハーンは、日本で初めて家という癒しの空間を手に入れ、又同時に、零落した親族を扶養する義務と責任を自らの充実した存在感として認識する。肉親の情愛をほとんど知らなかったハーンは、セツとその家族を心から大切にし、親族との交流を通じて日本を理解しようと真摯に努力していた。

　冷酷に離縁を迫ったアイルランドの父親の白人の血を否定して、優しかったギリシアの母親の血を非西洋として捉えて讃美し、さらに、そこに東洋を見出したのもハーン独自の解釈であった。島国日本には生誕の地ギリシアの島を連想させるものが多く残っており、また、古い日本の風俗習慣には古代ギリシアを思わせる歴史と伝統があった。松江はギリシアとは異なって冬は寒いが、宍道湖、日本海、隠岐島、出雲大社などの美しい海と島と古い神社仏閣があった。終生賞賛し続けた日本女性の美質に出会ったのは松江においてであり、生涯の伴侶となる小泉セツを得て、その後妻子のために日本に帰化したことは、彼の人生最大の転機であった。父親が母をギリシアからアイルランドへと連れだして、結局分かれて不幸のどん底に陥れたようなことはしたくはなかったのである。英語を理解しない異人種の妻子を伴って帰国することは、白人社会の厳しい偏見の壁を意識していたハーンにとって大きな抵抗があった。

　セツは高給取りの外人教師ハーンを夫にして、ついに没落士族の困窮から解放され、貧困の親族を養うことができたのであり、ハーンも扶養すべき妻と親族を得て日本理解を深め、さらに自分の子供を儲けて妻子のために日本永住を決意した。ハーンは憎むべき父親と同じようなひどい仕打ちを妻子にすることを非常に恐れ、父親に対する怨嗟という悪い因縁を絶つ決意であった。

　作家であり外人教師でもあったハーンとの裕福で知的な生活にセツは大変な幸福を感じていた。しかし、松江時代の当初の生活では、言葉の障壁で二人の意志疎通がうまくいかず、西田が通訳として介在することも多かった。熊本時代になると、セツも「英語覚え書き帳」というノートを熱心に作成して、ハーンの英語を必死に書き取ってその意味を理解しようとしていた。このように、セツはハーンを理解しようとして英語を学ぼうとしたが、英語を覚えなかったギリシアの母のイメージを大切にしたハーンは、妻が英語に堪能になることを好まなかった。⁽³²⁾ハーンは日本語を特に勉強するのでもなかったが、日本で生活するうちに、日常生活には困らない程度には日本語を理解するようになっ

ていた。また、ハーンはセツが必要以上に英語を学んで、流暢に英語を話しアメリカ人女性のようになることを嫌った。英語は日本女性の美質を損なうと考え、ハーンはセツに英語を教えようとはしなかった。英語教師であり、西洋の読者のために英語で著書を書いていたハーンであったが、英語やキリスト教に対しては奇妙に入り組んだ複雑な感情が交錯していたのである。

　「日本人の洋服姿は好きませんでした。殊に女の方の洋服姿と、英語は心痛いと申しました。或る時、上野公園の商品陳列所に二人で参りました。ヘルンは或る品物を指さして、日本語で「これは何ほどですか」と優しく尋ねますと、店番の女が英語でおねだんを申しました。ヘルンは不快な顔をして私の袖を引くのです、買わないであちらへ行きました。」⁽³³⁾

　何事も日本風を好んだハーンは、常にセツが日本語を話すことによって自分に日本語を教える方を望んだのである。実用本位の簡単な構造のヘルン言葉という独特の言い回しの片言日本語で充分に意思伝達が可能になっていたので、ハーンは日本語で子供の教育をしたり物語を教えたり出来るようになり、漢字交じりの片仮名書きの手紙を書くようにもなっていた。しかし、長男一雄には熱心に英語を教え、国際人に育てようとしてアメリカ留学をさせることまで考えていた。教科書問題をはじめ自分の数々の提言を無視してきた官僚的で硬直した文部省の施策に、ハーンは熊本時代から不信感を抱いていた。装飾的で形式的な教育内容を改善できない日本の教育機関の体質を熟知していたので、ハーンは子供の教育を日本の学校に任せられないのが悩みの種であった。

　明治26年11月の長男一雄の誕生は、ハーンとセツを今まで以上に固い絆で結びつけることになった。子供好きのハーンは、自分の子に夢中になり大変な可愛がりようであった。自分の父親がギリシア人の母親に対して行った残酷な仕打ちは、決して繰り返してはならないという思いが常にハーンの念頭にあった。明治27年11月に熊本から『神戸クロニクル』の記者として転居した後、子供の将来に対する不安を自ら払拭するために、明治29年2月にハーンは法的手続きにより正式に帰化して、小泉家の名を取って小泉八雲となった。この時、セツは初めて法的にも正式な妻となったのである。現地の日本人と同棲した西洋人の中でも、自ら帰化してまで妻子を守ろうとした者は当時は珍しかった。日本の美質を体現したセツの魅力に惹かれたハーンは、妻子を英国籍にするか、それとも自分が帰化するかを考え抜いた末に決断したのである。このように、着物

を愛用し親族に同化するように日本に帰化したのも、すべて日本での妻子の将来を熟慮してのことであった。一年余りで松江から熊本へ移ったのも、給料倍増で家族の生活が豊かになることや、地元で外人の妾のように噂されたセツのことも原因であった。

　14年間の日本時代の中で、日本への初期の感動は薄れ色褪せていったが、それでも日本研究への熱意が衰えなかったのは、セツの体現する古き良き日本の面影を愛し、思慕し続けたからであった。もし妻子がいなければ、鋭い洞察力で日本に幻滅を感じたハーンは、今までの漂泊の生涯と同様に、突然日本を去っていたかもしれない。セツとの夫婦愛の固い結びつきや日本的な家族愛が、彼を死ぬまで日本に留めさせたのである。また、明治29年（1896年）9月にハーンは東京帝国大学から英文学講師としての招聘を受け東京へ転居することになる。東京の市ヶ谷富久町の家に転居すると、次男巌が生まれ、さらに3年後に三男清が生まれた。ハーンは小食であったが、自分の子供達が大食するのを喜んで眺めているのが常であった。特に夕食時に子供達が食事をすべて終えるのを嬉しそうに見ているハーンの姿は、気難しそうに仕事をしている時とは全く別人のように、世事の気遣いや不安を忘れて幸福そうな様子であった。

　明治35年3月、ハーン51歳でセツが34歳の時に、それまで暮らしてきた富久町の家から西大久保のもっと広い屋敷へ転居した。富久町の近くに瘤寺があり、その境内をハーンはいつも散歩の場所として愛好してきた。しかし、畏敬の念を抱いていた境内の神聖な大木が、嘆願も空しく無視され、寺の経済的理由で無情にも伐採されたことに憤慨し落胆して、何事にも一徹なハーンは、一途に他の場所へ引っ越しすることを希望するようになったのである。

　東京時代に入ると、ハーンは東京帝国大学での英文学講義と著書の執筆だけに集中して没頭するようになり、徐々に人との接触を避けるようになる。特に、帝大を退職して後は、ついに残り少ない人生の時間を惜しむかのように、訪問客の面会をすべて断るようになった。それでも、時折自分の子供達と庭で遊んだり童謡を一緒に歌ったりして、ハーンは世俗の煩わしさや仕事のストレスから解放されていた。両親の離婚で幼少から苦労したハーンは、猜疑心と被害妄想に苦しめられ、人を疑えと言いながら、正直な一徹者で騙されやすい善人であった。セツによれば、出版に際して外国の書肆と交渉する時、挿し絵や標題などを相談無く決められてしまうと、烈火の如く怒り心頭に発し、相手を非難する激しい手紙を書いてすぐに投函せよと言い出すのである。ハーンの気性を良く理解していたセツは、はいと言って手紙を受け取りながら出さないでしま

っておく。2，3日すると最初の怒りが収まり、ハーンは激しく非難した手紙を出したことを悔やむ様子になる。あの手紙は出してしまったのかと聞くので、はいと言って返事すると、本当に残念がっている様子である。そこで、しまっておいた手紙をハーンの眼の前にすっと出すと、セツの心遣いに心から感謝して、やはりママさんに限るなどと言って、早速穏やかな文面に書き直して改めて投函したという。純粋で直情的なハーンの一面を物語る微笑ましい逸話である。(34)

　非常に繊細で神経質な詩人的芸術家肌であったハーンに、セツは常に快適な環境を提供するように気遣っていた。ハーンは著書の執筆に没頭すると、我を忘れて夢の世界に入り込んでしまい、ランプの芯から黒煙が出て部屋中が油煙だらけになっていたり、何カ所も蚊に刺されていても全く意に介さず、時間も忘れてすぐには現実世界に戻れないことがあった。食事の時間になっても食堂になかなか姿を現さない時は、待ちかねている子供達が泣き出さないように心配して、セツは食事を取るようにと書斎まで呼びに行くことがあった。しかし、このような時は、食事をしていても心あらずの様子で、子供達のことも忘れて一人で急いで食べすぐに仕事に戻ろうとするのであった。(35)

　芸術家気質で我を忘れて夢中になるハーンであったが、来日以降、何よりも家族や親族を大切にした。妻子の存在は、作家としての日本研究や教育者としての活動全体に精神的安定を与えるものであった。来日するまでは、孤立無援のアメリカの競争社会の中で、ハーンは現実と理想の狭間で激しく苦悶し呻吟して、最初は情熱的に熱狂しながら、少しでも現実の醜い姿に触れると深刻な失意と絶望に陥り、全てを捨てて再び新たな土地に向かうという流離いの宿命を背負ってきた。しかし、日本はハーンを必要としていたし、日本での転職はすべて家族のためであり、セツと子供達を通じて彼の漂泊する魂はしっかりと家族という現実世界に引き戻されていた。

　セツは朝起きると女中達と共に、常に昔の武家の時代のように、ハーンに向かって座ってお辞儀をして挨拶をした。そして、仏前にて先祖の位牌に読経のお勤めが始まり、老人達は朝日を拝んで神道のお祈りをして敬虔な態度で柏手を打つのであった。卵とトースト、レモネードとブラックのコーヒーを午前7時頃にセツがハーンに給仕して朝食をすませると、玄関に学校へ出勤するための車夫が待機している。セツが手際良く手渡す洋服を身に付けると、午前7時半には玄関に集合した家の者全員に見送られながら、ハーンは学校へ出かける。4，5時間後、車夫の呼び声と共にハーンが帰宅すると、再び全員が玄関で出迎えて

お帰りの挨拶をする。帰宅すると洋服から着物に着替え、ハーンはすぐに昼食を取るが、一家の稼ぎ手に対する敬意の表明として、老人の親達も含め他の者は全員、後で食事をする。また、夕食後の午後8時には皆で座って『朝日新聞』を読んだり世間話に興じたりする。そして、夜が更けると神仏に祈りを捧げて就寝する。時折ハーンは眠くなるまで本を読んだり、床の中で執筆したりする習慣があったが、家の者全員がハーンの就寝時間の合図を待ち、お休みの挨拶をして家の中に静寂が訪れるのである。

　それにしても、当時の外人教師の報酬は破格であった。ハーンは松江時代では月額百円の給料で、県知事に次ぐものであったし、熊本第五高等中学校では倍の二百円であり、東京帝国大学では月額四百円にまで跳ね上がって、後に四百五十円にまで増額された。セツと共に暮らした松江の立派な武家屋敷の家賃が月三円五十銭であったことを考えると、如何に破格の待遇であったかが分かる。したがって、外人教師としての他に、作家としての収入も加えると、ハーンにはセツの親族の人々を養うだけの豊かな経済力が備わっていたのである。
　ハーンは1年余り勤務した松江の尋常中学校から熊本の第五高等中学校へ給料倍増で3年間の契約で転勤したが、セツは実母のチエを松江に残し、養父母と養祖父を連れて行った。その後神戸に2年間、さらに、東京での8年間のハーンの仕事面の助手としての世話、特に語り部として創作執筆上の資料集めや相談などの役割、仕事に纏わる雑事の処理などの秘書的な仕事をすべてセツが一人で引き受けていた。そして、日常の生活面、特に家事全般を取り仕切り、女中達を動かして食事の支度や衣食住に至る細かい指示や子供の世話まで引き受けて働いたのが養母のトミであった。トミは夫のために献身的に仕え、優しく自己犠牲を厭わない士族の妻であり、ハーンは無償の愛を捧げるこの女性を賞賛と驚嘆をもって眺めていた。この働き者のトミのお陰で、セツは気難しいハーンの仕事の支援に集中することが可能になり、教師としての仕事に協力し、作家としての創作活動に語り部や助言者として全力で手助けをしたのである。東京時代になるとさらに経済的に潤い、ハーンの家庭はセツと子供達の他に、養母トミばかりではなく書生や女中達も含めて大人数に膨れ上がっていた。親戚縁者の中には松江からハーンを頼って上京し、しばらく家に居候する者もいて、常に様々な人の出入りが絶えなかった。しかし、遠縁の者までが群がるように集るときには、さすがのハーンも自分の家は宿屋ではないと憤慨した。また、窮乏し不遇であった頃に、セツを実に冷たくあしらっていた親戚縁者が、後年

高収入を得るようになると、支援を当てに訪問するようになったときには、ハーンは敢然とこのような不実な輩を拒絶したのである。

宍道湖の夕日

第七章　語り部としてのセツ

1．再話文学

　『東の国から』の「夏の日の夢」の中で、ハーンは母親の物語に聞き入った子供の頃の淡い思い出を述懐している。物語を語りかける母親の肉声は、ストーリーテリングの醍醐味を教え、遠い昔のギリシアの国への思慕の念をハーンに植え付けた。ギリシア人の母の面影とギリシアの島と海の記憶と満たされぬ思慕の念は、ハーンをイギリスからアメリカへ渡らせ、シンシナティ、ニューオーリンズ、マルティニークなどを遍歴させて、西洋から東洋へと、さらに日本へと異郷の地に魂の安らぎを求める旅を続けさせることになった。各地で母親の面影を探し求め、女の不思議な物語や哀切の歌に、失われた母親の声を聞くのであった。ダブリンで父親に見捨てられた哀れな母親の声は、西洋社会の外側でうち捨てられた無力で無名の人々のなかにあった。アメリカのシンシナティでは黒人混血女性マティ、ニューオーリンズではクレオールの女性、マルティニークでは女中のシリリア、これらの語り部の女性達から、埋もれて顧みられない不思議な物語を発見し、ハーンは熱心に書き留めようとした。ハーンの異文化探訪にはいつもギリシアの母の面影が付きまとい、ギリシアの海と母の声が彼を異郷の地へと衝き動かし、異国の女が語る話を探し求めて流離い、魂の遍歴を続ける吟遊詩人のように、彼は常に何処にも安住できない見知らぬ旅人であった。生まれ故郷のギリシアは、当時は経済的にも行くことも叶わぬ遥かな地であったので、母親の面影を求めて生きるハーンは、癒されぬ思いを異郷や異文化に求めて各地を訪れたロマン主義者であった。最初、日本行きを決めた時も、さらに中国やマニラに取材に行くことを考えていた。

　幼少期の母親の物語の体験は、魂の声となって記憶に残り、その後ハーンは何よりも素朴な物語や忘れられた民話に取材して、自らストーリーテリングを職業として活躍する異文化探訪の作家となった。ダブリンの大叔母の屋敷の乳母や女中から聞かされたケルトの伝承民話、シンシナティで同棲し結婚問題で破綻して失職を余儀なくされた黒人混血女性マティーの不可思議な霊の物語、マルティニークのクレオール物語、日本で妻となり作家活動を全面的に支えたセツの怪談奇談など、物語の語り部はすべて女性であり、ギリシアの母親のような存在であった。神学校で酷い教育を受けたハーンは、キリスト教信仰を拒否したが、母親の面影が常に信仰のように唯一の心の支えになっていた。東京

帝国大学の英文学講義でも信仰の対象としての女性の影響力の存在を繰り返し強調している。（３６）彼は職人的作家と英語英文学の教師の両立を自認し、机上の空理空論のような抽象理論にこだわることなく、常に現実に眼を向け、生きた知識を教授する人生の教師という姿勢を維持していた。各地へ彷徨を続けた不安定なハーンの生涯の中で、常に大きな逸脱もなく、ひたすら文学研究と創作活動の目標を見失わなかったのは、母親や霊魂に関する幼児体験の鮮烈な思い出を創作の原体験として終生大事に守っていたからである。

　自己犠牲してでも親達への孝行を貫き通すという使命感は、家を中心とした日本の集団主義の顕著な例であり、自分の親以上に妻や夫を愛するという西洋の個人主義とは、道徳や倫理意識において隔絶の相違を示している。核家族が普通になり、社会全体がアメリカ化してしまった現代の日本では、家の存続ために自己犠牲したり、滅私奉公する旧日本の儒教的精神は、もはや理解しがたい気持ちである。松江時代を描いた『日本瞥見記』の中に収録された「鳥取の蒲団」は、セツが語り部として語った物語であり、ハーンは自身の辛い人生体験も手伝ってこの悲話に生命を吹き込んだ。セツの見事な語り部としての能力にハーンは感動し、著述におけるこの上もない助手を得たと大いに喜び、単なる妻でなく自分の仕事を手伝うことのできる有能な女性だとハーンは絶賛した。セツは子供の頃から昔話が好きで、松江時代からハーンに日本の古い民話などを長々と語って聞かせていた。ハーンの教え子田部隆次も語り部としてのセツの重要性に触れて次のように述べている。

　「先生は夫人に珍しい話をせよとせがまれる。夫人はもともと話好き、書物好きで記憶力がよかったから、始めのうちは出雲の伝説などを沢山供給されたが、後には種子がついたので、朝倉屋などへ出かけて怪談の書物を買われた。先生の気に入った話があると、それを先生は材料として改造されたことはよく知られた事実である。」（３７）

　すなわち、ハーンの伴侶としてのセツの真価は、通常の妻としての仕事以外の力量に存在していたのである。ハーンにとって、セツは日本女性の美質そのものであったし、さらに、その語り部としての見事な力量は、数多くの民間伝承の物語を彼に理解させ、具体的に日本文化の精髄を吸収させたのである。このように、セツの語り部としての貢献が、ハーンに『怪談』や『骨董』を執筆

し完成させる環境を提供していた。古き日本の名残を留める松江に育ち、旧日本の武家社会を体得したセツと、古い伝統や消えゆく風俗習慣を愛したハーンの文学的傾向とが見事に融合したのである。セツとの出会いがあって、ハーンは日本永住を決断したし、数多くのハーン文学が開花したと言える。寒さ故に、またより良い俸給のために、そしてセツに関する風評被害のため、一年あまりしか滞在しなかった松江が、実はその後の日本時代を通じて、日本文化研究の原点として、ギリシアの母親への思慕と同じく、永遠の日本の美質の象徴としてハーンの魂の中に生き続けたのである。

　ハーンの再話文学の芸術性は、原作から物語の緊張感を劇的に生み出す工夫に示されている。ハーンの背後で支援を続けたセツの存在は薄れることなく、語り部として語った物語は、彼女自身の体験から生じた解釈と実感をこめた旧日本の姿を示すものに他ならない。夫婦愛の観点から考えて見ると、両者の出会いがセツをより豊かな人間にして、日本と西洋を意識させたのであり、一方、消えゆく霊的な旧日本を語る彼女の哀切で真摯な声に、ハーンは神秘的な世界を感じたはずである。

　最初、日本語能力のほとんどなかった頃は、話の内容を理解するのに非常な困難を伴ったが、古い民話や伝承物語に何よりも創作意欲をかき立てられたハーンは、大変興味深げにセツの話に聞き入り、熱心に話の内容を把握しようと努力した。ハーンの日本語能力は独特のヘルン言葉で日常生活の必要を充たしていたが、古い文献を読破する程ではなかった。日本文化研究についての風習や習慣、日常的生活の知識に関しては、20歳近く年下のセツが指導的な協力者であった。ヘルン言葉と呼ばれた独特の片言日本語で夫婦は語り合い、特に後年、セツは古本屋巡りして様々な古い文献を探して回り、ハーンが気に入りそうな物を選んで語り聞かせ、さらに原話から離れてセツ自身の解釈を加えた言葉で語りかけ、創作へのインスピレーションを刺激していたのである。名作『怪談』の中の有名な「雪女」や「耳なし芳一」などはこのような夫婦の協同作業の結実であった。

　このように、再話文学の多くの作品が妻セツの協力によって成り立っていたと言っても過言ではない。セツは原話となりそうな古い文献を探してきて、さらに内容を全て自分なりに解釈して、ハーンの前で何も見ずに語って聞かせる程に自分の血肉として充分に消化して把握するまでに勉強する必要があった。セツは常に本を単に読むのではなく、自分の言葉で自分の解釈を加えた感情を込めて語るようにハーンから求められていたのである。したがって、ハーンに

創作へのインスピレーションを与えるために、セツは原話を自分の解釈で誇張したり脚色して、自分自身の感情移入を果たし、迫真の演技の身振り手振りや表情で語り部としての役割を演じなければならなかった。学問を身に付けた権利意識の強い西洋の女性なら、ハーンの望むような語り部に徹することはなかったし、また、当然協力者として自分の名前を著書に出すように要求したかもしれない。しかし、明治期の奥ゆかしい日本女性であり、しかも武家社会の子女としての厳しいしつけや教育をうけていたセツは、決して自分が表にでることなく、ひたすら主人であるハーンの仕事の裏方に徹したのである。ハーンは心の中で常にセツの献身的な協力に感謝しながら、語り部としての熱心な話を聞くことによって、セツには決して読めない理解不能な英語で、欧米人のために再話文学の作品を書き上げることに夢中になっていたのである。

　セツは当時を振り返り、語り部としての自分の役割に触れて、異様に眼を輝かせながら説明に聞き入るハーンの様子や独特の雰囲気について次のように述べている。

　「怪談は大層好きでありまして、「怪談の書物は私の宝です」といっていました。私は古本屋をそれからそれへと大分探しました。淋しそうな夜、ランプの心を下げて怪談をいたしました。ヘルンは私に物を聞くにも、その時には殊に声を低くして息を殺して恐ろしそうにして、私の話を聞いているのです。その聞いている風がまた如何にも恐ろしくてならぬ様子ですから、自然と私の話にも力がこもるのです。その頃は私の家は化物屋敷のようでした。私は折々、恐ろしい夢を見てうなされ始めました。このことを話しますと「それでは当分休みましょう」といって、休みました。気に入った話があると、その喜びは一方ではございませんでした。

　私が昔話をヘルンにいたします時には、いつも始めにその話の筋を大体申します。面白いとなると、その筋を書いて置きます。それから委しく話せと申します。それから幾度となく話させます。私が本を見ながら話しますと、「本を見る、いけません。ただあなたの話、あなたの言葉、あなたの考えでなければいけません」と申します故、自分の物にしてしまっていなければなりませんから、夢にまで見るようになって参りました。

　話が面白いとなると、いつも非常に真面目にあらたまるのでございます。顔の色が変わりまして眼が鋭く恐ろしくなります。」[38]

ハーンが納得するような作品が完成するまで、セツは同じ物語を繰り返しながら自分の言葉で解釈して説明し、ハーンにも分かるヘルン言葉に変換して語り部を務めていた。特に怪談を語る時には、部屋の明かりを暗くして、夫婦で部屋に閉じこもった。物語の内容を確かめるために詳しく聞く時、ハーンはセツの話を聞いて如何にも恐ろしそうにするので、語り部としてのセツの話にも力が入ってくるのであった。幽霊屋敷のような雰囲気の中で、ハーンはセツの話からインスピレーションを受けると、急に顔つきが真面目になって眼が鋭く恐ろしく光り、変わり様が尋常でない形相になったという。

　幽霊、霊魂、超自然などの世界に取り付かれていたハーンの鬼気迫る異様な姿に、セツは作家としての気迫を感じ驚嘆した。このように、ハーンは語り部としてセツをストーリーテラーに仕立てて、自分に理解できるヘルン言葉で説明や解釈を要求した。日本固有の様々な文化的背景や些末な日常的事象では、正確な理解が必要であったので、ハーンは納得いくまで説明を求め続けたのである。

　静かになった夜更けにわざとランプの光を暗くして、夫婦揃ってお互いに低く押し殺した声を絞り出すようにして、如何にも恐ろしそうに怪談話をする姿を彷彿とさせる一節である。ハーンは如何にも怖そうに聞き耳を立てて、話の内容を詳しく知ろうとして、もっと委細を話すように何度も要求するので、ついにセツは悪夢にうなされるようになったという。後年に長男の一雄はセツを浪費家でヒステリー症であったと批判したが、このような感情の起伏の激しさが、語り部としての感情移入や話芸に独自の風味を与えて、ハーンを魅了したのである。セツは毎晩のように夢にうなされる程に、物語の世界にのめり込んで見事に語り部の仕事を果たしていたのである。

　修羅場を見てきた親族の血を引く武家育ちのセツは、どこか異様な気迫と気丈な性格の人物であったが、時折、ヒステリーを爆発させることもあった。誠実に家族や親族に尽くすハーンの姿に、数多くの親族を扶養させているという負い目で、セツは大変心苦しい思いをすることもあった。また、絶えず偏見に充ちた人目に晒された外人との生活の緊張感は、セツに苛立ちを与え、ハーンと親族との間に入る仲介の気遣いも大変なものであった。このような状況を乗り切ったセツは、ただ単に慎ましいだけの日本女性ではなく、強固な自我を持った自立した剛毅な人柄の人物であった。日本髪に和服のセツは、名家の武家育ちで自ずと身に付けた物静かな立ち振る舞いの姿、文化的教養、芸術の嗜みなどで常にハーンに古き良き日本の伝統を感じさせていたといえる。

2．霊界・異界への傾倒

　セツが昔の怪談の物語を語って聞かせ、特に気に入りの話に巡り合うと歓喜して、異様な興奮と共にハーンの顔色が変わり、様子が眼に見えて真面目で本気になった。中でも、『骨董』の中に収められた「幽霊滝のお勝さん」の物語を語った時、ハーンは青ざめた顔色で真剣に聞き入り、眼がすわって輝いていたという。[39]創作するのに重要な箇所は、納得の行くまで何度も繰り返させ、何度も質問しては細かい部分にまでこだわり、本を機械的に読むのではなく、セツ自身の言葉で語ることを求め、その場面の雰囲気、その声、その音、どんな夜であったかなどを詳細に確認し、お互いの意見を熱心に交換して、ついには本の記述にないことまでにも話題が広がっていった。このように、自分の物語を創作するために、原作とは離れた事柄に至るまで、どのような姿か、その霊魂、その足音、どんな闇か、などと納得行くまで夫婦揃って発狂者のように不気味な相談をしていたのである。

　妻であると同時に語り部でもあったセツは、ハーンの日本研究の助手でもあり、単に機械的に本を朗読することはなかった。ハーンは絶えず「本を見る、いけません。ただあなたの話、あなたの言葉、あなたの考えでなければいけません」と難しい注文をだしていた。語り部としてのセツへの指示は、彼の再話文学の創作過程や原作との関係を物語る貴重な逸話である。ハーンの数多くの著書は、日本の武家の作法と伝統を知り抜いたセツの言葉と思考、表情や身振り、品位や倫理的意識を仲介として成立していたのである。不思議な異文化の諸相を探究するハーンにとって、物語の語り部であるセツは、古い昔話や伝承の通訳者、解釈者、翻案者として、頭脳と感情を最大限に活用して、表情や身振り手振りで旧日本の世界や異界や霊界を表現する演技者であり、遠い昔の事件や超自然的現象や神秘的な霊魂を眼前によみがえらせる存在でもあった。

　ハーンは悲惨な幼少期や青年時代を辛酸を舐めて暮らしてきたので、被害妄想や誇大妄想に苦しんだ複雑な感性の人物だった。彼は著作によって熱心に日本を西洋に紹介したが、反面、海外の知人への手紙では日本人に対する失望や不満を激しい言葉で吐露することもあった。帰化して後も、今までの努力が台無しになるような失意と苛立ちを覚え、日本に対する反感を抱くことがあった。日本人になろうとしてなりきれない疎外感や不信感を募らせていたハーンは、西洋と日本の狭間にあって異文化理解を一身に背負って、尽きせぬ興味と関心を抱き続けながらも、常に日本に対する複雑な分裂意識に苦悩していた。

芸術家肌で詩人的な気質の作家であったハーンの文学は、神話的で民俗的な要素を取り上げて、旧日本の名残を再現するような、小さな逸話や不思議なエピソードなどの積み重ねで成立している。ハーンは小さな些細なものからインスピレーションを得て、独自の想像力で筆を振るい作品を書こうとする。大きな飛躍よりも狭い作品空間の中で、人間の内面世界へと沈潜していく彼の思索や、地域の人間に密着した型にはまらない日本研究には、アカデミズムでは到達できない独特の迫真力や説得力がある。ハーンの作品の特性は、小さな物語に対する愛着である。些細な事に彼は非常な興味を持ち、小さな虫や花が何よりも好きであった。小さな虫の鳴き声に耳を傾け、その鳴き声に霊的な存在を想像力で読みとり、彼は常に自然の中の小さなものや儚い世界に心が惹かれた。

　また、幼少年期の体験が大きく影響して、ハーンは霊的な超自然現象に非常な関心を抱くようになった。両親から見放された後に、引き取られた大叔母の大きな屋敷の中の暗い部屋に一人閉じ込められて、幽霊に怯えながら寝たことが、亡霊や異界への興味を植え付けることになった。彼の異界や霊界への怪奇趣味は、天涯孤独の苦境の生涯の中で、唯一確かなものとして親密に彼の心を捉え、最初恐怖の対象であったものが、むしろ、人間不信の中で彼を裏切らないものとして、彼の魂に訴えかけ心に安らぎを与えるようになったのである。怪奇現象や異郷への関心は、ハーンのロマン主義精神の萌芽的特徴であり、霊的なものへの傾倒や小さなものへの偏愛となり、不可視なもの、弱者、不可知の存在、西洋から脱西洋、非キリスト教世界への思いを募らせ、異文化、クレオール文化、東洋、さらに極東の日本へと遍歴する文学者ハーンを生み出した。したがって、彼の書き残した情緒豊かな著作は、一般の紀行文やルポルタージュ文学とは一線を画するものがある。ありのままに事実を報告するのではなく、彼が求めたものを事実の中に捜し求め、彼の思いを満足させるように事実を脚色したり、想像力で改変誇張してでも、事実の報告では伝えられない何かを表現しようとするのが、ハーン文学のロマン主義の根幹であった。

　また、ハーンのロマン主義精神は、来日以降、日本の山河の神秘的な風景や消え去る古き伝統への関心となって現れた。特に、彼は淋しい墓の霊気に惹かれ、小さな虫、不可思議な怪談、暖かい西日、燃えるような夕焼け、夏の海の遊泳などを好み、虚偽と弱い者苛めを何よりも憎んだ。また、心静かに書斎で浴衣を着て蝉の声に聞き入るのがハーンの何よりの楽しみであった。彼は時々セツを夕方の散歩に連れ出すことがあったが、ある日の晩に面白い場所を見つけたから行こうと、月のない夜に淋しい道を通って山の麓の上にある墓場に行

ったことがあった。不気味な墓場がハーンのお気に入りの場所であった。星明かりの中で、霊気を漂わせて立っている墓石の群から、蛙の声が聞こえてくるのを奇妙な満足感で聞き入っている不可思議なハーンの姿をセツは垣間見たのである。

　「或る晩ヘルンは散歩から帰りまして「大層面白いところを見つけました、明晩散歩いたしましょう」とのことです。月のない夜でした。宅を二人で出まして、淋しい路を歩きまして、山の麓に参りますと、この上だというのです。草の茫々生えた小笹などの足にさわる小径を上りますと、墓場でした。薄暗い星明かりに沢山の墓がまばらに立っているのが見えます、淋しいところだと思いました。するとヘルンは「あなた、あの蛙の声聞いて下さい」というのです。」
（40）

　ハーンの晩年の著作『怪談』は、日本の昔話や民話や怪奇伝説の再話物語である。中でも、盲目の琵琶法師を取り上げた「耳なし芳一」は有名であり、芳一の見事な琵琶の音色が平家の怨霊を呼び起こし取り付かれるという物語である。「耳なし芳一」の世界では、亡霊が風のように出現する恐怖、激しく弦を打つ異様な音響、悪霊退散のために僧侶が読経する大きな声、怨霊が草木を揺するざわめき、このような異界のもののけの気配があたりを支配している。そして、闇の中から亡霊が風のように出没する恐怖、芳一の弦が打ち鳴らす激しい音響、寺で僧侶が読経する重厚な低い声、突然何ものかの気配がうごめく、ザワザワと草木を揺する何ものかの気配、不可思議な霊気の中でハーンは芳一になりきって、このような異界の亡霊に対峙しようとした。ハーンは盲目の琵琶法師に特に愛着を持ち、芳一の姿に自分自身を見出していた。セツは『思い出の記』の中で、「耳なし芳一」の物語の世界にのめり込んでいたハーンに触れて、夜の暗がりの中で坐って芳一になりきって、竹藪の笹の動きに風の音を聞くと、平家の滅亡や壇の浦の海音を想起し、遠い昔の霊的現象を何とか把握しようと真剣に考え込む様子を伝えている。
　怪談の著述のために、ヘルン言葉で理解を深めるための二人の懸命な共同作業が行われ、ある時は部屋の襖の外からハーンに「芳一、芳一」と呼ぶセツに、部屋の中から彼は、「はい、私は盲目です。あなたはどなたでございますか」と答える程に物語の中に入り込み、まさに薄気味の悪い幽霊屋敷の夫婦といった有り様であった。

「日が暮れてもランプをつけていません。私はふすまを開けないで次の間から、小さい声で、芳一芳一と呼んで見ました。「はい、私は盲目です、あなたはどなたでございますか。」と内からいって、それで黙っているのでございます。いつも、こんな調子で、何か書いている時には、そのことばかりに夢中になっていました。」(41)

　研究や執筆に夢中になると時間も忘れ、創作の世界に没頭して、少し常軌を逸した行動を取る芸術家肌で詩人的気質を備えた職人的作家ハーンの興味深い逸話である。全身全霊で創作に想像力を集中させていたハーンは、700年前の平家の亡霊の世界に渾身の力で浸り込んでいたのである。作品の中で描かれる音の効果的な表現は、ハーンが如何に霊界の聴覚的要素を重視していたかを示している。

　竹藪でさらさらと吹く風の音を聞くと、あの平家が亡んでいきますとか、壇ノ浦の波の音がしますと言った具合に、ハーンは聴覚を最大限に活用して、足音、襖の音、雨戸の音、衣擦れの音、女達の低い話し声などの表現に臨場感を持たせている。盲人の芳一を通じて聴覚によってのみ状況説明するハーンの英文は、独特のリズムの美しい音楽性を有し、その文体は彼の個性を明瞭に示している。霊的存在を堅く信じていたハーンの文学には、読者を感動させる力強さがあり、洗練された名文は翻訳されても尚消え失せることがない霊的真実を孕んでいる。

　ハーンの洗練された文体や巧妙なストーリーテリングの魅力は、特に『怪談』の「耳なし芳一」、「雪女」、「むじな」などの作品に示されている。彼の再話文学に見られる特徴は、原話のエッセンスを見事に掌握し、さらに芸術性を高めて内容を深化させて改変し、西洋人に理解できるような分かりやすい言葉の絵で、近代的な論理でアレンジして読者を惹きつけようとした作家的技量と力量である。ハーンは新聞記者時代にジャーナリズムの洗礼を受けてきたので、取材した内容を目的に合わせて取捨選択する技法を磨いていたし、語り部セツの献身的な協力で独自の想像力を機能させて作品化するだけのインスピレーションを得ることが出来たのである。また、ハーンが西洋人のために書いた多くの日本関連の英文の著作が、皮肉なことに翻訳を通じて、日本を見失った多くの日本人を惹きつける魅力を持つに至った。日本が近代化という美名の下に、明治維新以降の急激な西洋化によって日本文化を自虐的に矮小化してすっかり

忘れ去った結果、今では唯一ハーンの著作が、失われた美しき旧日本の姿を豊かな情緒を込めて教示してくれるものとなっている。このように、日本で一般に読まれて親しまれている代表作『怪談』の他に、『日本瞥見記』、『東の国から』、『心』、『霊の日本』などはすべてハーンの日本文化研究の苦心の代表作である。

　セツは様々な古書店で『臥遊奇談』や『古今著聞集』などの珍しい本を捜し回り、ハーンの気に入りそうな物語を選んで語り聞かせた。日本で入手した古書や文献の殆ど全ては、セツによって知人や書肆を動かしてハーンの手に入り、その文献と著作活動の関係の全体はセツのみが知っていた。セツは単に妻としてハーンの身の回りの世話をしたばかりではなく、常に創作の助手として古本屋通いをして資料や材料探しに奔走した。難しい日本語の書物を読めなかったハーンのために、内容を良く読み込んで正確に把握し、最終的にはセツ自身の言葉で、語り部として様々な書物の内容を語った。さらに、セツは出入りの関係者に依頼して古い伝承民話や伝説などで興味深い話がないか調査したり、新聞や雑誌などにも目を配って絶えずハーンの著述のためになる情報や資料を収集していた。東京帝国大学教授のチェンバレンがいつでも利用できる専門の助手を複数持っていたのに対し、ハーンには大谷正信のような教え子を除けば、セツ以外に身近に頼りに出来る者がいなかった。最後の大作であり、日本研究の集大成とも言うべき労作『日本』の完成に、ハーンが想像を絶する苦労を強いられているのを眼の当たりにしたセツは、自分が女子大学で学問を修めた女であったなら、もっと手助けができるのにと自らの高等教育の欠如を嘆いて悔しがった。

　『日本』においてハーンは、日本を理解するためには、日本人の日常生活の背後に潜んでいるものに眼を向ける必要があると説いている。西洋を理解するためには、国の成り立ちや民族の文化や宗教を深く認識し、庶民の会話から風習や生活感情を具体的に知ることが不可欠である。同様に、日本を知る際にも、同じような研究調査の観点が必要である。『日本』はハーンの十数年にも及ぶ日本研究の集大成であり、日常生活における庶民の信仰感情、神仏混淆、祭祀、家庭や地域社会における風習や民俗など、研究者として日本の本質を解明する上で不可欠な事柄を網羅している。幕末から明治の日本の動乱を歴史的眺望において見つめながら、ハーンという希有な心眼の持ち主によって想像力で読みとられた美しい日本の面影は、鮮やかに伝統文化の芳香を感じさせるような独自の研究成果として存在しているのである。

このように、万葉集や古事記や日本書紀などの専門知識を要する難しい問題について、セツはハーンに専門的なアドバイスを適切に出来ないことに、余程悔しかったのか、涙ながらにせめてもう少しでも学識を身に付けていたならば、もっとお役にたてたのにと残念がった。しかし、その時、ハーンはセツの手を取り、自分の著書の並ぶ本棚の前に連れていき、本棚に並んだ著書の列を指さして、すべてセツの助力のおかげで書けたもので、自分にとって世界一の妻ですと断言した。また、セツになまじ生硬な学問などがあったなら、自分の著書はすべて書けなかったのであり、学問的知識や常識に縛られないセツの生命的な知識や実体験からの助言が、余程自分の執筆や研究の手助けとなり刺激になったとハーンはセツを優しく慰めた。そして、セツの献身的な貢献のおかげで自分の仕事が完成出来たと褒め、さらに、自分の子供達にも多くの本はお母さんのおかげで書けたのだから、世界一の良いお母さんだと念を押すのであった。
（42）

　すなわち、セツは貧困のために高等教育を受けられなかったが、日本語の読み書きの十分でないハーンのために、日本文化や昔話に関する古書や文献を渉猟して、理解できるように独自の解釈を加えて説明し、著作活動を側面から手伝うだけの現実的で実践的な知識を培っていた。ハーンもセツも不思議な霊の話や奇妙な昔話を聞いて育ち、何よりも心から物語が好きであった。しかし、初等教育さえ充分に受けていなかったセツが、気難しい作家であり教師でもあったハーンの困難な仕事上の助手として協力が出来たのは、セツが知性豊かで探求心があったばかりでなく、確固たる気丈な人格を有すると同時に、優しくて奥ゆかしい日本女性の美質をすべて兼ね備えており、ギリシアの母の面影さえ感じさせるほど慎ましい豊かな母性で、夫に献身的に尽くす姿勢を終生維持したからであった。

　セツは作家であり外人教師でもあったハーンに愛され、仕事上の協力者として重用された幸せな女性であり、彼の日本理解や著作活動に大変な貢献をしたけれども、彼の書物の中でセツの献身的貢献は言及されることがなかったし、慎み深い日本女性であったセツ自身も夫の仕事への貢献を他に吹聴するようなことはなかった。

　国際結婚をしたハーンとセツは、お互いの異文化理解と著作への協同作業をヘルン言葉という言語空間によって成し遂げた。お互いが流暢な英語や日本語から離れて特別な言語空間を構築することで妥協し、原話を翻案しながら創作して新しい物語を作り上げたのである。古い日本の原話の精神をセツが独自に

理解して全身で表現し、優れた語り部としての頭脳と感情の全力で解釈し、古来の武家社会からの日本文化の伝統に通じた奥ゆかしい日本女性として、ヘルン言葉で新たに翻案して語ったのである。さらにハーンがそれを物語として整理して書き直し、独自のロマン主義文学の風味と神秘性を加え、ジャーナリズムで鍛えられた簡素で美しい英語に文章化したのである。

セツは夫のために努めてヘルン言葉を常用し、手紙でも同じように片言日本語で書いていたが、『思い出の記』には、実にハーンに対する思いやりに充ちた心温まる文章で溢れている。このように、語り部セツのヘルン言葉による昔話や怪談の語りがなければ、ハーンの多くの再話文学は成立しなかったのである。

また、ハーンは18歳年下の妻セツを母親のように慕い、子供のように甘え全幅の信頼を寄せていた。セツにかしずかれるハーンは、マリア崇拝のように日本女性である妻に畏敬の念を抱いていたようである。心安らぐような穏やかな日本の風物や人情に触れて、来日後のハーンの文学には、大人から子供へ逆行するような逆流のプロセスが見られる。しかし、厳しい自然界で戦いながら生き抜いてきたアメリカでは、ハーンのような逆流の文学の抒情性や美意識をあまり評価しない。独立独歩で誰の助けも頼りにせずに戦う姿勢には、幼児期のように母性を思慕する逆流の文学の抒情性や美意識とは無縁のものがある。ハーンは幼児以来憧れていた母性の安らぎを日本文化に、とりわけセツという日本女性を妻にすることによって見つけ出したのである。西洋の読者の心情に訴えかけるような描写を常に心がけていたハーンは、作品中の日本女性をすべて優しくてしとやかな理想的存在にしている。東西比較文化の観点から考えれば、女性の優しさや情緒的側面を強調するハーン文学の女人崇拝は、母性への思慕の念の投影であり、建前である男尊女卑の背後に厳然として存在している母性型社会の日本人の心に訴えかけるものがある。ハーン文学は彼の幼児期における母性欠落と母性的原理の日本社会との出会いであり、武家の娘であったセツのような、まさに侍にかしずく貞節な日本女性を妻にしたことによって感じ得た古き良き日本の面影の探究であった。ハーンの描く日本女性の霊妙な美質は、いずれもすべて心優しく何処か悲哀を感じさせ、現実には存在し得ない程に理想化されているのである。

第八章　晩年の夫婦

1．ハーンの最後

　50歳を過ぎたハーンは早くも死期が近いことを悟っていた。この頃から、体力の衰えを痛切に感じ始め、彼は余生の残り少ないことを自覚するようになった。それでも、富久町よりも田舎で静かな環境の西大久保の屋敷は、裏の竹藪から鶯のさえずりが聞こえてきたりする所にあり、また書斎などを増改築していたので、快適な生活になり52歳のハーンは転居を大いに喜んでいた。しかし、晩年は社交を一切拒否し、人間嫌いの傾向を示すようになった。さらに、死期を予感するにつれて、現実世界の煩わしさや生身の人間のしがらみから解放されて、今までよりも一層霊魂の世界との交流に惹かれていくようになった。すなわち、この時期以降、体力の衰えと体調不調から、寿命が尽きることを絶えず意識し始め、彼は世間的な人との交流を断念して、寸暇を惜しみ著述に専念し、名作『怪談』を完成させると、すぐに晩年の労作『日本』の執筆に心血を注ぎ、命を削るようにして書き上げたのである。

　詩人的な芸術家気質に加えて、幼少年期からの大変な苦労のために、猜疑心と被害妄想で感情の起伏の激しかったハーンは、正式に帰化した後も日本人として受け入れられない現実に苦悶し、日本を本当には理解できないという焦燥感に駆られて、あらゆる交流を断絶し、孤立と孤高の中で厳しく自問自答し、セツの慰めや助言にも関わらず、深い絶望と失意の念に取り憑かれることがあった。晩年に至るにつれてこの傾向は一層強くなり、明治36年（1903年）に東大を解任されてからは彼の憤りと落胆はひどかった。しかし、一時的な激情に駆られての言動とは裏腹に、最後の著書である『日本』は、ハーンの心血を注いだ日本研究の集大成であり、彼の自信に満ちた労作であった。東京帝国大学を無慈悲に一片の解雇通知で辞めさせられて以来、ハーンはとても日本人にはなれないことや、日本人として認められていないことを痛感し、日本への一方的な陶酔から覚めて、西洋的な論理や見識で日本社会を総括して、自らの日本研究の集大成として『日本』を書きあげようと思うに至ったのである。

　ハーンとセツは国際結婚に纏わる難しい問題を抱えてきた。日本人同士なら何でもないことでも、気まずい思いをするような文化上の問題が日常的に生じてきた。したがって、セツはハーンと日本人の間に入って調整に苦労することがあった。大学当局や文部省などがハーンの献身的な貢献を忘れて、事前の了解や何の相談もなく事を運んだり、まったく意見や提案を無視することがあり、

特に東京帝国大学が無情にも何の前触れもなしに一片の解雇通知で首にした時など、ハーンのプライドが酷く傷つけられたことがあった。ハーンが呻吟し苦悩する姿を見て、セツは辛い出来事に何と慰めの言葉をかけたらよいか見当もつかないことがあった。

　東京帝国大学を解雇される前後に、アメリカのいくつかの大学から講義や講演依頼があったが、大学側の事情の変化やハーン自身の体調不良のために渡米を断念し、彼は講義や講演の内容の原稿を一冊の著書に纏める決心をしたのである。このように長期間にわたって、思考も感情もすべてを『日本』の完成に捧げて熱中し、専門的な助手もなしで、非常な苦労を重ねて書き上げねばならなかったので、このような困難な書物の完成には、自分の命と引き替えの代償を払わねばならないと彼自身が予言した程であった。このように、一心不乱の精神状態で全身全霊を打ち込んで著述に没頭している時は、あまりにも深く考え、熱心になりすぎるので、ハーンは幻覚や幻聴の症状を持つことがあった。セツはハーンが気が狂うのではないかと心配し、また体力的に衰弱するのを懸念して、あまり熱中して考えすぎないように健康を気遣いながら、理想的な執筆環境を提供するように心がけていた。

　「西大久保に移りましてから、家も広くなりまして、書斎が玄関や子供の部屋から離れましたから、いつでもコットリと音もしない静かな世界にして置きました。それでも箪笥を開ける音で、私の考えこわしました、などと申しますから、引き出し一つ開けるにも、そうっと静かに音のしないようにしていました。こんな時には私はいつもあの美しいシャボン玉をこわさぬようにと思いました。そう思うから叱られても腹も立ちませんでした。」 (43)

　この快適な家にあまり長く住めないと健康不安を口にしたり、3年以上この家で鶯の声を聞くことはできないかもしれないなどと言って、ハーンはセツを大いに困らせて心配させるようになった。また、一雄を伴って一緒に散歩にでかけると、火葬場から出る煙を指さして、もうすぐ私もあの煙になりますと物悲しく語ったとセツは息子から聞かされたこともあった。(44) 余命短いことを悟ったハーンは、心淋しい思いに駆られ子供のように童心に帰り、セツに今まで以上に頼り甘えるようになった。外出して少しの間でもセツがいなくなると、彼は妻の帰りを母親のように待ちわびて、心の不安や心細さを全身で現し、哀切の情をもって寂しさを訴えかけるのであった。

気管支炎で血痰を吐いた時、医者から海水浴を止めるように忠告されたが、青い海と空の中で水浴をするのが大好きであったハーンは、明治37年8月、最後となる焼津での海水浴へ子供達を伴って出かけた。ハーンは毎日のように片言日本語のヘルン言葉で挿し絵付きの手紙をセツに送っている。小学校下等科を修了して中退したセツは、文筆には自信がなかったが、ハーンと子供達を案じて、西大久保の自宅から焼津へ手紙を書いている。夫婦間の愛情の深さは、焼津で避暑中のハーンに宛てた、片仮名のヘルン言葉で書かれたセツの手紙に如実に示されている。

　ハーンは手紙の中でセツを「小サイ可愛イママサマ」と呼び、セツはハーンを「パパサマ」と呼んで返信している。素朴な飾り気のない片仮名言葉が、夫婦間の心からの思いやりを物語っている。(45)ビスランドのような理想の美人ではなかったかもしれないが、ハーンは外見の美貌よりも、頼りに出来る良き妻としてのセツの人柄を大切に思い熱愛した。同年8月26日にセツも焼津へ出かけ、親子一緒に3日程保養した後に、東京の自宅に帰ったが、その3週間後にハーンの身に最初の心臓発作が起った。ハーンは自分の苦しんでいる姿を妻や子供達に見せることを嫌った。死期を予感したハーンはセツに自分の死後のことまで口にするようになっていた。

　「この痛みも、もう大きいの、参りますならば、多分私、死にましょう。そのあとで、私死にますとも、泣く、決していけません。小さい瓶買いましょう。三銭あるいは四銭くらいのです。私の骨入れるのために。そして田舎の淋しい小寺に埋めて下さい。悲しむ、私喜ぶないです。あなた、子供とカルタして遊んで下さい。如何に私それを喜ぶ。私死にましたの知らせ、要りません。もし人が尋ねましたならば、はああれは先頃なくなりました。それでよいです」
(46)

　この心臓発作の一週間後の9月26日の晩に、ハーンは狭心症のために54歳で急逝した。セツ36歳、長男一雄10歳、次男巌7歳、三男清3歳、長女寿々子1歳を後に残しての他界であった。いつものように書斎の廊下を散歩していると、発作に襲われ胸に手をあてて室内を歩いた後に、休むように静かに横になると、ハーンは眠るように口元に少し微笑みを湛えて亡くなった。小泉八雲と名乗って帰化したハーンは、日本で念願の安住の地を見つけだし、心安らぐ家庭を築き、愛する者に囲まれながら、日本人としてこの世を去ったのである。

２．ハーンの死後

　信心深いセツはハーンを惜しみ、書斎を生前のままに保存して夫の霊に仕え、妻として夫の死後も誠を尽くす信念を貫こうとした。まるでハーンが今も生きているかのように、生前に愛用した特別仕様の机があり、毎晩いつものように香がたかれ、書斎の仏壇に置かれたハーンの肖像に向かって、セツは子供達に就寝前におやすみの挨拶をするように仕付けていた。

　しかし、800坪あまりにも及ぶ敷地の西大久保の屋敷を、生前のままに維持管理していくことは財政的にも大きな負担であり、ハーンを敬愛した友人達の援助によってはじめて可能であった。ハーン自身も残された妻子の身の上を心配し、自分の死後に屋敷を他人に売り渡さねばならなくなることを案じていた。事実、ハーンの死後、セツは四人の子供達を抱えた未亡人となって、どのように生計を立てていけばよいか途方に暮れ、翌年、苦労したあげく生活費捻出のために、『骨董』や『日本』の版権を売り渡してしまった。

　困窮する家族を支援したのは、ハーンの友人のミッチェル・マクドナルドであった。ハーンが他界する一年半前に東京帝国大学を解雇されて意気消沈していた時にも、彼を元気づけるために西大久保の家を訪れていた。自分の死後の家族の身の上を案じたハーンは、すべてをマクドナルドに任せていた。ハーンの遺稿や版権、特に東京帝大での講義録出版などに関して、マクドナルドは遺族に最大限の収入が保証されるように権利保全に尽力した。また、マクドナルドはビスランドにハーンの伝記の執筆を依頼し、さらに、生前の友人達に依頼して、ハーンの書簡を集めて編集出版し、遺族に印税を与えて生活費に役立てて貰おうとした。このようにして、ハーン没後2年にして、『ラフカディオ・ハーンの生涯と書簡』が明治39年12月に発行された。この本の出版に際して、セツはハーンとの思い出を書くように求められた。

　セツは没落士族の出身であったために、経済的事情で小学校を中退し、高等教育を受けることができなかった。幼いころからハーンと同様に、昔話やお伽話の好きな女性で、しかも、彼の仕事と気難しい性分に対応できる柔軟さと利発な気性を兼ね備えた話上手な娘だったので、語り部としての才能を発揮し、彼の日本研究や作家活動に全面的に協力することが出来た。しかし、セツはかなりの読書力を有し、後年には自分の子供の教育でも国語力を発揮したが、小学校中退で充分な学問を修めていないことを恥じ、学識不足や文章の才の欠乏を自覚して、また、筆跡の稚拙さを自ら大いに恥じて、正式な手紙や文書の作成には常に養父金十郎や周辺の達筆者に代筆を依頼していたのであった。

このように、不器用で文章を書く能力がないことを理由に、セツは『思い出の記』の執筆を固辞していた。しかし、遠縁の者で万事に相談相手になっていた三成重敬が、文章については協力するからとセツを説得した。結局、セツもハーンの供養だと考えて執筆を承諾した。したがって、ハーンとの生活の思い出を回想したセツの口述の下書きを、三成がさらに校正編集して、実に簡素にして達意の文面として出来上がったのが『思い出の記』であった。しかしながら、ハーンとの思い出を書けば、亡き夫が喜ぶであろうという反面、個人的な日常生活について世間に知らせることを極端に嫌っていた夫がどう思うだろうかという気遣いやためらいがあり、また、生前の夫の姿を回想するたびにセツ自身が嘆き悲しんだために、この『思い出の記』の執筆はなかなか進まず完了しなかった。

　このために、『ラフカディオ・ハーンの生涯と書簡』には『思い出の記』の一部だけが英訳で掲載された。結局、ハーン没後10年目の大正3年に、教え子の田辺隆次の『小泉八雲』にセツの『思い出の記』の全文が収録されたのである。『思い出の記』の中で、セツはハーンの赤裸々な姿と純粋な心情を生き生きと蘇るように語り、坪内逍遙や萩原朔太郎を感動させた。語り部としての才能をハーンに高く評価されていたセツは、彼の純粋で気高い心情と敬愛すべき人柄を見事に物語って、生前の姿を感動的に捉えて後世の人々に伝えたのである。

　亡き夫の著書の版権や印税などで、ハーンの供養のために西大久保の家の書斎を、セツは生前のままに保存することが可能となり、また、華道や茶道などを熱心に稽古して、結構裕福な生活を続けることが出来たのである。すでに明治45年1月に実母チエが亡くなり、同年8月には養母トミが逝去したが、セツは親への孝行に最後まで誠意を尽くした。セツは60歳を過ぎた頃から動脈硬化にかかり、昭和6年の初頭に脳溢血で倒れ、翌年に再発し40日間程病床にあって、2月18日に西大久保の自宅で64歳で逝去した。ハーン没後28年が過ぎていた。

　ハーンが埋葬された雑司ヶ谷墓地は、ジョン万次郎や夏目漱石や永井荷風などの墓所でもある。生前のハーンはこの寂しい墓地を好んで訪れていた。セツはハーンの墓の少し後方に、生前の貞節な姿を彷彿とさせるような、少し小さな穏やかなたたずまいの墓石に埋葬されている。

注

(1) 『ラフカディオ・ハーン著作集』第15巻（恒文社、1988年）p. 423-4.

(2) 小泉八雲『日本の心』（講談社学術文庫、1990年）p. 25.

(3) 同書、pp. 24-25.

(4) 小泉八雲『心』（岩波文庫、1951年）pp. 199-200.

(5) 小泉八雲『日本瞥見記上』（恒文社、1975年）pp. 185-186.

(6) 小泉八雲『明治日本の面影』（講談社学術文庫、1990年）p. 465

(7) 『ラフカディオ・ハーン著作集』第14巻（恒文社、1983年）p. 498.

(8) 同書、pp. 413.

(9) 『ラフカディオ・ハーン著作集』第6巻（恒文社、1980年）p. 11.

(10) 小泉八雲『日本』（恒文社、1976年）pp. 326-327.

(11) 小泉八雲『心』（岩波文庫、1951年）pp. 298-300.

(12) 同書、p. 304.

(13) 小泉八雲『日本瞥見記下』（恒文社、1975年）pp. 251-252.

(14) 同書、p. 264.

(15) 小泉八雲『日本瞥見記上』（恒文社、1975年）p. 374.

(16) 小泉八雲『明治日本の面影』（講談社学術文庫、1990年）p. 287.

(17) 『国際舞台の女性たち』（集英社、昭和56年）p. 53-54.

(18) 小泉八雲『心』（岩波文庫、1951年）p. 280.

(19) 小泉八雲『怪談・奇談』（講談社学術文庫、1990）pp. 28-29.

(20) 小泉八雲『日本の心』（講談社学術文庫、1990年）p. 347.

(21) 小泉八雲『怪談・奇談』（講談社学術文庫、1990年）p. 183.

(22) 小泉八雲『光は東方より』（講談社学術文庫、1999年）p. 126.

(23) 小泉八雲『日本雑記他』（恒文社、1975年）pp. 195-196.

(24) 小泉節子『思い出の記』（恒文社、1976年）p. 22.

(25) 同書、 pp. 5-6

(26) 桑原羊次郎『松江に於ける小泉八雲の私生活』（島根新聞社刊、昭和25年）pp. 19-20. cf. 『小泉八雲の妻』pp. 65-66.

(27) 『思い出の記』pp. 7-8

(28) 『小泉八雲の妻』p. 83.

(29) 『国際舞台の女性たち』p. 72.

(30) 『ラフカディオ・ハーン著作集』第14巻（恒文社、１９８３年）p. 413.

(31) 同書、p. 502.

(32) 小泉一雄『父「八雲」を憶う』（恒文社、1976年）pp. 222-223.

(33) 『思い出の記』p. 31.

(34) 同書、pp. 38-39.

(35) 同書、pp. 25-26.

(36) 『ラフカディオ・ハーン著作集』第6巻（恒文社、1980年）pp. 9-10.

(37) 田辺隆次『小泉八雲』（北星堂、1980年）pp. 251-252.

(38) 『思い出の記』pp. 21-22.

(39) 同書、p. 22.

(40) 同書、p. 12.

(41) 同書、p. 23.

(42) 『父「八雲」を憶う』p. 166.

(43) 同書、p. 21.

(44) 『父「八雲」を憶う』p. 442.

(45) 『小泉八雲の妻』pp. 117-119.

(46) 『思い出の記』pp. 44-45.

西大久保の家の書斎

島根尋常中学校の校舎

小泉八雲略年譜

1850年6月27日　ギリシアのレフカス島（旧名　サンタ・マウラ島）に生まれる。
　　　　　父チャールズ・ブッシュ・ハーン（アイルランド人の英国陸軍軍医）
　　　　　と、母ローザ・アントニア・カシマティ（ギリシア人）の次男として
　　　　　生まれる。パトリキオス・レフカディオス・ヘルンと命名（英国名は、
　　　　　パトリック・ラフカディオ・ハーン）。

1852年　2歳のとき父の転任で父母は父の実家があるアイルランド・ダブリンに
　　　　　移り住む。

1854年　父が西インドに赴任することになり、一人で孤立した母は精神を病み
　　　　　ギリシアのセリゴ島へ帰される。4歳にしてハーンは母と生別し、親
　　　　　戚のサラ・ブレナン大叔母に引き取られ、厳格なキリスト教教義や文
　　　　　化のなかで育てられる。

1856年　6歳のとき父母の離婚が正式に成立し父は再婚する。

1861年　フランスのイヴトーにあるカトリックの神学校に行く。（詳細不明）

1863年　13歳のときイギリス・ダラム市郊外のローマ旧教のセント・カスバー
　　　　　ト神学校に入学する。

1866年　16歳のとき学校でジャイアント・ストライドという遊戯をしている最
　　　　　中、ロープの結び目が左眼に当たり怪我をし失明する。17歳のとき父
　　　　　は西インドから帰国途中に病気になりスエズで死亡する。

1867年　17歳のとき　養育者の大叔母の破産でカスバート校を退学し、その後ロ
　　　　　ンドンに移る。

1868年2月4日　小泉セツが松江市南田町に生まれる。明治維新により明治政府
　　　　　成立。

1869年　19歳で渡米する。イギリス・リバプールから単身移民船に乗りアメリ
　　　　　カ合衆国のニューヨークへ渡り、さらに移民列車でオハイオ州のシン
　　　　　シナティへ向かい、図書館に通って勉強を続ける。5年の貧乏生活の中
　　　　　で苦難に耐え、行商人、電報配達夫、ホテルのボーイなどの職を転々
　　　　　としながら、文筆で身を立てるべく文学の研究を続ける。

1872年　『シンシナティ・インクワイアラー』紙の有力な寄稿者となる。

1874年　24歳で『シンシナティ・インクワイアラー』の正式な新聞記者となる。

1875年　混血の女性マティ・フォリーと結婚するが、当時違法だった白人と混
　　　　　血黒人の結婚だった為にインクワイアラー社を解雇される。

1876年　26歳でインクワイアラー社のライバル会社のシンシナティ・コマーシャル社へ安い給料で転職する。しかし、少ない給料でも古書の収集に熱心になり、希少本や東洋研究の文献などを集めはじめる。

1877年　ゴーチェの『クレオパトラの一夜』の翻訳をはじめるが、結婚生活が破綻するようになる。結局 マティと離婚する。シンシナティでの生活に行き詰まり、また環境の悪さから視力や健康への悪影響を考慮して、27 歳でニューオーリンズへ移る。仕事の明確な見通しもなくニューオーリンズに移り大変経済的に苦労する。

1878年　友人の援助もあり、28歳で『デイリー・アイテム』の編集助手兼記者となる。

1879年　画才を生かし自筆漫画入りのユニークな記事を書き好評を得るようになり、クレオールの民話や伝説に取材して数多くの埋もれた物語を採集して力量を発揮するが、加重労働による過労と低収入による経済的困窮生活が続いていた。そこで、慣れない事業にもかかわらず、食堂経営に乗り出し、『不景気屋』という名の店舗を開店し経営するが、共同経営者に資金を持ち逃げされ失敗する。

1881年　ニューオーリンズの新聞社合併により、アイテム社を退社して、31歳にして タイムズ・デモクラット社の文芸部長に就任する。東洋の神話や文学、フランス文学の翻訳、西洋文学思潮、さらにクレオール文化やブードゥー教など、自分の特徴を生かして、幅広く自由なテーマで執筆するようになる。

1882年　シンシナティ時代の成果であったゴーチェの翻訳集『クレオパトラの一夜他』を自費出版する。この頃、ハーンに師事しようとして女性記者エリザベス・ビスランドがタイムズ・デモクラット社に入社する。母ローザが死去するが、ハーンはこの事実を終生知らないままであった。

1884年　34歳でニューオーリンズの万国博覧会の会場に取材し、外務省の服部一三との知遇を得る。そこでの日本の工芸品の出品に心惹かれる。『飛花落葉集』を出版する。

1885年　ハバート・スペンサーの『第一原理』を読み大いに感銘を受ける。『ニューオーリンズの歴史的素描と案内』と『クレオール料理』を出版する。

1886年　37歳の時に新聞社を辞職してニューヨークへ行き、ハーパー社と契約

して西インド諸島で執筆活動を始める。

1887年　カリブ海にあるフランス領西インド諸島のマルティニーク島にあるサン・ピエールに旅行して、2年あまり滞在し、現地の民話や伝説などの収集に務め、西インド諸島の紀行文を執筆する。『中国怪談集』を出版する。

1889年　ニューヨークへ帰る。『チタ』を出版する。

1890年　『仏領西インド諸島の二年間』を出版する。

1890年　挿し絵画家ウェルドンとともに、バンクーバー経由で日本をめざしてニューヨークを出発する。4月に『ハーパーズ・マンスリー』誌の特派員として横浜港着で来日する。挿し絵画家より報酬や契約条件が悪いことを知り、特派員をやめ『ハーパーズ・マンスリー』と絶縁する。『ユーマ』を出版する。ビスランドの斡旋で米海軍主計官ミッチェル・マクドナルドに会い、東京帝国大学教授 B・H・チェンバレンを紹介される。就職の依頼状と、新著『仏領西インド諸島の二年間』を送り、相互の交流がはじまる。チェンバレンと以前の知己で文部省普通学務局長になっていた服部一三の計らいで、島根県尋常中学校と師範学校の英語教師に任命される。8月に40歳にして英語教師として松江に赴任する。9月から授業を開始する。出雲大社に参詣して、当時、外国人としては初めて昇殿を許される。

1891年1月　住み込み女中として身のまわりの世話をするために、松江の士族小泉湊の娘であった小泉セツが雇われる。中学教頭の西田千太郎のすすめで、2月に41歳の時に23歳のセツと結婚する。日本研究に没頭し、松江を来訪した井上円了の講演を聞く。6月に松江市北堀町の旧松江藩士根岸邸が空き家になったので借用して転居する。

　　　11月　熊本第五高等中学校に家族を伴い転任し、熊本市手取本町に居を構える。

1992年7月中旬頃　セツを伴って博多・京都・奈良・神戸・宮島・美保関・隠岐への2ヶ月近い長期間に及ぶ旅行に出かける。

1893年　43歳の時に長男一雄が誕生する。

1894年　神戸クロニクル社に記者として転職するため，熊本から神戸へ転居する。『日本瞥見記』を9月末に出版する。好評につき年内に3版を重ねて発行する。

1895年　記者の取材活動や著書の執筆などの過労で眼病を患い、痛む眼のため

154

に仕事続行が不可能となり、神戸クロニクル社を退社する。日本国籍取得を決心し、帰化手続きを開始する。『東の国から』を出版する。

1896年　46歳にして、妻子の行く末を考慮して、2月に日本への帰化手続きを完了させ帰化する。小泉セツとの結婚が正式に成立する。小泉の姓をとり、出雲にちなんで『古事記』の中の最初の和歌「八雲立つ　出雲八重垣　妻ごみに……」から取って八雲と名乗る。帰化名・小泉八雲。9月、東京帝国大学文科大学の講師として神戸より上京し、牛込区市ヶ谷富久町21番地に居を構える。『心』を出版する。

1897年　次男・巌が誕生する。この夏に初めて焼津に行くが、実直な山口乙吉の人柄と焼津の海に心から惹かれるようになり、毎年のように避暑地として滞在するようになる。また、この夏には、御殿場口より富士山登山を決行する。『仏の畑の落穂』を出版する。

1898年　ミッチェル・マクドナルド、雨森信茂との親交を深める。マクドナルドは後に小泉家の遺族を支え、ハーンの講義録出版にも尽力した人物で、1920年に横浜グランドホテルの社長に就任した。『異国風物と回想』を出版する。

1899年　夏に再び焼津に逗留する。1904年まで毎夏焼津で避暑をするようになる。しかし、1903年は医者に水泳を止められ焼津行きを中止する。『霊の日本』を出版する。三男の清が誕生する。『影』を出版する。

1901年　『日本雑記』を出版する。

1902年3月　新宿区西大久保の家に転居する。『日本お伽噺』『骨董』を出版する。奇談・怪談の再話文学に取りかかる。年末に喉より出血したため好きな煙草を禁止される。

1903年　東京帝国大学から一通の解雇通知が突然に文科大学長名で届けられ、献身的に教育してきた努力に対する忘恩的処分に激しい義憤を覚え、また学生からも留任運動が起こる。大学側が俸給の半減などを条件に、日本人講師らと授業を折半するという折衷案での留任要請に怒り心頭に発し、3月31日付で53歳にて文科大学講師を退職する。夏目漱石が後任に決まる。その後、執筆だけに専念する。長女・寿々子が誕生する。

1904年3月9日　早稲田大学文学部からの招聘を受け講義を行う。

　　　4月『怪談』を出版する。

　　　8月　一雄や巌らとともに6度目の焼津への避暑に出かける。

　　　9月19日　最初の心臓の発作が起き、26日に夕食後再び心臓発作を起こし

狭心症のため急逝する。享年54歳。30日に瘤寺にて葬儀され雑司ヶ谷
墓地に葬られる。

　9月　『日本』がマクミラン社より出版される。

1915年　生前の功績により従四位を贈られる。

1932年2月　西大久保の自宅にて小泉セツが逝去する。享年64歳。

急逝する一週間前のハーン（上野大仏にて、1904年9月19日）

ラフカディオ・ハーン作品集

Glimpses of Unfamiliar Japan

OF A DANCING-GIRL

NOTHING is more silent than the beginning of a Japanese banquet; and no one, except a native, who observes the opening scene could possibly imagine the tumultuous ending.

The robed guests take their places, quite noiselessly and without speech, upon the kneeling-cushions. The lacquered services are laid upon the matting before them by maidens whose bare feet make no sound. For a while there is only smiling and flitting, as in dreams. You are not likely to hear any voices from without, as a banqueting-house is usually secluded from the street by spacious gardens. At last the master of ceremonies, host or provider, breaks the hush with the consecrated formula: "*O-somatsu degozarimasu ga!—dōzo o-hashi!*" whereat all present bow silently, take up their hashi (chopsticks), and fall to. But hashi, deftly used, cannot be heard at all. The maidens pour warm saké into the cup of each guest without making the least sound; and it is not until several dishes have been emptied, and several cups of saké absorbed, that tongues are loosened.

Then, all at once, with a little burst of laughter, a number of young girls enter, make the customary prostration of greeting, glide into the open space between the ranks of the guests, and begin to serve the wine with a grace and dexterity of which no common maid is capable. They are pretty; they are clad in very costly robes of silk; they are girdled like queens; and the beautifully dressed hair of each is decked with mock flowers, with wonderful combs and pins, and with curious ornaments of gold. They greet the stranger as if they had always known him; they jest, laugh, and utter funny little cries. These are the geisha, [1] or dancing-girls, hired for the banquet.

Samisen [2] tinkle. The dancers withdraw to a clear space at the farther end of the banqueting-hall, always vast enough to admit of many more guests than ever assemble upon common occasions. Some form the orchestra, under the direction of a woman of uncertain age; there are several samisen, and a tiny drum played by a child. Others, singly or in pairs, perform the dance. It may be swift and merry, consisting wholly of graceful posturing,—two girls dancing together with such coincidence of step and gesture as only years of training could render possible. But more frequently it is rather like acting than like what we Occidentals call dancing,—acting accompanied with extraordinary waving of sleeves and fans, and with a play of eyes and features, sweet, subtle, subdued, wholly Oriental. There are more voluptuous dances known to geisha, but upon ordinary occasions and before refined audiences they portray beautiful old Japanese traditions, like the legend of the fisher Urashima, beloved by the Sea God's daughter; and at intervals they sing ancient Chinese poems, expressing a natural emotion with delicious vividness by a few exquisite words. And always they pour the wine,—that warm, pale yellow, drowsy wine which fills the veins with soft contentment, making a faint sense of ecstasy, through which, as through some poppied sleep, the commonplace becomes wondrous and blissful, and the geisha Maids of Paradise, and the world much sweeter than, in the natural order of things, it could ever possibly be.

The banquet, at first so silent, slowly changes to a merry tumult. The company break ranks, form groups; and from group to group the girls pass, laughing, prattling,—still pouring saké into the cups which are being exchanged and emptied with low bows.[3] Men begin to sing old samurai songs, old Chinese poems. One or two even dance. A geisha tucks her robe well up to her knees; and the samisen strike up the quick melody, "*Kompira funé-funé.*" As the music plays, she begins to run lightly and swiftly in a figure of 8, and a young man, carrying a saké bottle and cup, also runs in the same figure of 8. If the two meet on a line, the one through whose error the meeting happens must drink a cup of saké. The music becomes quicker and quicker and the runners run faster and faster, for they must keep time to the melody; and the geisha wins. In another part of the room, guests and geisha are playing ken. They sing as they play, facing each other, and clap their hands, and fling out their fingers at intervals with little cries and the samisen keep time.

> *Chōito,—don-don!*
> *Otagaidané;*
> *Chōito,—don-don!*
> *Oidemashitané;*
> *Chōito,—don-don!*
> *Shimaimashitané.*

Now, to play ken with a geisha requires a perfectly cool head, a quick eye, and much practice. Having been trained from childhood to play all kinds of ken,—and there are many,—she generally loses only for politeness, when she loses at all. The signs of the most common ken are a Man, a Fox, and a Gun. If the geisha make the sign of the Gun, you must instantly, and in exact time to the music, make the sign of the Fox, who cannot use the Gun. For if you make the sign of the Man, then she will answer with the sign of the Fox, who can deceive the Man, and you lose. And if she make the sign of the Fox first, then you should make the sign of the Gun, by which the Fox can be killed. But all the while you must watch her bright eyes and supple hands. These are pretty; and if you suffer yourself, just for one fraction of a second, to think how pretty they are, you are bewitched and vanquished.

Notwithstanding all this apparent comradeship, a certain rigid decorum between guest and geisha is invariably preserved at a Japanese banquet. However flushed with wine a guest may have become, you will never see him attempt to caress a girl; he never forgets that she appears at the festivities only as a human flower, to be looked at, not to be touched. The familiarity which foreign tourists in Japan frequently permit themselves with geisha or with waiter-girls, though endured with smiling patience, is really much disliked, and considered by native observers an evidence of extreme vulgarity.

For a time the merriment grows; but as midnight draws near, the guests begin to slip away, one by one, unnoticed. Then the din gradually dies down, the music stops; and at last the geisha, having escorted the latest of the feasters to the door, with laughing cries of Sayōnara, can sit down alone to break their long fast in the deserted hall.

Such is the geisha's rôle. But what is the mystery of her? What are her thoughts, her emotions, her secret self? What is her veritable existence beyond the night circle of the banquet lights, far from the illusion formed around her by the mist of wine? Is she always as mischievous as she seems while her voice ripples out with mocking sweetness the words of the ancient song?

Kimi to neyaru ka, go sengoku toruka?

Nanno gosengoku kimi to neyo? (4)

Or might we think her capable of keeping that passionate promise she utters so deliciously?

Omae shindara tera ewa yaranu!

Yaete konishite sake de nomu. (5)

"Why, as for that," a friend tells me, "there was O'-Kama of Ōsaka who realized the song only last year. For she, having collected from the funeral pile the ashes of her lover, mingled them with saké, and at a banquet drank them, in the presence of many guests. " In the presence of many guests! Alas for romance!

Always in the dwelling which a band of geisha occupy there is a strange image placed in the alcove. Sometimes it is of clay, rarely of gold, most commonly of porcelain. It is reverenced: offerings are made to it, sweetmeats and rice bread and wine; incense smoulders in front of it, and a lamp is burned before it. It is the image of a kitten erect, one paw outstretched as if inviting,—whence its name, "the Beckoning Kitten. " (6) It is the *genius loci:* it brings good-fortune, the patronage of the rich, the favor of banquet-givers. Now, they who know the soul of the geisha aver that the semblance of the image is the semblance of herself,—playful and pretty, soft and young, lithe and caressing, and cruel as a devouring fire.

Worse, also, than this they have said of her: that in her shadow treads the God of Poverty, and that the Fox-women are her sisters; that she is the ruin of youth, the waster of fortunes, the destroyer of families; that she knows love only as the source of the follies which are her gain, and grows rich upon the substance of men whose graves she has made; that she is the most consummate of pretty hypocrites, the most dangerous of schemers, the most insatiable of mercenaries, the most pitiless of mistresses. This cannot all be true. Yet thus much is true,—that, like the kitten, the geisha is by profession a creature of prey. There are many really lovable kittens. Even so there must be really delightful dancing-girls.

The geisha is only what she has been made in answer to foolish human desire for the illusion of love mixed with youth and grace, but without regrets or responsibilities: wherefore she has been taught, besides ken, to play at hearts. Now, the eternal law is that people may play with impunity at any game in this unhappy world except three, which are called Life, Love, and Death. Those the gods have reserved to themselves, because nobody else can learn to play them without doing mischief. Therefore, to play with a geisha any game much more serious than ken, or at least *go*, is displeasing to the gods.

The girl begins her career as a slave, a pretty child bought from miserably poor parents under a contract, according to which her services may be claimed by the purchasers for eighteen, twenty, or even twenty- five years. She is fed, clothed, and trained in a house occupied only by geisha; and she passes the rest of her childhood under severe discipline. She is taught etiquette, grace, polite speech; she has daily lessons in dancing; and she is obliged to learn by heart a multitude of songs with their airs. Also she must learn games, the service of banquets and weddings, the art of dressing and looking beautiful. Whatever physical gifts she may have are carefully cultivated. Afterwards she is taught to handle musical instruments: first, the little drum (*tsudzumi*), which cannot be sounded at all without considerable practice; then she learns to play the samisen a little, with a plectrum of tortoise-shell or ivory. At eight or nine years of age she attends banquets, chiefly as a drum-player. She is then the most charming little creature imaginable, and already knows how to fill your wine-cup exactly full, with a single toss of the bottle and without spilling a drop, between two taps of her drum.

Thereafter her discipline becomes more cruel. Her voice may be flexible enough, but lacks the requisite strength. In the iciest hours of winter nights, she must ascend to the roof of her dwelling-house, and there sing and play till the blood oozes from her fingers and the voice dies in her throat. The desired result is an atrocious cold. After a period of hoarse whispering, her voice changes its tone and strengthens. She is ready to become a public singer and dancer.

In this capacity she usually makes her first appearance at the age of twelve or thirteen. If pretty and skilful, her services will be much in demand, and her time paid for at the rate of twenty to twenty-five sen per hour. Then only do her purchasers begin to reimburse themselves for the time, expense, and trouble of her training; and they are not apt to be generous. For many years more all that she earns must pass into their hands. She can own nothing, not even her clothes.

At seventeen or eighteen she has made her artistic reputation. She has been at many hundreds of entertainments, and knows by sight all the important personages of her city, the character of each, the history of all. Her life has been chiefly a night life; rarely has she seen the sun rise since she became a dancer. She has learned to drink wine without ever losing her head, and to fast for seven or eight hours without ever feeling the worse. She has had many lovers. To a certain extent she is free to smile upon whom she pleases; but she has been well taught, above all else to use her power of charm for her own advantage. She hopes to find Somebody able and willing to buy her freedom,—which Somebody would almost certainly thereafter discover many new and excellent meanings in those Buddhist texts that tell about the foolishness of love and the impermanency of all human relationships.

At this point of her career we may leave the geisha: thereafter her story is apt to prove unpleasant, unless she die young. Should that happen, she will have the obsequies of her class, and her memory will be preserved by divers curious rites.

Some time, perhaps, while wandering through Japanese streets at night, you hear sounds of music, a tinkling of samisen floating through the great gateway of a Buddhist temple together with shrill voices of singing-girls; which may seem to you a strange happening. And the deep court is thronged with people looking and listening. Then, making your way through the press to the temple steps, you see two geisha seated upon the matting within, playing and singing, and a third dancing before a little table. Upon the table is an ihai, or mortuary tablet; in front of the tablet burns a little lamp, and incense in a cup of bronze; a small repast has been placed there, fruits and dainties,—such a repast as, upon festival occasions, it is the custom to offer to the dead. You learn that the kaimyō upon the tablet is that of a geisha; and that the comrades of the dead girl assemble in the temple on certain days to gladden her spirit with songs and dances. Then whosoever pleases may attend the ceremony free of charge.

But the dancing-girls of ancient times were not as the geisha of to-day. Some of them were called shirabyōshi; and their hearts were not extremely hard. They were beautiful; they wore queerly shaped caps bedecked with gold; they were clad in splendid attire, and danced with swords in the dwellings of princes. And there is an old story about one of them which I think it worth while to tell.

I .

It was formerly, and indeed still is, a custom with young Japanese artists to travel on foot through various parts of the empire, in order to see and sketch the most celebrated scenery as well as to study famous art objects preserved in Buddhist temples, many of which occupy sites of extraordinary picturesqueness. It is to such wanderings, chiefly, that we owe the existence of those beautiful books of landscape views and life studies which are now so curious and rare, and which teach better than aught else that only the Japanese can paint Japanese scenery. After you have become acquainted with their methods of interpreting their own nature, foreign attempts in the same line will seem to you strangely flat and soulless. The foreign artist will give you realistic reflections of what he sees; but he will give you nothing more. The Japanese artist gives you that which he feels,—the mood of a season, the precise sensation of an hour and place; his work is qualified by a power of suggestiveness rarely found in the art of the West. The Occidental painter renders minute detail; he satisfies the imagination he evokes. But his Oriental brother either suppresses or idealizes detail,—steeps his distances in mist, bands his landscapes with cloud, makes of his experience a memory in which only the strange and the beautiful survive, with their sensations. He surpasses imagination, excites it, leaves it hungry with the hunger of charm perceived in glimpses only. Nevertheless, in such glimpses he is able to convey the feeling of a time, the character of a place, after a fashion that seems magical. He is a painter of recollections and of sensations rather than of clear-cut realities; and in this lies the secret of his amazing power,—a power not to be appreciated by those who have never witnessed the scenes of his inspiration. He is above all things impersonal. His human figures are devoid of all individuality; yet they have inimitable merit as types embodying the characteristics of a class: the childish curiosity of the peasant, the shyness of the maiden, the fascination of the jorō, the self-consciousness of the samurai, the funny, placid prettiness of the child, the resigned gentleness of age. Travel and observation were the influences which developed this art; it was never a growth of studios.

A great many years ago, a young art student was travelling on foot from Kyōto to Yedo, over the mountains. The roads then were few and bad, and travel was so difficult compared to what it is now that a proverb was current, Kawai *ko wa tabi wo sasé* (A pet child should be made to travel). But the land was what it is to-day. There were the same forests of cedar and of pine, the same groves of bamboo, the same peaked villages with roofs of thatch, the same terraced rice-fields dotted with the great yellow straw hats of peasants bending in the slime. From the wayside, the same statues of

Jizō smiled upon the same pilgrim figures passing to the same temples; and then, as now, of summer days, one might see naked brown children laughing in all the shallow rivers, and all the rivers laughing to the sun.

The young art student, however, was no *kawai ko:* he had already travelled a great deal, was inured to hard fare and rough lodging, and accustomed to make the best of every situation. But upon this journey he found himself, one evening after sunset, in a region where it seemed possible to obtain neither fare nor lodging of any sort,—out of sight of cultivated land. While attempting a short cut over a range to reach some village, he had lost his way.

There was no moon, and pine shadows made blackness all around him. The district into which he had wandered seemed utterly wild; there were no sounds but the humming of the wind in the pine-needles, and an infinite tinkling of bell-insects. He stumbled on, hoping to gain some river bank, which he could follow to a settlement. At last a stream abruptly crossed his way; but it proved to be a swift torrent pouring into a gorge between precipices. Obliged to retrace his steps, he resolved to climb to the nearest summit, whence he might be able to discern some sign of human life; but on reaching it he could see about him only a heaping of hills.

He had almost resigned himself to passing the night under the stars, when he perceived, at some distance down the farther slope of the hill he had ascended, a single thin yellow ray of light, evidently issuing from some dwelling. He made his way towards it, and soon discerned a small cottage, apparently a peasant's home. The light he had seen still streamed from it, through a chink in the closed storm-doors. He hastened forward, and knocked at the entrance.

II.

Not until he had knocked and called several times did he hear any stir within; then a woman's voice asked what was wanted. The voice was remarkably sweet, and the speech of the unseen questioner surprised him, for she spoke in the cultivated idiom of the capital. He responded that he was a student, who had lost his way in the mountains; that he wished, if possible, to obtain food and lodging for the night; and that if this could not be given, he would feel very grateful for information how to reach the nearest village,—adding that he had means enough to pay for the services of a guide.— The voice, in return, asked several other questions, indicating extreme surprise that anyone could have reached the dwelling from the direction he had taken. But his answers evidently allayed suspicion, for the inmate exclaimed: "I will come in a moment. It would be difficult for you to reach any village to-night; and the path is dangerous."

After a brief delay the storm-doors were pushed open, and a woman appeared with a paper lantern, which she so held as to illuminate the stranger's face, while her own remained in shadow. She scrutinized him in silence, then said briefly, "Wait; I will bring water." She fetched a wash-basin, set it upon the doorstep, and offered the guest a towel. He removed his sandals, washed from his feet the dust of travel, and was shown into a neat room which appeared to occupy the whole interior, except a small boarded space at the rear, used as a kitchen. A cotton zabuton was laid for him to kneel upon, and a brazier set before him.

It was only then that he had a good opportunity of observing his hostess, and he was startled by the delicacy and beauty of her features. She might have been three or four years older than he, but was still in the bloom of youth. Certainly she was not a peasant girl. In the same singularly sweet voice she said to him: "I am now alone, and I never receive guests here. But I am sure it would be dangerous for you to travel farther to-night. There are some peasants in the neighborhood, but you cannot find your way to them in the dark without a guide. So I can let you stay here until morning. You will not be comfortable, but I can give you a bed. And I suppose you are hungry. There is only some shōjin-ryōri, [7]—not at all good, but you are welcome to it."

The traveller was quite hungry, and only too glad of the offer. The young woman kindled a little fire, prepared a few dishes in silence,—stewed leaves of na, some aburagé, some kampyō, and a bowl of coarse rice,—and quickly set the meal before him, apologizing for its quality. But during his repast she spoke scarcely at all, and her reserved manner embarrassed him.

As she answered the few questions he ventured upon merely by a bow or by a solitary word, he soon refrained from attempting to press the conversation.

Meanwhile, he had observed that the small house was spotlessly clean, and the utensils in which his food was served were immaculate. The few cheap objects in the apartment were pretty. The fusuma of the oshiire and zendana [8] were of white paper only, but had been decorated with large Chinese characters exquisitely written, characters suggesting, according to the law of such decoration, the favourite themes of the poet and artist: Spring Flowers, Mountain and Sea, Summer Rain, Sky and Stars, Autumn Moon, River Water, Autumn Breeze. At one side of the apartment stood a kind of low altar, supporting a butsudan, whose tiny lacquered doors, left open, showed a mortuary tablet within, before which a lamp was burning between offerings of wild flowers. And above this household shrine hung a picture of more than common merit, representing the Goddess of Mercy, wearing the moon for her aureole.

As the student ended his little meal the young woman observed: "I cannot offer you a good bed, and there is only a paper mosquito-curtain. The bed and the curtain are mine, but to-night I have many things to do, and shall have no time to sleep; therefore I beg you will try to rest, though I am not able to make you comfortable."

He then understood that she was, for some strange reason, entirely alone, and was voluntarily giving up her only bed to him upon a kindly pretext. He protested honestly against such an excess of hospitality, and assured her that he could sleep quite soundly anywhere on the floor, and did not care about the mosquitoes. But she replied, in the tone of an elder sister, that he must obey her wishes. She really had something to do, and she desired to be left by herself as soon as possible; therefore, understanding him to be a gentleman, she expected he would suffer her to arrange matters in her own way. To this he could offer no objection, as there was but one room. She spread the mattress on the floor, fetched a wooden pillow, suspended her paper mosquito-curtain, unfolded a large screen on the side of the bed toward the butsudan, and then bade him good-night in a manner that assured him she wished him to retire at once; which he did, not without some reluctance at the thought of all the trouble he had unintentionally caused her.

III.

Unwilling as the young traveller felt to accept a kindness involving the sacrifice of another's repose, he found the bed more than comfortable. He was very tired, and had scarcely laid his head upon the wooden pillow before he forgot everything in sleep.

Yet only a little while seemed to have passed when he was awakened by a singular sound. It was certainly the sound of feet, but not of feet walking softly. It seemed rather the sound of feet in rapid motion, as of excitement. Then it occurred to him that robbers might have entered the house. As for himself, he had little to fear because he had little to lose. His anxiety was chiefly for the kind person who had granted him hospitality. Into each side of the paper mosquito-curtain a small square of brown netting had been fitted, like a little window, and through one of these he tried to look; but the high screen stood between him and whatever was going on. He thought of calling, but this impulse was checked by the reflection that in case of real danger it would be both useless and imprudent to announce his presence before understanding the situation. The sounds which had made him uneasy continued, and were more and more mysterious. He resolved to prepare for the worst, and to risk his life, if necessary, in order to defend his young hostess. Hastily girding up his robes, he slipped noiselessly from under the paper curtain, crept to the edge of the screen, and peeped. What he saw astonished him extremely.

Before her illuminated butsudan the young woman, magnificently attired, was dancing all alone. Her costume he recognized as that of a shirabyōshi, though much richer than any he had ever seen worn by a professional dancer. Marvellously enhanced by it, her beauty, in that lonely time and place, appeared almost supernatural; but what seemed to him even more wonderful was her dancing. For an instant he felt the tingling of a weird doubt. The superstitions of peasants, the legends of Fox-women, flashed before his imagination; but the sight of the Buddhist shrine, of the sacred picture, dissipated the fancy, and shamed him for the folly of it. At the same time he became conscious that he was watching something she had not wished him to see, and that it was his duty, as her guest, to return at once behind the screen; but the spectacle fascinated him. He felt, with not less pleasure than amazement, that he was looking upon the most accomplished dancer he had ever seen; and the more he watched, the more the witchery of her grace grew upon him. Suddenly she paused, panting, unfastened her girdle, turned in the act of doffing her upper robe, and started violently as her eyes encountered his own.

He tried at once to excuse himself to her. He said he had been suddenly awakened by the sound of quick feet, which sound had caused him some uneasiness, chiefly for her sake, because of the lateness of the hour and the lonesomeness of the place. Then he confessed his surprise at what he had seen, and spoke of the manner in which it had attracted him. "I beg you," he continued, "to forgive my curiosity, for I cannot help wondering who you are, and how you could have become so marvelous a dancer. All the dancers of Saikyō I have seen, yet I have never seen among the most celebrated of them a girl who could dance like you; and once I had begun to watch you, I could not take away my eyes."

At first she had seemed angry, but before he had ceased to speak her expression changed. She smiled, and seated herself before him. "No, I am not angry with you," she said. "I am only sorry that you should have watched me, for I am sure you must have thought me mad when you saw me dancing that way, all by myself; and now I must tell you the meaning of what you have seen."

So she related her story. Her name he remembered to have heard as a boy,—her professional name, the name of the most famous of shirabyōshi, the darling of the capital, who, in the zenith of her fame and beauty, had suddenly vanished from public life, none knew whither or why. She had fled from wealth and fortune with a youth who loved her. He was poor, but between them they possessed enough means to live simply and happily in the country. They built a little house in the mountains, and there for a number of years they existed only for each other. He adored her. One of his greatest pleasures was to see her dance. Each evening he would play some favorite melody, and she would dance for him. But one long cold winter he fell sick, and, in spite of her tender nursing, died. Since then she had lived alone with the memory of him, performing all those small rites of love and homage with which the dead are honored. Daily before his tablet she placed the customary offerings, and nightly danced to please him, as of old. And this was the explanation of what the young traveler had seen. It was indeed rude, she continued, to have awakened her tired guest; but she had waited until she thought him soundly sleeping, and then she had tried to dance very, very lightly. So she hoped he would pardon her for having unintentionally disturbed him.

When she had told him all, she made ready a little tea, which they drank together; then she entreated him so plaintively to please her by trying to sleep again that he found himself obliged to go back, with many sincere apologies, under the paper mosquito-curtain.

He slept well and long; the sun was high before he woke. On rising, he found prepared for him a meal as simple as that of the evening before, and he felt hungry. Nevertheless he ate sparingly, fearing the young woman might have stinted herself in thus providing for him; and then he made ready to depart. But when he wanted to pay her for what he had received, and for all the trouble he had given her, she refused to take anything from him, saying: "What I had to give was not worth money, and what I did was done for kindness alone. So I pray that you will try to forget the discomfort you suffered here, and will remember only the good-will of one who had nothing to offer."

He still endeavored to induce her to accept something; but at last, finding that his insistence only gave her pain, he took leave of her with such words as he could find to express his gratitude, and not without a secret regret, for her beauty and her gentleness had charmed him more than he would have liked to acknowledge to any but herself. She indicated to him the path to follow, and watched him descend the mountain until he had passed from sight. An hour later he found himself upon a highway with which he was familiar. Then a sudden remorse touched him: he had forgotten to tell her his name: For an instant he hesitated; then he said to himself, "What matters it? I shall be always poor." And he went on.

IV.

Many years passed by, and many fashions with them; and the painter became old. But ere becoming old he had become famous. Princes, charmed by the wonder of his work, had vied with one another in giving him patronage; so that he grew rich, and possessed a beautiful dwelling of his own in the City of the Emperors. Young artists from many provinces were his pupils, and lived with him, serving him in all things while receiving his instruction; and his name was known throughout the land.

Now, there came one day to his house an old woman, who asked to speak with him. The servants, seeing that she was meanly dressed and of miserable appearance, took her to be some common beggar, and questioned her roughly. But when she answered: "I can tell to no one except your master why I have come," they believed her mad, and deceived her, saying: "He is not now in Saikyō, nor do we know how soon he will return."

But the old woman came again and again,—day after day, and week after week,—each time being told something that was not true: "To-day he is ill," or, "To-day he is very busy," or, "To-day he has much company, and therefore cannot see you." Nevertheless she continued to come, always at the same hour each day, and always carrying a bundle wrapped in a ragged covering; and the servants at last thought it were best to speak to their master about her. So they said to him: "There is a very old woman, whom we take to be a beggar, at our lord's gate. More than fifty times she has come, asking to see our lord, and refusing to tell us why,—saying that she can tell her wishes only to our lord. And we have tried to discourage her, as she seemed to be mad; but she always comes. Therefore we have presumed to mention the matter to our lord, in order that we may learn what is to be done hereafter."

Then the Master answered sharply: "Why did none of you tell me of this before?" and went out himself to the gate, and spoke very kindly to the woman, remembering how he also had been poor. And he asked her if she desired alms of him.

But she answered that she had no need of money or of food, and only desired that he would paint for her a picture. He wondered at her wish, and bade her enter his house. So she entered into the vestibule, and, kneeling there, began to untie the knots of the bundle she had brought with her. When she had unwrapped it, the painter perceived curious rich quaint garments of silk broidered with designs in gold, yet much frayed and discolored by wear and time,—the wreck of a wonderful costume of other days, the attire of a shirabyōshi.

While the old woman unfolded the garments one by one, and tried to smooth them with her trembling fingers, a memory stirred in the Master's brain, thrilled dimly there a little space, then suddenly lighted up. In that soft shock of recollection, he saw again the lonely mountain dwelling in which he had received unremunerated hospitality,—the tiny room prepared for his rest, the paper mosquito-curtain, the faintly burning lamp before the Buddhist shrine, the strange beauty of one dancing there alone in the dead of the night. Then, to the astonishment of the aged visitor, he, the favored of princes, bowed low before her, and said: "Pardon my rudeness in having forgotten your face for a moment; but it is more than forty years since we last saw each other. Now I remember you well. You received me once at your house. You gave up to me the only bed you had. I saw you dance, and you told me all your story. You had been a shirabyōshi, and I have not forgotten your name."

He uttered it. She, astonished and confused, could not at first reply to him, for she was old and had suffered much, and her memory had begun to fail. But he spoke more and more kindly to her, and reminded her of many things which she had told him, and described to her the house in which she had lived alone, so that at last she also remembered; and she answered, with tears of pleasure: "Surely the Divine One who looketh down above the sound of prayer has guided me. But when my unworthy home was honored by the visit of the august Master, I was not as I now am. And it seems to me like a miracle of our Lord Buddha that the Master should remember me."

Then she related the rest of her simple story. In the course of years, she had become, through poverty, obliged to part with her little house; and in her old age she had returned alone to the great city, in which her name had long been forgotten. It had caused her much pain to lose her home; but it grieved her still more that, in becoming weak and old, she could no longer dance each evening before the butsudan, to please the spirit of the dead whom she had loved. Therefore she wanted to have a picture of herself painted, in the costume and the attitude of the dance, that she might suspend it before the butsudan. For this she had prayed earnestly to Kwannon. And she had sought out the Master because of his fame as a painter, since she desired, for the sake of the dead, no common work, but a picture painted with great skill; and she had brought her dancing attire, hoping that the Master might be willing to paint her therein.

He listened to all with a kindly smile, and answered her: "It will be only a pleasure for me to paint the picture which you want. This day I have something to finish which cannot be delayed. But if you will come here to-morrow, I will paint you exactly as you wish, and as well as I am able."

But she said: "I have not yet told to the Master the thing which most troubles me. And it is this,—that I can offer in return for so great a favor nothing except these dancer's clothes; and they are of no value in themselves, though they were costly once. Still, I hoped the Master might be willing to take them, seeing they have become curious; for there are no more shirabyōshi, and the maiko of these times wear no such robes."

"Of that matter," the good painter exclaimed, "you must not think at all! No; I am glad to have this present chance of paying a small part of my old debt to you. So to-morrow I will paint you just as you wish."

She prostrated herself thrice before him, uttering thanks and then said, "Let my lord pardon, though I have yet something more to say. For I do not wish that he should paint me as I now am, but only as I used to be when I was young, as my lord knew me."

He said: "I remember well. You were very beautiful."

Her wrinkled features lighted up with pleasure, as she bowed her thanks to him for those words. And she exclaimed: "Then indeed all that I hoped and prayed for may be done! Since he thus remembers my poor youth, I beseech my lord to paint me, not as I now am, but as he saw me when I was not old and, as it has pleased him generously to say, not uncomely. O Master, make me young again! Make me seem beautiful that I may seem beautiful to the soul of him for whose sake I, the unworthy, beseech this! He will see the Master's work: he will forgive me that I can no longer dance." Once more the Master bade her have no anxiety, and said: "Come tomorrow, and I will paint you. I will make a picture of you just as you were when I saw you, a young and beautiful shirabyōshi, and I will paint it as carefully and as skilfully as if I were painting the picture of the richest person in the land. Never doubt, but come."

V.

So the aged dancer came at the appointed hour; and upon soft white silk the artist painted a picture of her. Yet not a picture of her as she seemed to the Master's pupils but the memory of her as she had been in the days of her youth, bright-eyed as a bird, lithe as a bamboo, dazzling as a tennin [9] in her raiment of silk and gold. Under the magic of the Master's brush, the vanished grace returned, the faded beauty bloomed again. When the kakemono had been finished, and stamped with his seal, he mounted it richly upon silken cloth, and fixed to it rollers of cedar with ivory weights, and a silken cord by which to hang it; and he placed it in a little box of white wood, and so gave it to the shirabyōshi. And he would also have presented her with a gift of money. But though he pressed her earnestly, he could not persuade her to accept his help. "Nay," she made answer, with tears, "indeed I need nothing. The picture only I desired. For that I prayed; and now my prayer has been answered, and I know that I never can wish for anything more in this life, and that if I come to die thus desiring nothing, to enter upon the way of Buddha will not be difficult. One thought alone causes me sorrow,—that I have nothing to offer to the Master but this dancer's apparel, which is indeed of little worth, though I beseech him I to accept it; and I will pray each day that his future life may be a life of happiness, because of the wondrous kindness which he has done me."

"Nay," protested the painter, smiling, "what is it that I have done?

Truly nothing. As for the dancer's garments, I will accept them, if that can make you more happy. They will bring back pleasant memories of the night I passed in your home, when you gave up all your comforts for my unworthy sake, and yet would not suffer me to pay for that which I used; and for that kindness I hold myself to be still in your debt. But now tell me where you live, so that I may see the picture in its place." For he had resolved within himself to place her beyond the reach of want.

But she excused herself with humble words, and would not tell him, saying that her dwelling-place was too mean to be looked upon by such as he; and then, with many prostrations, she thanked him again and again, and went away with her treasure, weeping for joy.

Then the Master called to one of his pupils: "Go quickly after that woman, but so that she does not know herself followed, and bring me word where she lives." So the young man followed her, unperceived.

He remained long away, and when he returned he laughed in the manner of one obliged to say something which it is not pleasant to hear, and he said: "That woman, O Master, I followed out of the city to the dry bed of the river, near to the place where criminals are executed. There I saw a hut such as an Eta might dwell in, and that is where she lives. A forsaken and filthy place, O Master!"

"Nevertheless," the painter replied, "to-morrow you will take me to that forsaken and filthy place. What time I live she shall not suffer for food or clothing or comfort."

And as all wondered, he told them the story of the shirabyōshi, after which it did not seem to them that his words were strange.

VI.

On the morning of the day following, an hour after sunrise, the Master and his pupil took their way to the dry bed of the river, beyond the verge of the city, to the place of outcasts.

The entrance of the little dwelling they found closed by a single shutter, upon which the Master tapped many times without evoking a response. Then, finding the shutter unfastened from within, he pushed it slightly aside, and called through the aperture. None replied, and he decided to enter. Simultaneously, with extraordinary vividness, there thrilled back to him the sensation of the very instant when, as a tired lad, he stood pleading for admission to the lonesome little cottage among the hills.

Entering alone softly, he perceived that the woman was lying there, wrapped in a single thin and tattered futon, seemingly asleep. On a rude shelf he recognized the butsudan of forty years before, with its tablet, and now, as then, a tiny lamp was burning in front of the kaimyō. The kakemono of the Goddess of Mercy with her lunar aureole was gone, but on the wall facing the shrine he beheld his own dainty gift suspended, and an ofuda beneath it,—an ofuda of Hito-koto-Kwannon, [10]—that Kwannon unto whom it is unlawful to pray more than once, as she answers but a single prayer. There was little else in the desolate dwelling; only the garments of a female pilgrim, and a mendicant's staff and bowl.

But the Master did not pause to look at these things, for he desired to awaken and to gladden the sleeper, and he called her name cheerily twice and thrice.

Then suddenly he saw that she was dead, and he wondered while he gazed upon her face, for it seemed less old. A vague sweetness, like a ghost of youth, had returned to it; the lines of sorrow had been softened, the wrinkles strangely smoothed, by the touch of a phantom Master mightier than he.

(1)   The Kyōto word is *maiko.*
(2)   Guitars of three strings.
(3)   It is sometimes customary for guests to exchange cups, after duly rinsing them. It is always a compliment to ask for your friend's cup.
(4)   "Once more to rest beside her, or keep five thousand koku?

     What care I for Koko? Let me be with her!"

There lived in ancient times a hatamoto called Fuji-eda Geki, a vassal of the Shōgun. He had an income of five thousand koku of rice,—a great income in those days. But he fell in love with an inmate of the Yoshiwara, named Ayaginu, and wished to marry her. When his master bade the vassal

176

choose between his fortune and his passion, the lovers fled secretly to a farmer's house, and there committed suicide together.   And the above song was made about them.   It is still sung.

(5)   "Dear, shouldst thou die, grave shall hold thee never!

I thy body's ashes, mixed with wine, will drink."

(6)   Maneki-Neko.

(7)   Buddhist food, containing no animal substance.   Some kinds of shōjin-ryōri are quite appetizing.

(8)   The term *oshiire* and *zendana* might be partly rendered by "wardrobe" and "cupboard."   The *fusuma* are sliding screens serving as doors.

(9)   *Tennin*, a "Sky-Maiden," a Buddhist angel.

(10) Her shrine is Nara,—not far from the temple of the giant Buddha.

ハーン (1895年)

Out of the East

YUKO: A REMINISCENCE
MEIJI, XXIV, 5. MAY, 1891

Who shall find a valiant woman?—far and from the uttermost coasts is the price of her. — *Vulgate*.

"*Tenshi-Sama go-shimpai.*" The Son of Heaven augustly sorrows.

Strange stillness in the city, a solemnity as of public mourning. Even itinerant venders utter their street cries in a lower tone than is their wont. The theatres, usually thronged from early morning until late into the night, are all closed. Closed also every pleasure-resort, every show—even the flower-displays. Closed likewise all the banquet-halls. Not even the tinkle of a samisen can be heard in the silent quarters of the geisha. There are no revelers in the great inns; the guests talk in subdued voices. Even the faces one sees upon the street have ceased to wear the habitual smile; and placards announce the indefinite postponement of banquets and entertainments.

Such public depression might follow the news of some great calamity or national peril,—a terrible earthquake, the destruction of the capital, a declaration of war. Yet there has been actually nothing of all this,— only the announcement that the Emperor sorrows; and in all the thousand cities of the land, the signs and tokens of public mourning are the same, expressing the deep sympathy of the nation with its sovereign.

And following at once upon this immense sympathy comes the universal spontaneous desire to repair the wrong, to make all possible compensation for the injury done. This manifests itself in countless ways mostly straight from the heart, and touching in their simplicity. From almost everywhere and everybody, letters and telegrams of condolence, and curious gifts, are forwarded to the Imperial guest. Rich and poor strip themselves of their most valued heirlooms, their most precious household treasures, to offer them to the wounded Prince. Innumerable messages also are being

178

prepared to send to the Czar,—and all this by private individuals, spontaneously. A nice old merchant calls upon me to request that I should compose for him a telegram in French, expressing the profound grief of a,11 the citizens for the attack upon the Czarevitch,—a telegram to the Emperor of all the Russias. I do the best I can for him, but protest my total inexperience in the wording of telegrams to high and mighty personages. "Oh ! that will not matter," he makes answer; "we shall send it to the Japanese Minister at St. Petersburg; he will correct any mistakes as to form." I ask him if he is aware of the cost of such a message. He has correctly estimated it as something over one hundred yen, a very large sum for a small Matsue merchant to disburse.

Some grim old samurai show their feelings about the occurrence in a less gentle manner. The high official intrusted with the safety of the Czarevitch at Otsu receives, by express, a fine sword and a stern letter bidding him prove his manhood and his regret like a samurai, by performing harakiri immediately.

For this people, like its own Shintō gods, has various souls: it has its Nigi-mi-tama and its Ara-mi-tama, its Gentle and its Rough Spirit. The Gentle Spirit seeks only to make reparation; but the Rough Spirit demands expiation. And now through the darkening atmosphere of the popular life, everywhere is felt the strange thrilling of these opposing impulses, as of two electricities.

Far away in Kanagawa, in the dwelling of a wealthy family, there is a young girl, a serving-maid, named Yuko, a samurai name of other days, signifying "valiant."

Forty millions are sorrowing, but she more than all the rest. How and why no Western mind could fully know. Her being is ruled by emotions and by impulses of which we can guess the nature only in the vaguest possible way. Something of the soul of a good Japanese girl we can know. Love is there—potentially, very deep and still. Innocence also, insusceptible of taint—that whose Buddhist symbol is the lotus-flower. Sensitiveness likewise, delicate as the earliest snow of plum-blossoms.

Fine scorn of death is there—her samurai inheritance—hidden under a gentleness soft as music. Religion is there, very real and very simple, a faith of the heart, holding the Buddhas and the Gods for friends, and unafraid to ask them for anything of which Japanese courtesy allows the asking. But these, and many other feelings, are supremely dominated by one emotion impossible to express in any Western. tongue—something for which the word "loyalty" were an utterly dead rendering, something akin rather to that which we call mystical exaltation: a sense of uttermost reverence and devotion to the Tenshi-Sama. Now this is much more than any individual feeling. It is the moral power and will undying of a ghostly multitude whose procession stretches back out of her life into the absolute night of forgotten time. She herself is but a spirit-chamber, haunted by a past utterly unlike our own,—a past in which, through centuries uncounted, all lived and felt and thought as one, in ways which never were as our ways.

"Tenshi-Sama go-shimpai." A burning shock of desire to give was the instant response of the girl's heart—desire overpowering, yet hopeless, since she owned nothing, unless the veriest trifle saved from her wages. But the longing remains, leaves her no rest. In the night she thinks; asks herself questions which the dead answer for her. "What can I give that the sorrow of the August may cease ?" "Thyself," respond voices without sound. "But can I?" she queries wonderingly. "Thou hast no living parent," they reply; "neither does it belong to thee to make the offerings. Be thou our sacrifice. To give life for the August One is the highest duty, the highest joy." "And in what place ?" she asks. "Saikyō," answer the silent voices; "in the gateway of those who by ancient custom should have died."

Dawn breaks; and Yuko rises to make obeisance to the sun. She fulfills her first morning duties; she requests and obtains leave of absence. Then she puts on her prettiest robe, her brightest girdle, her whitest tabi, that she may look worthy to give her life for the Tenshi-Sama. And in another hour she is journeying to Kyōto. From the train window she watches the gliding of the landscapes. Very sweet the day is;—all distances, blue-toned with drowsy vapors of spring, are good to look upon. She sees the loveliness of the land as her fathers saw it, but as no Western eyes can see it, save in the weird, queer charm of the old Japanese picture-books. She feels the delight of life, but dreams not at all of the possible future preciousness of that life for herself. No sorrow follows the thought that after her passing the world will remain as beautiful as before. No Buddhist melancholy weighs upon her: she trusts herself utterly to the ancient gods. They smile upon her from the dusk of their holy groves, from their immemorial shrines upon the backward fleeing hills. And one, perhaps, is with her: he who makes the grave seem fairer than the palace to those who fear not; he whom the people call Shinigami, the lord of death-desire. For her the future holds no blackness. Always she will see the rising of the holy Sun above the peaks, the smile of the Lady-Moon upon the waters, the eternal magic of the Seasons. She will haunt the places of beauty, beyond the folding of the mists, in the sleep of the cedar-shadows, through circling of innumerable years. She will know a subtler life, in the faint winds that stir the snow of the flowers of the cherry, in the laughter of playing waters, in every happy whisper of the vast green silences. But first she will greet her kindred, somewhere in shadowy halls awaiting her coming to say to her: "*Thou hast done well,—like a daughter of samurai. Enter, child! because of thee to-night we sup with the Gods!*"

It is daylight when the girl reaches Kyōto. She finds a lodging, and seeks the house of a skillful female hairdresser.

"Please to make it very sharp," says Yuko, giving the kamiyui a very small razor (article indispensable of a lady's toilet); "and I shall wait here till it is ready." She unfolds a freshly bought newspaper and looks for the latest news from the capital; while the shop-folk gaze curiously, wondering at the serious pretty manner which forbids familiarity. Her face is placid like a child's; but old ghosts stir restlessly in her heart, as she reads again of the Imperial sorrow. "I also wish it were the hour," is her answering thought. "But we must wait." At last she receives the tiny blade in faultless order, pays the trifle asked, and returns to her inn.

There she writes two letters: a farewell to her brother, an

irreproachable appeal to the high officials of the City of Emperors, praying that the Tenshi-Sama may be petitioned to cease from sorrowing, seeing that a young life, even though unworthy, has been given in voluntary expiation of the wrong.

When she goes out again it is that hour of heaviest darkness which precedes the dawn; and there is a silence as of cemeteries. Few and faint are the lamps; strangely loud the sound of her little geta. Only the stars look upon her.

Soon the deep gate of the Government edifice is before her. Into the hollow shadow she slips, whispers a prayer, and kneels. Then, according to ancient rule, she takes off her long under-girdle of strong soft silk, and with it binds her robes tightly about her, making the knot just above her knees. For no matter what might happen in the instant of blind agony, the daughter of a samurai must be found in death with limbs decently composed. And then, with steady precision, she makes in her throat a gash, out of which the blood leaps in a pulsing jet. A samurai girl does not blunder in these matters: she knows the place of the arteries and the veins.

At sunrise the police find her, quite cold, and the two letters, and a poor little purse containing five yen and a few sen (enough, she had hoped, for her burial); and they take her and all her small belongings away.

Then by lightning the story is told at once to a hundred cities.

The great newspapers of the capital receive it; and cynical journalists imagine vain things, and try to discover common motives for that sacrifice: a secret shame, a family sorrow, some disappointed love. But no; in all her simple life there had been nothing hidden, nothing weak, nothing unworthy; the bud of the lotus unfolded were less virgin. So the cynics write about her only noble things, befitting the daughter of a samurai.

The Son of Heaven hears, and knows how his people love him, and augustly ceases to mourn.

The Ministers hear, and whisper to one another, within the shadow of the Throne: "All else will change; but the heart of the nation will not change."

Nevertheless, for high reasons of State, the State pretends not to know.

ハーンとマクドナルド（1901年）

KOKORO

A STREET SINGER

A woman carrying a samisen, and accompanied by a little boy seven or eight years old, came to my house to sing. She wore the dress of a peasant, and a blue towel tied round her head. She was ugly; and her natural ugliness had been increased by a cruel attack of smallpox. The child carried a bundle of printed ballads.

Neighbors then began to crowd into my front yard—mostly young mothers and nurse girls with babies on their backs, but old women and men likewise—the *inkyō* of the vicinity. Also the jinrikisha-men came from their stand at the next street-corner; and presently there was no more room within the gate.

The woman sat down on my doorstep, tuned her samisen, played a bar of accompaniment—and a spell descended upon the people; and they stared at each other in smiling amazement.

For out of those ugly disfigured lips there gushed and rippled a miracle of a voice—young, deep, unutterably touching in its penetrating sweetness. "Woman or wood-fairy?" queried a bystander. Woman only—but a very, very great artist. The way she handled her instrument might have astounded the most skillful geisha; but no such voice had ever been heard from any geisha, and no such song. She sang as only a peasant can sing,—with vocal rhythms learned, perhaps, from the cicadae and the wild nightingales—and with fractions and semi-fractions and demi-semi-fractions of tones never written down in the musical language of the West.

And as she sang, those who listened began to weep silently. I did not distinguish the words; but I felt the sorrow and the sweetness and the patience of the life of Japan pass with her voice into my heart—plaintively seeking for something never there. A tenderness invisible seemed to gather and quiver about us; and sensations of places and of times forgotten came softly back, mingled with feelings ghostlier—feelings not of any place or time in living memory.

Then I saw that the singer was blind.

When the song was finished, we coaxed the woman into the house, and questioned her. Once she had been fairly well to do, and had learned the samisen when a girl. The little boy was her son. Her husband was paralyzed. Her eyes had been destroyed by smallpox. But she was strong, and able to walk great distances. When the child became tired, she would carry him on her back. She could support the little one, as well as the bed-ridden husband, because whenever she sang the people cried, and gave her coppers and food.... Such was her story. We gave her some money and a meal; and she went away, guided by her boy.

I bought a copy of the ballad, which was about a recent double suicide: "*The sorrowful ditty of Tamayoné and Takejirō—composed by Tabenaka Yoné of Number Fourteen of the Fourth Ward of Nippon-bashi in the South District of the City of Ōsaka.*" It had evidently been printed from a wooden block; and there were two little pictures. One showed a girl and boy sorrowing together. The other—a sort of tail-piece—represented a writing-stand, a dying lamp, an open letter, incense burning in a cup, and a vase containing shikimi—that sacred plant used in the Buddhist ceremony of making offerings to the dead. The queer cursive text, looking like shorthand written perpendicularly, yielded to translation only lines like these:

"In the First Ward of Nichi-Hommachi, in far-famed Ōsaka—O *the sorrow of this tale of shinjū!*

"Tamayoné, aged nineteen—to see her was to love her, for Takejirō, the young workman.

"For the time of two lives they exchange mutual vows—*O the sorrow of loving a courtesan!*

"On their arms they tattoo a Raindragon, and the character 'Bamboo'—thinking never of the troubles of life....

"But he cannot pay the fifty-five yen for her freedom—*O the anguish of Takejirō's heart!*

"Both then vow to pass away together, since never in this world can they become husband and wife....

"Trusting to her comrades for incense and for flowers—*O the pity of their passing like the dew!*

"Tamayoné takes the wine-cup filled with water only, in which those about to die pledge each other....

"*O the tumult of the lovers' suicide! —O the pity of their lives thrown away!*"

In short, there was nothing very unusual in the story, and nothing at all remarkable in the verse. All the wonder of the performance had been in the voice of the woman. But long after the singer had gone that voice seemed still to stay—making within me a sense of sweetness and of sadness so strange that I could not but try to explain to myself the secret of those magical tones.

And I thought that which is hereafter set down:—

All song, all melody, all music, means only some evolution of the primitive natural utterance of feeling—of that untaught speech of sorrow, joy, or passion, whose words are tones. Even as other tongues vary, so varies this language of tone combinations. Wherefore melodies which move us deeply have no significance to Japanese ears; and melodies that touch us not at all make powerful appeal to the emotion of a race whose soul-life differs from our own as blue differs from yellow.... Still, what is the reason of the deeper feelings evoked in me—an alien—by this Oriental chant that I could never even learn—by this common song of a blind woman of the people? Surely that in the voice of the singer there were qualities able to make appeal to something larger than the sum of the experience of one race—to something wide as human life, and ancient as the knowledge of good and evil.

One summer evening, twenty-five years ago, in a London park, I heard a girl say "Good-night" to somebody passing by. Nothing but those two little words— "Good-night." Who she was I do not know: I never even saw her face; and I never heard that voice again. But still, after the passing of one hundred seasons, the memory of her "Good-night" brings a double thrill incomprehensible of pleasure and pain,—pain and pleasure, doubtless, not of me, not of my own existence, but of pre-existences and dead suns.

For that which makes the charm of a voice thus heard but once cannot be of this life. It is of lives innumerable and forgotten. Certainly there never have been two voices having precisely the same quality. But in the utterance of affection there is a tenderness of timbre common to the myriad million voices of all humanity. Inherited memory makes familiar to even the newly-born the meaning of this tone of caress. Inherited, no doubt, likewise, our knowledge of the tones of sympathy, of grief, of pity. And so the chant of a blind woman in this city of the Far East may revive in even a Western mind emotion deeper than individual being—vague dumb pathos of forgotten sorrows—dim loving impulses of generations unremembered. The dead die never utterly. They sleep in the darkest cells of tired hearts and busy brains—to be startled at rarest moments only by the echo of some voice that recalls their past.

松江のハーンの居宅

HARU

Haru was brought up, chiefly at home, in that old-fashioned way which produced one of the sweetest types of woman the world has ever seen. This domestic education cultivated simplicity of heart, natural grace of manner, obedience, and love of duty as they were never cultivated but in Japan. Its moral product was something too gentle and beautiful for any other than the old Japanese society: it was not the most judicious preparation for the much harsher life of the new—in which it still survives. The refined girl was trained for the condition of being theoretically at the mercy of her husband. She was taught never to show jealousy, or grief, or anger—even under circumstances compelling all three; she was expected to conquer the faults of her lord by pure sweetness. In short, she was required to be almost superhuman—to realize, at least in outward seeming, the ideal of perfect unselfishness. And this she could do with a husband of her own rank, delicate in discernment—able to divine her feelings, and never to wound them.

Haru came of a much better family than her husband; and she was a little too good for him, because he could not really understand her. They had been married very young, had been poor at first, and then had gradually become well-off, because Haru's husband was a clever man of business. Sometimes she thought he had loved her most when they were less well off; and a woman is seldom mistaken about such matters.

She still made all his clothes; and he commended her needle-work. She waited upon his wants, aided him to dress and undress, made everything comfortable for him in their pretty home; bade him a charming farewell as he went to business in the morning, and welcomed him upon his return; received his friends exquisitely; managed his household matters with wonderful economy; and seldom asked any favors that cost money. Indeed she scarcely needed such favors; for he was never ungenerous, and liked to see her daintily dressed—looking like some beautiful silver moth robed in the folding of its own wings—and to take her to theatres and other places of amusement. She accompanied him to pleasure-resorts famed for the blossoming of cherry-trees in spring, or the shimmering of fireflies on summer nights, or the crimsoning of maples in autumn. And sometimes they would pass a day together at Maiko, by the sea, where the pines seem to sway like dancing girls; or an afternoon at Kiyomidzu, in the old, old summer-house, where everything is like a dream of five hundred years ago—and where there is a great shadowing of high woods, and a song of water leaping cold and clear from caverns, and always the plaint of flutes unseen, blown softly in the antique way—a tone-caress of peace and sadness blending, just as the gold light glooms into blue over a dying sun.

Except for such small pleasures and excursions, Haru went out seldom. Her only living relatives, and also those of her husband, were far away in other provinces, and she had few visits to make. She liked to be at home, arranging flowers for the alcoves or for the gods, decorating the rooms, and feeding the tame gold-fish of the garden-pond, which would lift up their heads when they saw her coming.

No child had yet brought new joy or sorrow into her life. She looked, in spite of her wife's coiffure, like a very young girl; and she was still simple as a child—notwithstanding that business capacity in small things which her husband so admired that he often condescended to ask her counsel in big things. Perhaps the heart then judged for him better than the pretty head; but, whether intuitive or not, her advice never proved wrong. She was happy enough with him for five years—during which time he showed himself as considerate as any young Japanese merchant could well be towards a wife of finer character than his own.

Then his manner suddenly became cold—so suddenly that she felt assured the reason was not that which a childless wife might have reason to fear. Unable to discover the real cause, she tried to persuade herself that she had been remiss in her duties; examined her innocent conscience to no purpose; and tried very, very hard to please. But he remained unmoved. He spoke no unkind words—though she felt behind his silence the repressed tendency to utter them. A Japanese of the better class is not very apt to be unkind to his wife in words. It is thought to be vulgar and brutal. The educated man of normal disposition will even answer a wife's reproaches with gentle phrases. Common politeness, by the Japanese code, exacts this attitude from every manly man; moreover, it is the only safe one. A refined and sensitive woman will not long submit to coarse treatment; a spirited one may even kill herself because of something said in a moment of passion, and such a suicide disgraces the husband for the rest of his life. But there are slow cruelties worse than words, and safer—neglect or indifference, for example, of a sort to arouse jealousy. A Japanese wife has indeed been trained never to show jealousy; but the feeling is older than all training—old as love, and likely to live as long. Beneath her passionless mask the Japanese wife feels like her Western sister—just like that sister who prays and prays, even while delighting some evening assembly of beauty and fashion, for the coming of the hour which will set her free to relieve her pain alone.

Haru had cause for jealousy; but she was too much of a child to guess the cause at once; and her servants too fond of her to suggest it. Her husband had been accustomed to pass his evenings in her company, either at home or elsewhere. But now, evening after evening, he went out by himself. The first time he had given her some business pretexts; afterwards he gave none, and did not even tell her when he expected to return. Latterly, also, he had been treating her with silent rudeness. He had become changed—"as if there was a goblin in his heart"—the servants said. As a matter of fact he had been deftly caught in a snare set for him. One whisper from a geisha had numbed his will; one smile blinded his eyes. She was far less pretty than his wife; but she was very skillful in the craft of spinning webs—webs of sensual delusion which entangle weak men; and always tighten more and more about them until the final hour of mockery and ruin. Haru did not know. She suspected no wrong till after her husband's strange conduct had become habitual—and even then only because she found that his money was passing into unknown hands. He had never told her where he passed his evenings. And she was afraid to ask, lest he should think her jealous. Instead of exposing her feelings in words, she treated him with such sweetness that a more intelligent husband would have divined all. But, except in business, he was dull. He continued to pass his evenings away; and as his conscience grew feebler, his absences lengthened. Haru had been taught that a good wife should always sit up and wait for her lord's return at night; and by so doing she suffered from nervousness, and from the feverish conditions that follow sleeplessness, and from the lonesomeness of her waiting after the servants, kindly dismissed at the usual hour, had left her with her thoughts. Once only, returning very late, her husband said to her: "I am sorry you should have sat up so late for me; do not wait like that again!" Then, fearing he might really have been pained on her account, she laughed pleasantly, and said: "I was not sleepy, and I am not tired; honorably please not to think about me." So he ceased to think about her—glad to take her at her word; and not long after that he stayed away for one whole night. The next night he did likewise, and a third night. After that third night's absence he failed even to return for the morning meal; and Haru knew the time had come when her duty as a wife obliged her to speak.

She waited through all the morning hours, fearing for him, fearing for herself also; conscious at last of the wrong by which a woman's heart can be most deeply wounded. Her faithful servants had told her something; the rest she could guess. She was very ill, and did not know it. She knew only that she was angry—selfishly angry, because of the pain given her—cruel, probing, sickening pain. Midday came as she sat thinking how she could say least selfishly what it was now her duty to say,—the first words of reproach that would ever have passed her lips. Then her heart leaped with a shock that made everything blur and swim before her sight in a whirl of dizziness—because there was a sound of kuruma-wheels and the voice of a servant calling: "*Honorable-return-is!*"

She struggled to the entrance to meet him, all her slender body a-tremble with fever and pain, and terror of betraying that pain. And the man was startled, because instead of greeting him with the accustomed smile, she caught the bosom of his silk robe in one quivering little hand—and looked into his face with eyes that seemed to search for some shred of a soul—and tried to speak, but could utter only the single word, "*Anata?*" [1] Almost in the same moment her weak grasp loosened, her eyes closed with a strange smile; and even before he could put out his arms to support her, she fell. He sought to lift her. But something in the delicate life had snapped. She was dead.

There were astonishments, of course, and tears, and useless callings of her name, and much running for doctors. But she lay white and still and beautiful, all the pain and anger gone out of her face, and smiling as on her bridal day.

Two physicians came from the public hospital—Japanese military surgeons. They asked straight hard questions—questions that cut open the self of the man down to the core. Then they told him truth cold and sharp as edged steel—and left him with his dead.

The people wondered he did not become a priest—fair evidence that his conscience had been awakened. By day he sits among his bales of Kyōto silks and Ōsaka figured goods—earnest and silent. His clerks think him a good master; he never speaks harshly. Often he works far into the night; and he has changed his dwelling-place. There are strangers in the pretty house where Haru lived; and the owner never visits it. Perhaps because he might see there one slender shadow, still arranging flowers, or bending with iris-grace above the goldfish in his pond. But wherever he rest, sometime in the silent hours he must see the same soundless presence near his pillow—sewing, smoothing, softly seeming to make beautiful the robes he once put on only to betray. And at other times—in the busiest moments of his busy life—the clamor of the great shop dies; the ideographs of his ledger dim and vanish; and a plaintive little voice, which the gods refuse to silence, utters into the solitude of his heart, like a question, the single word,—"Anata?"

(1) "Thou?"

KIMIKO

Wasuraruru
Mi naran to omō
Kokoro koso
Wasuré nu yori mo
Omoi nari-keré.[1]

I

The name is on a paper-lantern at the entrance of a house in the Street of the Geisha.

Seen at night the street is one of the queerest in the world. It is narrow as a gangway; and the dark shining woodwork of the house-fronts, all tightly closed—each having a tiny sliding door with paper-panes that look just like frosted glass—makes you think of first-class passenger-cabins. Really the buildings are several stories high; but you do not observe this at once—especially if there be no moon—because only the lower stories are illuminated up to their awnings, above which all is darkness. The illumination is made by lamps behind the narrow paper-paned doors, and by the paper-lanterns hanging outside—one at every door. You look down the street between two lines of these lanterns—lines converging far-off into one motionless bar of yellow light. Some of the lanterns are egg-shaped, some cylindrical; others four-sided or six-sided; and Japanese characters are beautifully written upon them. The street is very quiet—silent as a display of cabinet-work in some great exhibition after closing-time. This is because the inmates are mostly away—attending banquets and other festivities. Their life is of the night.

The legend upon the first lantern to the left as you go south is "*Kinoya: uchi O-Katá*" and that means The House of Gold wherein O-Kata dwells. The lantern to the right tells of the House of Nishimura, and of a girl Miyotsuru—which name signifies The Stork Magnificently Existing. Next upon the left comes the House of Kajita; —and in that house are Kohana, the Flower-Bud, and Hinako, whose face is pretty as the face of a doll.

193

Opposite is the House Nagaye, wherein live Kimika and Kimiko.... And this luminous double litany of names is half-a-mile long.

The inscription on the lantern of the last-named house reveals the relationship between Kimika and Kimiko—and yet something more; for Kimiko is styled *Ni-dai-me*, an honorary untranslatable title which signifies that she is only Kimiko No.2. Kimika is the teacher and mistress: she has educated two geisha, both named, or rather renamed by her, Kimiko; and this use of the same name twice is proof positive that the first Kimiko—*Ichi-dai-me*—must have been celebrated. The professional appellation borne by an unlucky or unsuccessful geisha is never given to her successor.

If you should ever have good and sufficient reason to enter the house—pushing open that lantern-slide of a door which sets a gong-bell ringing to announce visits—you might be able to see Kimika, provided her little troupe be not engaged for the evening. You would find her a very intelligent person, and well worth talking to. She can tell, when she pleases, the most remarkable stories—real flesh-and-blood stories—true stories of human nature. For the Street of the Geisha is full of traditions —tragic, comic, melodramatic;—every house has its memories;—and Kimika knows them all. Some are very, very terrible; and some would make you laugh; and some would make you think. The story of the first Kimiko belongs to the last class. It is not one of the most extraordinary; but it is one of the least difficult for Western people to understand.

II

There is no more Ichi-dai-me Kimiko: she is only a remembrance. Kimika was quite young when she called that Kimiko her professional sister.

"An exceedingly wonderful girl," is what Kimika says of Kimiko. To win any renown in her profession, a geisha must be pretty or very clever; and the famous ones are usually both—having been selected at a very early age by their trainers according to the promise of such qualities. Even the commoner class of singing-girls must have some charm in their best years—if only that *beauté du diable* which inspired the Japanese proverb that even a devil is pretty at eighteen. [2] But Kimiko was much more than pretty.   She was according to the Japanese ideal of beauty; and that standard is not reached by one woman in a hundred thousand.   Also she was more than clever: she was accomplished.   She composed very dainty poems—could   arrange   flowers   exquisitely,   perform   tea-ceremonies faultlessly, embroider, make silk mosaic: in short, she was genteel.   And her first public appearance made a flutter in the fast world of Kyōto.   It was evident that she could make almost any conquest she pleased, and that fortune was before her.

But it soon became evident, also, that she had been perfectly trained for her profession.   She had been taught how to conduct herself under almost any possible circumstances; for what she could not have known Kimika knew everything about: the power of beauty, and the weakness of passion; the craft of promises and the worth of indifference; and all the folly and evil in the hearts of men.   So Kimiko made few mistakes and shed few tears. By and by she proved to be, as Kimika wished—slightly dangerous.   So a lamp is to night-fliers: otherwise some of them would put it out.   The duty of the lamp is to make pleasant things visible: it has no malice.   Kimiko had no malice, and was not too dangerous.   Anxious parents discovered that she did not want to enter into respectable families, nor even to lend herself to any serious romances.   But she was not particularly merciful to that class of youths who sign documents with their own blood, and ask a dancing-girl to cut off the extreme end of the little finger of her left hand as a pledge of eternal affection.   She was mischievous enough with them to cure them of their folly. Some rich folks who offered her lands and houses on condition of owning her, body and soul, found her less merciful.   One proved generous enough to purchase her freedom unconditionally, at a price which made Kimika a rich woman; and Kimiko was grateful—but she remained a geisha. She managed her rebuffs with too much tact to excite hate, and knew how to heal despairs in most cases.   There were exceptions, of course.   One old man, who thought life not worth living unless he could get Kimiko all to himself, invited her to a banquet one evening, and asked her to drink wine with him. But Kimika, accustomed to read faces, deftly substituted tea (which has precisely the same color) for Kimiko's wine, and so instinctively saved the girl's precious life,—for only ten minutes later the soul of the silly host was on its way to the Meido alone, and doubtless greatly disappointed.... After that night Kimika watched over Kimiko as a wild cat guards her kitten.

The kitten became a fashionable mania, a craze—a delirium—one of the great sights and sensations of the period. There is a foreign prince who remembers her name: he sent her a gift of diamonds which she never wore. Other presents in multitude she received from all who could afford the luxury of pleasing her; and to be in her good graces, even for a day, was the ambition of the "gilded youth." Nevertheless she allowed no one to imagine himself a special favorite, and refused to make any contracts for perpetual affection. To any protests on the subject she answered that she knew her place. Even respectable women spoke not unkindly of her—because her name never figured in any story of family unhappiness. She really kept her place. Time seemed to make her more charming. Other geisha grew into fame, but no one was even classed with her. Some manufacturers secured the sole right to use her photograph for a label; and that label made a fortune for the firm.

But one day the startling news was abroad that Kimiko had at last shown a very soft heart. She had actually said good-by to Kimika, and had gone away with somebody able to give her all the pretty dresses she could wish for,—somebody eager to give her social position also, and to silence gossip about her naughty past—somebody willing to die for her ten times over, and already half-dead for love of her. Kimika said that a fool had tried to kill himself because of Kimiko, and that Kimiko had taken pity on him, and nursed him back to foolishness. Taiko Hideyoshi had said that there were only two things in this world which he feared—a fool and a dark night. Kimika had always been afraid of a fool; and a fool had taken Kimiko away. And she added, with not unselfish tears, that Kimiko would never come back to her: it was a case of love on both sides for the time of several existences.

Nevertheless, Kimika was only half right. She was very shrewd indeed; but she had never been able to see into certain private chambers in the soul of Kimiko. If she could have seen, she would have screamed for astonishment.

III

Between Kimiko and other geisha there was a difference of gentle blood. Before she took a professional name, her name was Ai, which, written with the proper character, means love. Written with another character the same word-sound signifies grief. The story of Ai was a story of both grief and love.

She had been nicely brought up. As a child she had been sent to a private school kept by an old samurai, where the little girls squatted on cushions before little writing-tables twelve inches high, and where the teachers taught without salary. In these days when teachers get better salaries than civil-service officials, the teaching is not nearly so honest or so pleasant as it used to be. A servant always accompanied the child to and from the school-house, carrying her books, her writing-box, her kneeling cushion, and her little table.

Afterwards she attended an elementary public school. The first "modern" text-books had just been issued—containing Japanese translations of English, German, and French stories about honor and duty and heroism, excellently chosen, and illustrated with tiny innocent pictures of Western people in costumes never of this world. Those dear pathetic little text-books are now curiosities: they have long been superseded by pretentious compilations much less lovingly and sensibly edited. Ai learned well. Once a year, at examination time, a great official would visit the school, and talk to the children as if they were all his own, and stroke each silky head as he distributed the prizes. He is now a retired statesman, and has doubtless forgotten Ai;—and in the schools of to-day nobody caresses little girls, or gives them prizes.

Then came those reconstructive changes by which families of rank were reduced to obscurity and poverty; and Ai had to leave school. Many great sorrows followed, till there remained to her only her mother and an infant sister. The mother and Ai could do little but weave; and by weaving alone they could not earn enough to live. House and lands first, —then, article by article, all things not necessary to existence—heirlooms, trinkets, costly robes, crested lacquer-ware—passed cheaply to those whom misery makes rich, and whose wealth is called by the people *Namida no kane*,—"the Money of Tears." Help from the living was scanty,—for most of the samurai-families of kin were in like distress. But when there was nothing left to sell—not even Ai's little school-books—help was sought from the dead.

For it was remembered that the father of Ai's father had been buried with his sword, the gift of a daimyō; and that the mountings of the weapon were of gold. So the grave was opened, and the grand hilt of curious workmanship exchanged for a common one, and the ornaments of the lacquered sheath removed. But the good blade was not taken, because the warrior might need it. Ai saw his face as he sat erect in the great red-clay urn which served in lieu of coffin to the samurai of high rank when buried by the ancient rite. His features were still recognizable after all those years of sepulture; and he seemed to nod a grim assent to what had been done as his sword was given back to him.

At last the mother of Ai became too weak and ill to work at the loom; and the gold of the dead had been spent. Ai said:—"Mother, I know there is but one thing now to do. Let me be sold to the dancing-girls." The mother wept, and made no reply. Ai did not weep, but went out alone.

She remembered that in other days, when banquets were given in her father's house, and dancers served the wine, a free geisha named Kimika had often caressed her. She went straight to the house of Kimika. "I want you to buy me," said Ai;—"and I want a great deal of money." Kimika laughed, and petted her, and made her eat, and heard her story—which was bravely told, without one tear. "My child, " said Kimika, "I cannot give you a great deal of money; for I have very little. But this I can do:—I can promise to support your mother. That will be better than to give her much money for you—because your mother, my child, has been a great lady, and therefore cannot know how to use money cunningly. Ask your honored mother to sign the bond,—promising that you will stay with me till you are twenty-four years old, or until such time as you can pay me back. And what money I can now spare, take home with you as a free gift."

Thus Ai became a geisha; and Kimika renamed her Kimiko, and kept the pledge to maintain the mother and the child-sister. The mother died before Kimiko became famous; the little sister was put to school. Afterwards those things already told came to pass.

The young man who had wanted to die for love of a dancing-girl was worthy of better things. He was an only son and his parents, wealthy and titled people, were willing to make any sacrifice for him—even that of accepting a geisha for daughter-in-law. Moreover they were not altogether displeased with Kimiko, because of her sympathy for their boy.

Before going away, Kimiko attended the wedding of her young sister, Umé, who had just finished school. She was good and pretty. Kimiko had made the match, and used her wicked knowledge of men in making it. She chose a very plain, honest, old-fashioned merchant—a man who could not have been bad, even if he tried. Umé did not question the wisdom of her sister's choice, which time proved fortunate.

IV

It was in the period of the fourth moon that Kimiko was carried away to the home prepared for her—a place in which to forget all the unpleasant realities of life—a sort of fairy-palace lost in the charmed repose of great shadowy silent high-walled gardens. Therein she might have felt as one reborn, by reason of good deeds, into the realm of Hōrai. But the spring passed, and the summer came—and Kimiko remained simply Kimiko. Three times she had contrived, for reasons unspoken, to put off the wedding-day.

In the period of the eighth moon, Kimiko ceased to be playful, and told her reasons very gently but very firmly:—"It is time that I should say what I have long delayed saying. For the sake of the mother who gave me life, and for the sake of my little sister, I have lived in hell. All that is past; but the scorch of the fire is upon me, and there is no power that can take it away. It is not for such as I to enter into an honored family—nor to bear you a son—nor to build up your house.... Suffer me to speak; for in the knowing of wrong I am very, very much wiser than you.... Never shall I be your wife to become your shame. I am your companion only, your play-fellow, your guest of an hour—and this not for any gifts. When I shall be no longer with you—nay! certainly that day must come!—you will have clearer sight. I shall still be dear to you, but not in the same way as now—which is foolishness. You will remember these words out of my heart. Some true sweet lady will be chosen for you, to become the mother of your children. I shall see them; but the place of a wife I shall never take, and the joy of a mother I must never know. I am only your folly, my beloved—an illusion, a dream, a shadow flitting across your life. Somewhat more in later time I may become, but a wife to you never—neither in this existence nor in the next. Ask me again—and I go."

In the period of the tenth moon, and without any reason imaginable, Kimiko disappeared,—vanished,—utterly ceased to exist.

V

Nobody knew when or how or whither she had gone. Even in the neighborhood of the home she had left, none had seen her pass. At first it seemed that she must soon return. Of all her beautiful and precious things—her robes, her ornaments, her presents: a fortune in themselves—she had taken nothing. But weeks passed without word or sign; and it was feared that something terrible had befallen her. Rivers were dragged, and wells were searched. Inquiries were made by telegraph and by letter. Trusted servants were sent to look for her. Rewards were offered for any news—especially a reward to Kimika, who was really attached to the girl, and would have been only too happy to find her without any reward at all. But the mystery remained a mystery. Application to the authorities would have been useless: the fugitive had done no wrong, broken no law; and the vast machinery of the imperial police-system was not to be set in motion by the passionate whim of a boy. Months grew into years; but neither Kimika, nor the little sister in Kyōto, nor any one of the thousands who had known and admired the beautiful dancer, ever saw Kimiko again.

But what she had foretold came true;—for time dries all tears and quiets all longing; and even in Japan one does not really try to die twice for the same despair. The lover of Kimiko became wiser; and there was found for him a very sweet person for wife, who gave him a son. And other years passed; and there was happiness in the fairy-home where Kimiko had once been.

There came to that home one morning, as if seeking alms, a traveling nun; and the child, hearing her Buddhist cry of "*Ha—i! ha—i!*" ran to the gate. And presently a house-servant, bringing out the customary gift of rice, wondered to see the nun caressing the child, and whispering to him. Then the little one cried to the servant, "Let me give!" — and the nun pleaded from under the veiling shadow of her great straw hat: "Honorably allow the child to give me." So the boy put the rice into the mendicant's bowl. Then she thanked him, and asked: —"Now will you say again for me the little word which I prayed you to tell your honored father?" And the child lisped:—"*Father, one whom you will never see again in this world, says that her heart is glad because she has seen your son.*"

The nun laughed softly, and caressed him again, and passed away swiftly; and the servant wondered more than ever, while the child ran to tell his father the words of the mendicant.

But the father's eyes dimmed as he heard the words, and he wept over his boy. For he, and only he, knew who had been at the gate—and the sacrificial meaning of all that had been hidden.

Now he thinks much, but tells his thought to no one.

He knows that the space between sun and sun is less than the space between himself and the woman who loved him.

He knows it were vain to ask in what remote city, in what fantastic riddle of narrow nameless streets, in what obscure little temple known only to the poorest poor, she waits for the darkness before the Dawn of the Immeasurable Light—when the Face of the Teacher will smile upon her—when the Voice of the Teacher will say to her, in tones of sweetness deeper than ever came from human lover's lips:— *"O my daughter in the Law, thou hast practiced the perfect way; thou hast believed and understood the highest truth;—therefore come I now to meet and to welcome thee!"*

(1)   "To wish to be forgotten by the beloved is a soul-task harder far than trying not to forget"—*Poem* by Kimiko.

(2)   *Oni mo jiuhachi, azami no hana.*   There is a similar saying of a dragon: *ja mo hatachi*   ("even a dragon at twenty").

来日した頃のハーンの後ろ姿
（ウェルドンの絵）

ビスランド（1890年頃）

KWAIDAN

THE STORY OF MIMI-NASHI-HŌĪCHI

MORE than seven hundred years ago, at Dan-no-ura, in the Straits of Shimonoséki, was fought the last battle of the long contest between the Heiké, or Taira clan, and the Genji, or Minamoto clan. There the Heiké perished utterly, with their women and children, and their infant emperor likewise—now remembered as Antoku Tennō. And that sea and shore have been haunted for seven hundred years... Elsewhere I told you about the strange crabs found there, called Heiké crabs, which have human faces on their backs, and are said to be the spirits of the Heiké warriors.[1] But there are many strange things to be seen and heard along that coast. On dark nights thousands of ghostly fires hover about the beach, or flit above the waves—pale lights which the fishermen call *Oni-bi*, or demon-fires; and, whenever the winds are up, a sound of great shouting comes from that sea, like a clamor of battle.

In former years the Heiké were much more restless than they now are. They would rise about ships passing in the night, and try to sink them; and at all times they would watch for swimmers, to pull them down. It was in order to appease those dead that the Buddhist temple, Amidaji, was built at Akamagaséki.[2] A cemetery also was made close by, near the beach; and within it were set up monuments inscribed with the names of the drowned emperor and of his great vassals; and Buddhist services were regularly performed there, on behalf of the spirits of them. After the temple had been built, and the tombs erected, the Heiké gave less trouble than before; but they continued to do queer things at intervals—proving that they had not found the perfect peace.

Some centuries ago there lived at Akamagaséki a blind man named Hōïchi, who was famed for his skill in recitation and in playing upon the *biwa*.[3] From childhood he had been trained to recite and to play; and while yet a lad he had surpassed his teachers. As a professional *biwa-hōshi* he became famous chiefly by his recitations of the history of the Heiké and the Genji; and it is said that when he sang the song of the battle of Dan-no-ura "even the goblins [*kijin*] could not refrain from tears."

At the outset of his career, Hōïchi was very poor; but he found a good friend to help him. The priest of the Amidaji was fond of poetry and music; and he often invited Hōïchi to the temple, to play and recite. Afterwards, being much impressed by the wonderful skill of the lad, the priest proposed that Hōïchi should make the temple his home; and this offer was gratefully accepted. Hōïchi was given a room in the temple-building; and, in return for food and lodging, he was required only to gratify the priest with a musical performance on certain evenings, when otherwise disengaged.

One summer night the priest was called away, to perform a Buddhist service at the house of a dead parishioner; and he went there with his acolyte, leaving Hōïchi alone in the temple. It was a hot night; and the blind man sought to cool himself on the verandah before his sleeping-room. The verandah overlooked a small garden in the rear of the Amidaji. There Hōïchi waited for the priest's return, and tried to relieve his solitude by practicing upon his biwa. Midnight passed; and the priest did not appear. But the atmosphere was still too warm for comfort within doors; and Hōïchi remained outside. At last he heard steps approaching from the back gate. Somebody crossed the garden, advanced to the verandah, and halted directly in front of him—but it was not the priest. A deep voice called the blind man's name—abruptly and unceremoniously, in the manner of a samurai summoning an inferior:

"Hōïchi!"

Hōïchi was too much startled, for the moment, to respond; and the voice again in a tone of harsh command:

"Hōïchi!"

"*Hai!* " answered the blind man, frightened by the menace in the voice—"I am blind!—I cannot know who calls!"

"There is nothing to fear," the stranger exclaimed, speaking more gently. "I am stopping near this temple, and have been sent to you with a message. My present lord, a person of exceedingly high rank, is now staying in Akamagaséki, with many noble attendants. He wished to view the scene of the battle of Dan-no-ura; and to-day he visited that place. Having heard of your skill in reciting the story of the battle, he now desires to hear your performance: so you will take your biwa and come with me at once to the house where the august assembly is waiting."

In those times, the order of a samurai was not to be lightly disobeyed. Hōïchi donned his sandals, took his biwa, and went away with the stranger, who guided him deftly, but obliged him to walk very fast. The hand that guided was iron; and the clank of the warrior's stride proved him fully armed—probably some palace-guard on duty. Hōïchi's first alarm was over: he began to imagine himself in good luck;—for, remembering the retainer's assurance about a "person of exceedingly high rank," he thought that the lord who wished to hear the recitation could not be less than a daimyō of the first class. Presently the samurai halted; and Hōïchi became aware that they had arrived at a large gateway;—and he wondered, for he could not remember any large gate in that part of the town, except the main gate of the Amidaji. "*Kaimon!*"(4) the samurai called,—and there was a sound of unbarring; and the twain passed on. They traversed a space of garden, and halted again before some entrance; and the retainer cried in a loud voice, "Within there! I have brought Hōïchi." Then came sounds of feet hurrying, and screens sliding, and rain-doors opening, and voices of women in converse. By the language of the women Hōïchi knew them to be domestics in some noble household; but he could not imagine to what place he had been conducted. Little time was allowed him for conjecture. After he had been helped to mount several stone steps, upon the last of which he was told to leave his sandals, a woman's hand guided him along interminable reaches of polished planking, and round pillared angles too many to remember, and over widths amazing of matted floor—into the middle of some vast apartment. There he thought that many great people were assembled: the sound of the rustling of silk was like the sound of leaves in a forest. He heard also a great humming of voices—talking in undertones; and the speech was the speech of courts.

Hōïchi was told to put himself at ease, and he found a kneeling-cushion ready for him. After having taken his place upon it, and tuned his instrument, the voice of a woman—whom he divined to be the *Rōjo*, or matron in charge of the female service—addressed him, saying:

"It is now required that the history of the Heiké be recited, to the accompaniment of the biwa."

Now the entire recital would have required a time of many nights: therefore Hōïchi ventured a question:

"As the whole of the story is not soon told, what portion is it augustly desired that I now recite?"

The woman's voice made answer:

"Recite the story of the battle at Dan-no-ura—for the pity of it is the most deep."[5]

Then Hōïchi lifted up his voice, and chanted the chant of the fight on the bitter sea,—wonderfully making his biwa to sound like the straining of oars and the rushing of ships, the whirr and the hissing of arrows, the shouting and trampling of men, the crashing of steel upon helmets, the plunging of slain in the flood. And to left and right of him, in the pauses of his playing, he could hear voices murmuring praise: "How marvelous an artist!"—"Never in our own province was playing heard like this!"—"Not in all the empire is there another singer like Hōïchi!" Then fresh courage came to him, and he played and sang yet better than before; and a hush of wonder deepened about him. But when at last he came to tell the fate of the fair and helpless,—the piteous perishing of the women and children—and the death-leap of Nii-no-Ama, with the imperial infant in her arms—then all the listeners uttered together one long, long shuddering cry of anguish; and thereafter they wept and wailed so loudly and so wildly that the blind man was frightened by the violence and grief that he had made. For much time the sobbing and the wailing continued. But gradually the sounds of lamentation died away; and again, in the great stillness that followed,

Hōïchi heard   the voice of the woman whom he supposed to be the Rōjo.

She said:

"Although we had been assured that you were a very skillful player upon the biwa, and without an equal in recitative, we did not know that any one could be so skillful as you have proved yourself to-night.   Our lord has been pleased to say that he intends to bestow upon you a fitting reward. But he desires that you shall perform before him once every night for the next six nights—after which time he will probably make his august return-journey. To-morrow night, therefore, you are to come here at the same hour.   The retainer who to-night conducted you will be sent for you... There is another matter about which I have been ordered to inform you.   It is required that you shall speak to no one of your visits here, during the time of our lord's august sojourn at Akamagaséki.   As he is traveling incognito,[6] he commands that no mention of these things be made... You are now free to go back to your temple."

After Hōïchi had duly expressed his thanks, a woman's hand conducted him to the entrance of the house, where the same retainer, who had before guided him, was waiting to take him home.   The retainer led him to the verandah at the rear of the temple, and there bade him farewell.

It was almost dawn when Hōïchi returned; but his absence from the temple had not been observed—as the priest, coming back at a very late hour, had supposed him asleep.   During the day Hōïchi was able to take some rest; and he said nothing about his strange adventure.   In the middle of the following night the samurai again came for him, and led him to the august assembly, where he gave another recitation with the same success that had attended his previous performance.   But during this second visit his absence from the temple was accidentally discovered; and after his return in the morning he was summoned to the presence of the priest, who said to him, in a tone of kindly reproach:

"We have been very anxious about you, friend Hōïchi. To go out, blind and alone, at so late an hour, is dangerous.   Why did you go without telling us? I could have ordered a servant to accompany you. And where have you been?"

Hōïchi answered, evasively:

"Pardon me kind friend! I had to attend to some private business; and I could not arrange the matter at any other hour."

The priest was surprised, rather than pained, by Hōïchi's reticence: he felt it to be unnatural, and suspected something wrong. He feared that the blind lad had been bewitched or deluded by some evil spirits. He did not ask any more questions; but he privately instructed the men-servants of the temple to keep watch upon Hōïchi's movements, and to follow him in case that he should again leave the temple after dark.

On the very next night, Hōïchi was seen to leave the temple; and the servants immediately lighted their lanterns, and followed after him. But it was a rainy night, and very dark; and before the temple-folks could get to the roadway, Hōïchi had disappeared. Evidently he had walked very fast— a strange thing, considering his blindness; for the road was in a bad condition. The men hurried through the streets, making inquiries at every house which Hōïchi was accustomed to visit; but nobody could give them any news of him. At last, as they were returning to the temple by way of the shore, they were startled by the sound of a biwa, furiously played, in the cemetery of the Amidaji. Except for some ghostly fires—such as usually flitted there on dark nights—all was blackness in that direction. But the men at once hastened to the cemetery; and there, by the help of their lanterns, they discovered Hōïchi—sitting alone in the rain before the memorial tomb of Antoku Tennō, making his biwa resound, and loudly chanting the chant of the battle of Dan-no-ura. And behind him, and about him, and everywhere above the tombs, the fires of the dead were burning, like candles. Never before had so great a host of *Oni-bi* appeared in the sight of mortal man...

"Hōïchi San!—Hōïchi San!" the servants cried—"you are bewitched!... Hōïchi San!"

But the blind man did not seem to hear. Strenuously he made his biwa to rattle and ring and clang;—more and more wildly he chanted the chant of the battle of Dan-no-ura. They caught hold of him;— they shouted into his ear:

"Hōïchi San! — Hōïchi San! —come home with us at once!"

Reprovingly he spoke to them:

"To interrupt me in such a manner, before this august assembly, will not be tolerated."

Whereat, in spite of the weirdness of the thing, the servants could not help laughing. Sure that he had been bewitched, they now seized him, and pulled him up on his feet, and by main force hurried him back to the temple— where he was immediately relieved of his wet clothes, by order of the priest. Then the priest insisted upon a full explanation of his friend's astonishing behavior.

Hōïchi long hesitated to speak. But at last, finding that his conduct had really alarmed and angered the good priest, he decided to abandon his reserve; and he related everything that had happened from the time of the first visit of the samurai.

The priest said:

"Hōïchi my poor friend, you are now in great danger! How unfortunate that you did not tell me all this before! Your wonderful skill in music has indeed brought you into strange trouble. By this time you must be aware that you have not been visiting any house whatever, but have been passing your nights in the cemetery, among the tombs of the Heiké;—and it was before the memorial-tomb of Antoku Tennō that our people to-night found you, sitting in the rain. All that you have been imagining was illusion—except the calling of the dead. By once obeying them, you have put yourself in their power. If you obey them again, after what has already occurred, they will tear you in pieces. But they would have destroyed you, sooner or later, in any event... Now I shall not be able to remain with you to-night: I am called away to perform another service. But, before I go, it will be necessary to protect your body by writing holy texts upon it."

Before sundown the priest and his acolyte stripped Hōïchi: then, with their writing-brushes, they traced upon his breast and back, head and face and neck, limbs and hands and feet—even upon the soles of his feet, and upon all parts of his body—the text of the holy sutra called *Hannya-Shin-Kyō.*[7] When this had been done, the priest instructed Hōïchi, saying:

"To-night, as soon as I go away, you must seat yourself on the verandah, and wait. You will be called. But, whatever may happen, do not answer, and do not move. Say nothing and sit still—as if meditating. If you stir, or make any noise, you will be torn asunder. Do not get frightened; and do not think of calling for help—because no help could save you. If you do exactly as I tell you, the danger will pass, and you will have nothing more to fear."

After dark the priest and the acolyte went away; and Hōïchi seated himself on the verandah, according to the instructions given him. He laid his biwa on the planking beside him, and, assuming the attitude of meditation, remained quite still—taking care not to cough, or to breathe audibly. For hours he stayed thus.

Then, from the roadway, he heard the steps coming. They passed the gate, crossed the garden, approached the verandah, stopped—directly in front of him.

"Hōïchi!" the deep voice called. But the blind man held his breath, and sat motionless.

"Hōïchi!" grimly called the voice a second time. Then a third time—savagely:

"Hōïchi!"

Hōïchi remained as still as a stone—and the voice grumbled:

"No answer!—that won't do!... Must see where the fellow is."

There was a noise of heavy feet mounting upon the verandah. The feet approached deliberately—halted beside him. Then, for long minutes—during which Hōïchi felt his whole body shake to the beating of his heart—

there was dead silence.

At last the gruff voice muttered close to him:

"Here is the biwa; but of the biwa-player I see -- only two ears!... So that explains why he did not answer: he had no mouth to answer with—there is nothing left of him but his ears... Now to my lord those ears I will take— in proof that the august commands have been obeyed, so far as was possible."

At that instant Hōïchi felt his ears gripped by fingers of iron, and torn off! Great as the pain was, he gave no cry. The heavy footfalls receded along the verandah—descended into the garden—passed out to the roadway— ceased. From either side of his head, the blind man felt a thick warm trickling; but he dared not lift his hands...

Before sunrise the priest came back. He hastened at once to the verandah in the rear, stepped and slipped upon something clammy, and uttered a cry of horror;— for he saw, by the light of his lantern, that the clamminess was blood. But he perceived Hōïchi sitting there, in the attitude of meditation— with the blood still oozing from his wounds.

"My poor Hōïchi!" cried the startled priest—"what is this?... You have been hurt?"...

At the sound of his friend's voice, the blind man felt safe. He burst out sobbing, and tearfully told his adventure of the night.

"Poor, poor Hōïchi!" the priest exclaimed,—"all my fault!—my very grievous fault!... Everywhere upon your body the holy texts had been written— except upon your ears! I trusted my acolyte to do that part of the work; and it was very, very wrong of me not to have made sure that he had done it!... Well, the matter cannot now be helped—we can only try to heal your hurts as soon as possible. Cheer up, friend!—the danger is now well over. You will never again be troubled by those visitors."

With the aid of a good doctor, Hōïchi soon recovered from his injuries. The story of his strange adventure spread far and wide, and soon made him famous. Many noble persons went to Akamagaséki to hear him recite; and large presents of money were given to him—so that he became a wealthy man... But from the time of his adventure, he was known only by the appellation of *Mimi-nashi- Hōïchï:* "Hōïchi-the-Earless."

(1) See my *Kottō,* for a description of these curious crabs.

(2) Or, Shimonoséki. The town is also known by the name of Bakkan.

(3) The *biwa*, a kind of four-stringed lute, is chiefly used in musical recitative. Formerly the professional minstrels who recited the *Heiké-Monogatari,,* and other tragical histories, were called *biwa-hōshi*, or "lute-priests." The origin of this appellation is not clear; but it is possible that it may have been suggested by the fact that "lute-priests," as well as blind shampooers, had their heads shaven, like Buddhist priests. The *biwa* is played with a kind of plectrum, called *bachi*, usually made of horn.

(4) A respectful term, signifying the opening of a gate. It was used by samurai when calling to the guards on duty at a lord's gate for admission.

(5) Or the phrase might be rendered, "for the pity of that part is the deepest." The Japanese word for pity in the original text is *awaré.*

(6) "Travelling incognito" is at least the meaning of the original phrase,—"making a disguised august-journey" (*shinobi no go-ryokō*).

(7) The Smaller Pragña-Pâramitâ-Hridaya-Sûtra is thus called in Japanese. Both the smaller and larger sûtras called Pragña-Pâramitâ ("Transcendent Wisdom") have been translated by the late Professor Max Müller, and can be found in volume xlix. of the *Sacred Books of the East* ("Buddhist Mahâyâna Sûtras").—Apropos of the magical use of the text, as described in this story, it is worth remarking that the subject of sûtra is the Doctrine of the Emptiness of Forms—that is to say, of the unreal character of all phenomena or noumena.... "Form is emptiness; and emptiness is form. Emptiness is not different from form; form is not different from emptiness. What is form—that is emptiness. What is emptiness—that is form.... Perception, name, concept, and knowledge, are also emptiness.... There is no eye, ear, nose, tongue, body, and mind.... But when the envelopment of consciousness has been annihilated, then he [*the seeker*]

becomes free from all fear, and beyond the reach of change, enjoying final Nirvâna."

熊本でのハーン（1891年）

THE STORY OF AOYAGI

IN the era of Bummei [1469-1486] there was a young samurai called Tomotada in the service of Hatakéyama Yoshimuné, the Lord of Noto. Tomotada was a native of Echizen; but at an early age he had been taken, as page, into the palace of the daimyō of Noto, and had been educated, under the supervision of that prince, for the profession of arms. As he grew up, he proved himself both a good scholar and a good soldier, and continued to enjoy the favor of his prince. Being gifted with an amiable character, a winning address, and a very handsome person, he was admired and much liked by his samurai-comrades.

When Tomotada was about twenty years old, he was sent upon a private mission to Hosokawa Masamoto, the great daimyō of Kyōto, a kinsman of Hatakéyama Yoshimuné. Having been ordered to journey through Echizen, the youth requested and obtained permission to pay a visit, on the way, to his widowed mother.

It was the coldest period of the year when he started; and, though mounted upon a powerful horse, he found himself obliged to proceed slowly. The road which he followed passed through a mountain-district where the settlements were few and far between; and on the second day of his journey, after a weary ride of hours, he was dismayed to find that he could not reached his intended halting-place until late in the night. He had reason to be anxious; —for a heavy snowstorm came on, with an intensely cold wind; and the horse showed signs of exhaustion. But in that trying moment, Tomotada unexpectedly perceived the thatched room of a cottage on the summit of a near hill, where willow-trees were growing. With difficulty he urged his tired animal to the dwelling; and he loudly knocked upon the storm-doors, which had been closed against the wind. An old woman opened them, and cried out compassionately at the sight of the handsome stranger: "Ah, how pitiful!—a young gentleman traveling alone in such weather!... Deign, young master, to enter."

Tomotada dismounted, and after leading his horse to a shed in the rear, entered the cottage, where he saw an old man and a girl warming themselves by a fire of bamboo splints. They respectfully invited him to approach the fire; and the old folks then proceeded to warm some rice-wine, and to prepare food for the traveler, whom they ventured to question in regard to his journey. Meanwhile the young girl disappeared behind a screen. Tomotada had observed, with astonishment, that she was extremely beautiful—though her attire was of the most wretched kind, and her long, loose hair in disorder. He wondered that so handsome a girl should be living in such a miserable and lonesome place.

The old man said to him:

"Honored Sir, the next village is far; and the snow is falling thickly. The wind is piercing; and the road is very bad. Therefore, to proceed further this night would probably be dangerous. Although this hovel is unworthy of your presence, and although we have not any comfort to offer, perhaps it were safer to remain to-night under this miserable roof... We would take good care of your horse."

Tomotada accepted this humble proposal—secretly glad of the chance thus afforded him to see more of the young girl. Presently a coarse but ample meal was set before him; and the girl came from behind the screen, to serve the wine. She was now reclad, in a rough but cleanly robe of homespun; and her long, loose hair had been neatly combed and smoothed. As she bent forward to fill his cup, Tomotada was amazed to perceive that she was incomparably more beautiful than any woman whom he had ever before seen; and there was a grace about her every motion that astonished him. But the elders began to apologize for her, saying: "Sir, our daughter, Aoyagi, [1] has been brought up here in the mountains, almost alone; and she knows nothing of gentle service. We pray that you will pardon her stupidity and her ignorance." Tomotada protested that he deemed himself lucky to be waited upon by so comely a maiden. He could not turn his eyes away from her—though he saw that his admiring gaze made her blush—and he left the wine and food untasted before him. The mother said: "Kind Sir, we very much hope that you will try to eat and to drink a little—though our peasant-fare is of the worst—as you must have been chilled by that piercing wind." Then, to please the old folks, Tomotada ate and drank as he could; but the charm of the blushing girl still grew upon him. He talked with her, and found that her speech was sweet as her face. Brought up in the mountains as she might have been;—but, in that case, her parents must at some time been persons of high degree; for she spoke and moved like a damsel of rank. Suddenly he addressed her with a poem—which was also a question—inspired by the delight in his heart:

"Tadzunétsuru,
Hana ka toté koso,
Hi wo kurasé,
Akénu ni otoru
Akané sasuran?"

[*Being on my way to pay a visit, I found that which I took to be a flower: therefore here I spend the day... Why, in the time before dawn, the dawn-blush tint should glow— that, indeed, I know not."*] (2)

Without a moment's hesitation, she answered him in these verses:
"Izuru hi no
Honoméku iro wo
Waga sodé ni
Tsutsumaba asu mo
Kimiya tomaran."

[*If with my sleeve I hid the faint fair color of the dawning sun—then, perhaps, in the morning my lord will remain."*] (3)

Then Tomotada knew that she accepted his admiration; and he was scarcely less surprised by the art with which she had uttered her feelings in verse, than delighted by the assurance which the verses conveyed. He was now certain that in all this world he could not hope to meet, much less to win, a girl more beautiful and witty than this rustic maid before him; and a voice in his heart seemed to cry out urgently, "Take the luck that the gods have put in your way!" In short he was bewitched—bewitched to such a degree that, without further preliminary, he asked the old people to give him their daughter in marriage—telling them, at the same time, his name and lineage, and his rank in the train of the Lord of Noto.

They bowed down before him, with many exclamations of grateful astonishment. But, after some moments of apparent hesitation, the father replied:

"Honored master, you are a person of high position, and likely to rise to still higher things. Too great is the favor that you deign to offer us; indeed, the depth of our gratitude therefor is not to be spoken or measured. But this girl of ours, being a stupid country-girl of vulgar birth, with no training or teaching of any sort, it would be improper to let her become the wife of a noble samurai. Even to speak of such a matter is not right... But, since you find the girl to your liking, and have condescended to pardon her peasant-manners and to overlook her great rudeness, we do gladly present her to you, for an humble handmaid. Deign, therefore, to act hereafter in her regard according to your august pleasure."

Ere morning the storm had passed; and day broke through a cloudless east. Even if the sleeve of Aoyagi hid from her lover's eyes the rose-blush of that dawn, he could no longer tarry. But neither could he resign himself to part with the girl; and, when everything had been prepared for his journey, he thus addressed her parents:

"Though it may seem thankless to ask for more than I have already received, I must once again beg you to give me your daughter for wife. It would be difficult for me to separate from her now; and as she is willing to accompany me, if you permit, I can take her with me as she is. If you will give her to me, I shall ever cherish you as parents... And, in the meantime, please to accept this poor acknowledgment of your kindest hospitality."

So saying, he placed before his humble host a purse of gold ryō. But the old man, after many prostrations, gently pushed back the gift, and said:

"Kind master, the gold would be of no use to us; and you will probably have need of it during your long, cold journey.   Here we buy nothing; and we could not spend so much money upon ourselves, even if we wished...   As for the girl, we have already bestowed her as a free gift—she belongs to you: therefore it is not necessary to ask our leave to take her away.   Already she has told us that she hopes to accompany you, and to remain your servant for as long as you may be willing to endure her presence.   We are only too happy to know that you deign to accept her; and we pray that you will not trouble yourself on our account.   In this place we could not provide her with proper clothing—much less with a dowry.   Moreover, being old, we should in any event have to separate from her before long.   Therefore it is very fortunate that you should be willing to take her with you now."

It was in vain that Tomotada tried to persuade the old people to accept a present: he found that they cared nothing for money.   But he saw that they were really anxious to trust their daughter's fate to his hands; and he therefore decided to take her with him.   So he placed her upon his horse, and bade the old folks farewell for the time being, with many sincere expressions of gratitude.

"Honored Sir," the father made answer, "it is we, and not you, who have reason for gratitude.   We are sure that you will be kind to our girl; and we have no fears for her sake."...

[*Here, in the Japanese original, there is a queer break in the natural course of the narration, which therefrom remains curiously inconsistent. Nothing further is said about the mother of Tomotada, or about the parents of Aoyagi, or about the daimyō of Noto.   Evidently the writer wearied of his work at this point, and hurried the story, very carelessly, to its startling end. I am not able to supply his omissions, or to repair his faults of construction; but I must venture to put in a few explanatory details, without which the rest of the tale would not hold together...   It appears that Tomotada rashly took Aoyagi with him to Kyōto, and so got into trouble; but we are not informed as to where the couple lived afterwards.*]

...Now a samurai was not allowed to marry without the consent of his lord; and Tomotada could not expect to obtain this sanction before his mission had been accomplished. He had reason, under such circumstances, to fear that the beauty of Aoyagi might attract dangerous attention, and that means might be devised of taking her away from him. In Kyōto he therefore tried to keep her hidden from curious eyes. But a retainer of Lord Hosokawa one day caught sight of Aoyagi, discovered her relation to Tomotada, and reported the matter to the daimyō. Thereupon the daimyō—a young prince, and fond of pretty faces—gave orders that the girl should be brought to the palace; and she was taken thither at once, without ceremony.

Tomotada sorrowed unspeakably; but he knew himself powerless. He was only an humble messenger in the service of a far-off daimyō; and for the time being he was at the mercy of a much more powerful daimyō, whose wishes were not to be questioned. Moreover Tomotada knew that he had acted foolishly— that he had brought about his own misfortune, by entering into a clandestine relation which the code of the military class condemned. There was now but one hope for him—a desperate hope: that Aoyagi might be able and willing to escape and to flee with him. After long reflection, he resolved to try to send her a letter. The attempt would be dangerous, of course: any writing sent to her might find its way to the hands of the daimyō; and to send a love-letter to any inmate of the palace was an unpardonable offense. But he resolved to dare the risk; and, in the form of a Chinese poem, he composed a letter which he endeavored to have conveyed to her. The poem was written with only twenty-eight characters. But with those twenty-eight characters he was about to express all the depth of his passion, and to suggest all the pain of his loss:[4]

Kōshi ō-son gojin wo ou;
Ryokuju namida wo tareté rakin wo hitataru;
Komon hitotabi irité fukaki koto umi no gotoshi;
Koré yori shorō koré rojin.

[*Closely, closely the youthful prince now follows after the gem-bright maid;—*

The tears of the fair one, falling, have moistened all her robes.

But the august lord, having one become enamored of her the depth of his longing is like the depth of the sea.

Therefore it is only I that am left forlorn,—only I that am left to wander along.]

On the evening of the day after this poem had been sent, Tomotada was summoned to appear before the Lord Hosokawa. The youth at once suspected that his confidence had been betrayed; and he could not hope, if his letter had been seen by the daimyō, to escape the severest penalty. "Now he will order my death," thought Tomotada; "but I do not care to live unless Aoyagi be restored to me. Besides, if the death-sentence be passed, I can at least try to kill Hosokawa." He slipped his swords into his girdle, and hastened to the palace.

On entering the presence-room he saw the Lord Hosokawa seated upon the daïs, surrounded by samurai of high rank, in caps and robes of ceremony. All were silent as statues; and while Tomotada advanced to make obeisance, the hush seemed to his sinister and heavy, like the stillness before a storm. But Hosokawa suddenly descended from the daïs, and, while taking the youth by the arm, began to repeat the words of the poem:—"*Kōshi ō-son gojin wo ou.*"... And Tomotada, looking up, saw kindly tears in the prince's eyes.

Then said Hosokawa:

"Because you love each other so much, I have taken it upon myself to authorize your marriage, in lieu of my kinsman, the Lord of Noto; and your wedding shall now be celebrated before me. The guests are assembled;— the gifts are ready."

At a signal from the lord, the sliding-screens concealing a further apartment were pushed open; and Tomotada saw there many dignitaries of the court, assembled for the ceremony, and Aoyagi awaiting him in bride's apparel... Thus was she given back to him; and the wedding was joyous and splendid; and precious gifts were made to the young couple by the prince, and by the members of his household.

*   *   *

For five happy years, after that wedding, Tomotada and Aoyagi dwelt together. But one morning Aoyagi, while talking with her husband about some household matter, suddenly uttered a great cry of pain, and then became very white and still. After a few moments she said, in a feeble voice: "Pardon me for thus rudely crying out—but the pain was so sudden!... My dear husband, our union must have been brought about through some Karma-relation in a former state of existence; and that happy relation, I think, will bring us again together in more than one life to come. But for this present existence of ours, the relation is now ended—we are about to be separated. Repeat for me, I beseech you, the *Nembutsu* prayer,—because I am dying."

"Oh! what strange wild fancies!" cried the startled husband—"you are only a little unwell, my dear one!... lie down for a while, and rest; and the sickness will pass."...

"No, no!" she responded—"I am dying!—I do not imagine it;—I know!... And it were needless now, my dear husband, to hide the truth from you any longer: I am not a human being. The soul of a tree is my soul; the heart of a tree is my heart; the sap of the willow is my life. And some one, at this cruel moment, is cutting down my tree; that is why I must die!... Even to weep were now beyond my strength!—quickly, quickly repeat the *Nembutsu* for me... quickly!... Ah!"...

With another cry of pain she turned aside her beautiful head, and tried to hide her face behind her sleeve. But almost in the same moment her whole form appeared to collapse in the strangest way, and to sink down, down, down—level with the floor. Tomotada had sprung to support her; but there was nothing to support! There lay on the matting only the empty robes of the fair creature and the ornaments that she had worn in her hair:

the body had ceased to exist...

Tomotada shaved his head, took the Buddhist vows, and became an itinerant priest. He traveled through all the provinces of the empire; and, at holy places which he visited, he offered up prayers for the soul of Aoyagi. Reaching Echizen, in the course of his pilgrimage, he sought the home of the parents of his beloved. But when he arrived at the lonely place among the hills, where their dwelling had been, he found that the cottage had disappeared. There was nothing to mark even the spot where it had stood, except the stumps of three willows—two old trees and one young tree— that had been cut down long before his arrival.

Beside the stumps of those willow-trees he erected a memorial tomb, inscribed with divers holy texts; and he there performed many Buddhist services on behalf of the spirits of Aoyagi and of her parents.

(1) The name signifies "Green Willow";—though rarely met with, it is still in use.

(2) The poem may be read in two ways; several of the phrases having a double meaning. But the art of its construction would need considerable space to explain, and could scarcely interest the Western reader. The meaning which Tomotada desired to convey might be thus expressed:—"While journeying to visit my mother, I met with a being lovely as a flower; and for the sake of that lovely person, I am passing the day here.... Fair one, wherefore that dawn-like blush before the hour of dawn?—can it mean that you love me?"

(3) Another reading is possible; but this one gives the signification of the *answer* intended.

(4) So the Japanese story-teller would have us believe—although the verses seem commonplace in translation. I have tried to give only their general meaning: an effective literal translation would require some scholarship.

OSHIDORI

THERE was a falconer and hunter, named Sonjō, who lived in the district called Tamura-no-Gō, of the province of Mutsu. One day he went out hunting, and could not find any game. But on his way home, at a place called Akanuma, he perceived a pair of *oshidori* [1] (mandarin-ducks) swimming together in a river that he was about to cross. To kill *oshidori* is not good; but Sonjō happened to be very hungry, and he shot at the pair. His arrow pierced the male: the female escaped into the rushes of the further shore, and disappeared. Sonjō took the dead bird home, and cooked it.

That night he dreamed a dreary dream. It seemed to him that a beautiful woman came into his room, and stood by his pillow, and began to weep. So bitterly did she weep that Sonjō felt as if his heart were being torn out while he listened. And the woman cried to him: "Why,—oh! why did you kill him? —of what wrong was he guilty?... At Akanuma we were so happy together—and you killed him!... What harm did he ever do you? Do you even know what you have done? —oh! do you know what a cruel, what a wicked thing you have done?... Me too you have killed—for I will not live without my husband!... Only to tell you this I came."... Then again she wept aloud—so bitterly that the voice of her crying pierced into the marrow of the listener's bones—and she sobbed out the words of this poem:

> Hi kurureba
> Sasoëshi mono wo—
> Akanuma no
> Makomo no kuré no
> Hitori-né zo uki!

[*"At the coming of twilight I invited him to return with me—! Now to sleep alone in the shadow of the rushes of Akanuma—ah! what misery unspeakable!"*] [2]

And after having uttered these verses she exclaimed:—"Ah, you do not know—you cannot know what you have done!   But to-morrow, when you go to Akanuma, you will see—you will see..."   So saying, and weeping very piteously, she went away.

When Sonjō awoke in the morning, this dream remained so vivid in his mind that he was greatly troubled.   He remembered the words:—"But to-morrow, when you go to Akanuma, you will see—you will see."   And he resolved to go there at once, that he might learn whether his dream was anything more than a dream.

So he went to Akanuma; and there, when he came to the river-bank, he saw the female *oshidori* swimming alone.   In the same moment the bird perceived Sonjō; but, instead of trying to escape, she swam straight towards him, looking at him the while in a strange fixed way.   Then, with her beak, she suddenly tore open her own body, and died before the hunter's eyes...

Sonjō shaved his head, and became a priest.

(1)   From ancient time, in the Far East, these birds have been regarded as emblems of conjugal affection.

(2)   There is a pathetic double meaning in the third verse; for the syllables composing the proper name *Akanuma* ("Red Marsh") may also be read as *akanu-ma*, signifying "the time of our inseparable (or delightful) relation." So the poem can also be thus rendered:—"When the day began to fail, I had invited him to accompany me...!   Now, after the time of that happy relation, what misery for the one who must slumber alone in the shadows of the rushes!"—The *makomo* is a sort of large rush, used for making baskets.

BOOKS AND HABITS

THE IDEAL WOMAN IN ENGLISH POETRY

As I gave already in this class a lecture on the subject of love poetry, you will easily understand that the subject of the present lecture is not exactly love. It is rather about love's imagining of perfect character and perfect beauty. The part of it to which I think your attention could be deservedly given is that relating to the imagined wife of the future, for this is a subject little treated of in Eastern poetry. It is a very pretty subject. But in Japan and other countries of the East almost every young man knows beforehand whom he is likely to marry. Marriage is arranged by the family: it is a family matter, indeed a family duty and not a romantic pursuit. At one time, very long ago, in Europe, marriages were arranged in much the same way. But nowadays it may be said in general that no young man in England or America can even imagine whom he will marry. He has to find his wife for himself; and he has nobody to help him; and if he makes a mistake, so much the worse for him. So to Western imagination the wife of the future is a mystery, a romance, an anxiety—something to dream about and to write poetry about.

This little book that I hold in my hand is now very rare. It is out of print, but it is worth mentioning to you because it is the composition of an exquisite man of letters, Frederick Locker-Lampson, best of all nineteenth century writers of society verse. It is called "Patchwork." Many years ago the author kept a kind of journal in which he wrote down or copied all the most beautiful or most curious things which he had heard or which he had found in books. Only the best things remained, so the value of the book is his taste in selection. Whatever Locker-Lampson pronounced good, the world now knows to have been exactly what he pronounced, for his taste was very fine. And in this book I find a little poem quoted from Mr. Edwin Arnold, now Sir Edwin. Sir Edwin Arnold is now old and blind, and he has not been thought of kindly enough in Japan, because his work has not been sufficiently known. Some people have even said his writings did harm to

225

Japan, but I want to assure you that such statements are stupid lies. On the contrary, he did for Japan whatever good the best of his talent as a poet and the best of his influence as a great journalist could enable him to do. But to come back to our subject: when Sir Edwin was a young student he had his dreams about marriage like other young English students, and he put one of them into verse, and that verse was at once picked out by Frederick Locker-Lampson for his little book of gems. Half a century has passed since then; but Locker-Lampson's judgment remains good, and I am going to put this little poem first because it so well illustrates the subject of the lecture. It is entitled "A Ma Future."

Where waitest thou,
    Lady, I am to love? Thou comest not,
    Thou knowest of my sad and lonely lot—
I looked for thee ere now!

It is the May,
    And each sweet sister soul hath found its brother,
    Only we two seek fondly each the other,
And seeking still delay.

Where art thou, sweet?
    I long for thee as thirsty lips for streams,
    O gentle promised angel of my dreams,
Why do we never meet?

Thou art as I,
    Thy soul doth wait for mine as mine for thee;
    We cannot live apart, must meeting be
Never before we die?

Dear Soul, not so,

 For time doth keep for us some happy years,

 And God hath portioned us our smiles and tears,

Thou knowest, and I know.

Therefore I bear

 This winter-tide as bravely as I may,

 Patiently waiting for the bright spring day

That cometh with thee, Dear.

'Tis the May light

 That crimsons all the quiet college gloom,

 May it shine softly in thy sleeping room,

And so, dear wife, good night!

  This is, of course, addressed to the spirit of the unknown future wife. It is pretty, though it is only the work of a young student. But some one hundred years before, another student—a very great student, Richard Crashaw,—had a fancy of the same kind, and made verses about it which are famous. You will find parts of his poem about the imaginary wife in the ordinary anthologies, but not all of it, for it is very long. I will quote those verses which seem to me the best.

WISHES

Whoe'er she be,

That not impossible She,

That shall command my heart and me;

Where'er she lie,

Locked up from mortal eye,

In shady leaves of Destiny;

Till that ripe birth

Of studied Fate stand forth,
And teach her fair steps to our earth;

Till that divine
Idea take a shrine
Of crystal flesh, through which to shine;

Meet you her, my wishes,
Bespeak her to my blisses,
And be ye called my absent kisses.

    The poet is supposing that the girl whom he is to marry may not as yet even have been born, for though men in the world of scholarship can marry only late in life, the wife is generally quite young.　Marriage is far away in the future for the student, therefore these fancies.　What he means to say in short is about like this:

    "Oh, my wishes, go out of my heart and look for the being whom I am destined to marry—find the soul of her, whether born or yet unborn, and tell that soul of the love that is waiting for it."　Then he tries to describe the imagined woman he hopes to find:

I wish her beauty
That owes not all its duty
To gaudy 'tire or glist'ring shoe-tie.

Something more than
Taffeta or tissue can;
Or rampant feather, or rich fan.

More than the spoil
Of shop or silk worm's toil,
Or a bought blush, or a set smile.

A face that's best
By its own beauty drest
And can alone command the rest.

A face made up
Out of no other shop
Than what nature's white hand sets ope.

A cheek where grows
More than a morning rose
Which to no box his being owes.

*   *   *

Eyes that displace
The neighbor diamond and outface
That sunshine by their own sweet grace.

Tresses that wear
Jewels, but to declare
How much themselves more precious are.

*   *   *

Smiles, that can warm
The blood, yet teach a charm
That chastity shall take no harm.

*   *   *

Life, that dares send
A challenge to his end,
And when it comes, say "Welcome, friend!"

There is much more, but the best of the thoughts are here. They are not exactly new thoughts, nor strange thoughts, but they are finely expressed in a strong and simple way.

There is another composition on the same subject—the imaginary spouse, the destined one. But this is written by a woman, Christina Rossetti.

SOMEWHERE OR OTHER

Somewhere or other there must surely be
    The face not seen, the voice not heard,
The heart that not yet—never yet—ah me!
    Made answer to my word.

Somewhere or other, may be near or far;
    Past land and sea, clean out of sight;
Beyond the wondering moon, beyond the star
    That tracks her night by night.

Somewhere or other, may be far or near;
    With just a wall, a hedge between;
With just the last leaves of the dying year,
    Fallen on a turf grown green.

And that turf means of course the turf of a grave in the churchyard. This poem expresses fear that the destined one never can be met, because death may come before the meeting time. All through the poem there is the suggestion of an old belief that for every man and for every woman there must be a mate, yet that it is a chance whether the mate will ever be found.

You observe that all of these are ghostly poems, whether prospective or retrospective. Here is another prospective poem:

AMATURUS

Somewhere beneath the sun,
    These quivering heart-strings prove it,
Somewhere there must be one
    Made for this soul, to move it;
Someone that hides her sweetness

From neighbors whom she slights,
  Nor can attain completeness,
    Nor give her heart its rights;
Someone whom I could court
    With no great change of manner,
Still holding reason's fort
    Though waving fancy's banner;
A lady, not so queenly
    As to disdain my hand,
Yet born to smile serenely
    Like those that rule the land;
Noble, but not too proud;
    With soft hair simply folded,
And bright face crescent-browed
    And throat by Muses moulded;

*   *   *

Keen lips, that shape soft sayings
    Like crystals of the snow,
With pretty half-betrayings
    Of things one may not know;

Fair hand, whose touches thrill,
    Like golden rod of wonder,
Which Hermes wields at will
    Spirit and flesh to sunder.

*   *   *

Forth, Love, and find this maid,
    Wherever she be hidden;
Speak, Love, be not afraid,
    But plead as thou art bidden;
And say, that he who taught thee

His yearning want and pain,
Too dearly dearly bought thee
To part with thee in vain.

These lines are by the author of that exquisite little book "Ionica"—a book about which I hope to talk to you in another lecture. His real name was William Cory, and he was long the head-master of an English public school, during which time he composed and published anonymously the charming verses which have made him famous—modelling his best work in close imitation of the Greek poets. A few expressions in these lines need explanation. For instance, the allusion to Hermes and his rod. I think you know that Hermes is the Greek name of the same god whom the Romans called Mercury,—commonly represented as a beautiful young man, naked and running quickly, having wings attached to the sandals upon his feet. Runners used to pray to him for skill in winning foot races. But this god had many forms and many attributes, and one of his supposed duties was to bring the souls of the dead into the presence of the king of Hades. So you will see some pictures of him standing before the throne of the king of the Dead, and behind him a long procession of shuddering ghosts. He is nearly always pictured as holding in his hands a strange sceptre called the *caduceus*, a short staff about which two little serpents are coiled, and at the top of which is a tiny pair of wings. This is the golden rod referred to by the poet; when Hermes touched anybody with it, the soul of the person touched was obliged immediately to leave the body and follow after him. So it is a very beautiful stroke of art in this poem to represent the touch of the hand of great love as having the magical power of the golden rod of Hermes. It is as if the poet were to say: "Should she but touch me, I know that my spirit would leap out of my body and follow after her." Then there is the expression "crescent-browed." It means only having beautifully curved eyebrows—arched eyebrows being considered particularly beautiful in Western countries.

Now we will consider another poem of the ideal. What we have been reading referred to ghostly ideals, to memories, or to hopes. Let us now see how the poets have talked about realities. Here is a pretty thing by Thomas Ashe. It is entitled "Pansie"; and this flower name is really a corruption of a French word "Penser," meaning a thought. The flower is very beautiful, and its name is sometimes given to girls, as in the present case.

MEET WE NO ANGELS, PANSIE?
Came, on a Sabbath noon, my sweet,
    In white, to find her lover;
The grass grew proud beneath her feet,
    The green elm-leaves above her:—
        Meet we no angels, Pansie?

She said, "We meet no angels now;"
    And soft lights stream'd upon her;
And with white hand she touch'd a bough;
    She did it that great honour:—
        What! meet no angels, Pansie?

O sweet brown hat, brown hair, brown eyes,
    Down-dropp'd brown eyes, so tender!
Then what said I?   Gallant replies
    Seem flattery, and offend her:—
        But—meet no angels, Pansie?

The suggestion is obvious, that the maiden realizes to the lover's eye the ideal of an angel.   As she comes he asks her slyly,—for she has been to the church—"Is it true that nobody ever sees real angels?"   She answers innocently, thinking him to be in earnest, "No—long ago people used to see angels, but in these times no one ever sees them."   He does not dare tell her how beautiful she seems to him; but he suggests much more than admiration by the tone of his protesting response to her answer: "What! You cannot mean to say that there are no angels now? "   Of course that is the same as to say, "I see an angel now"—but the girl is much too innocent to take the real and flattering meaning.

Wordsworth's portrait of the ideal woman is very famous; it was written about his own wife though that fact would not be guessed from the poem. The last stanza is the most famous, but we had better quote them all.

> She was a phantom of delight
> When first she gleamed upon my sight;
> A lovely apparition, sent
> To be a moment's ornament;
> Her eyes as stars of twilight fair;
> Like twilight's, too, her dusky hair;
> But all things else about her drawn
> From May-time and the cheerful dawn;
> A dancing shape, an image gay,
> To haunt, to startle, and waylay.

> I saw her upon nearer view,
> A Spirit, yet a Woman too!
> Her household motions light and free,
> And steps of virgin liberty;
> A countenance in which did meet
> Sweet records, promises as sweet;
> A creature not too bright or good
> For human nature's daily food;
> For transient sorrows, simple wiles,
> Praise, blame, love, kisses, tears and smiles.

> And now I see with eye serene
> The very pulse of the machine;
> A being breathing thoughtful breath,
> A traveller betwixt life and death;
> The reason firm, the temperate will,
> Endurance, foresight, strength, and skill;

A perfect woman, nobly plann'd,
To warn, to comfort and command;
And yet a Spirit still, and bright
With something of angelic light.

I quoted this after the Pansie poem to show you how much more deeply
Wordsworth could touch the same subject.   To him, too, the first apparition
of the ideal maiden seemed angelic; like Ashe he could perceive the mingled
attraction of innocence and of youth.   But innocence and youth are by no
means all that make up the best attributes of woman; character is more
than innocence and more than youth, and it is character that Wordsworth
studies. But in the last verse he tells us that the angel is always there,
nevertheless, even when the good woman becomes old.   The angel is the
Mother-soul.

Wordsworth's idea that character is the supreme charm was expressed
very long before him by other English poets, notably by Thomas Carew.

He that loves a rosy cheek,
     Or a coral lip admires,
Or from star-like eyes doth seek
     Fuel to maintain his fires:
As old Time makes these decay,
     So his flames must waste away.

But a smooth and steadfast mind,
     Gentle thoughts and calm desires,
Hearts with equal love combined,
     Kindle never-dying fires.
Where these, are not, I despise
     Lovely cheeks or lips or eyes.

For about three hundred years in English literature it was the
fashion—a fashion borrowed from the Latin poets—to speak of love as a fire

or flame, and you must understand the image in these verses in that signification. To-day the fashion is not quite dead, but very few poets now follow it.

Byron himself, with all his passion and his affected scorn of ethical convention, could and did, when he pleased, draw beautiful portraits of moral as well as physical attraction. These stanzas are famous; they paint for us a person with equal attraction of body and mind.

> She walks in beauty, like the night
>> Of cloudless climes and starry skies;
> And all that's best of dark and bright
>> Meet in her aspect and her eyes:
> Thus mellow'd to that tender light
>> Which heaven to gaudy day denies.

> One shade the more, one ray the less,
>> Had half impair'd the nameless grace
> Which waves in every raven tress,
>> Or softly lightens o'er her face;
> Where thoughts serenely sweet express
>> How pure, how dear their dwelling-place.

> And on that cheek, and o'er that brow,
>> So soft, so calm, yet eloquent,
> The smiles that win, the tints that glow,
>> But tell of days in goodness spent,
> A mind at peace with all below,
>> A heart whose love is innocent!

It is worth noticing that in each of the last three poems, the physical beauty described is that of dark eyes and hair. This may serve to remind you that there are two distinct types, opposite types, of beauty celebrated by English poets; and the next poem which I am going to quote, the beautiful

"Ruth" of Thomas Hood, also describes a dark woman.

> She stood breast-high amid the corn,
> Clasp'd by the golden light of morn,
> Like the sweetheart of the sun,
> Who many a glowing kiss had won.
>
> On her cheek an autumn flush,
> Deeply ripen'd;—such a blush
> In the midst of brown was born,
> Like red poppies grown with corn.
>
> Round her eyes her tresses fell,
> Which were blackest none could tell,
> But long lashes veil'd a light,
> That had else been all too bright.
>
> And her hat, with shady brim,
> Made her tressy forehead dim;
> Thus she stood among the stooks,
> Praising God with sweetest looks:—
>
> Sure, I said, Heav'n did not mean,
> Where I reap thou shouldst but glean,
> Lay thy sheaf adown and come,
> Share my harvest and my home.

We might call this the ideal of a peasant girl whose poverty appeals to the sympathy of all who behold her. The name of the poem is suggested indeed by the Bible story of Ruth the gleaner, but the story in the poem is only that of a rich farmer who marries a very poor girl, because of her beauty and her goodness. It is just a charming picture—a picture of the dark beauty which is so much admired in Northern countries, where it is less common than in Southern Europe. There are beautiful brown-skinned types; and the flush of youth on the cheeks of such a brown girl has been compared to the red upon a ripe peach or a russet apple—a hard kind of apple, very sweet and juicy, which is brown instead of yellow, or reddish brown. But the poet makes the comparison with poppy flowers and wheat. That, of course, means golden yellow and red; in English wheat fields red poppy flowers grow in abundance. The expression "tressy forehead" in the second line of the fourth stanza means a forehead half covered with falling, loose hair.

The foregoing pretty picture may be offset by charming poem of Browning's describing a lover's pride in his illusion. It is simply entitled "Song," and to appreciate it you must try to understand the mood of a young man who believes that he has actually realized his ideal, and that the woman that he loves is the most beautiful person in the whole world. The fact that this is simply imagination on his part does not make the poem less beautiful—on the contrary, the false imagining is just what makes it beautiful, the youthful emotion of a moment being so humanly and frankly described. Such a youth must imagine that every one else sees and thinks about the girl just as he does, and he expects them to confess it.

> Nay but you, who do not love her,
>> Is she not pure gold, my mistress?
> Holds earth aught—speak truth—above her?
>> Aught like this tress, see, and this tress,
> And this last fairest tress of all,
> So fair, see, ere I let it fall?

> Because you spend your lives in praising;
>> To praise, you search the wide world over;
> Then why not witness, calmly gazing,
>> If earth holds aught—speak truth—above her?
> Above this tress, and this, I touch
> But cannot praise, I love so much!

You see the picture, I think,—probably some artist's studio for a background. She sits or stands there with her long hair loosely flowing down to her feet like a river of gold; and her lover, lifting up some of the long tresses in his hand, asks his friend, who stands by, to notice how beautiful such hair is. Perhaps the girl was having her picture painted. One would think so from the question, "Since your business is to look for beautiful things, why can you not honestly acknowledge that this woman is the most beautiful thing in the whole world?" Or we might imagine the questioned person to be a critic by profession as well as an artist. Like the preceding poem this also is a picture. But the next poem, also by Browning, is much more than a picture—it is very profound indeed, simple as it looks. An old man is sitting by the dead body of a young girl of about sixteen. He tells us how he secretly loved her, as a father might love a daughter, as a brother might love a sister. But he would have wished, if he had not been so old, and she so young, to love her as a husband. He never could have her in this world, but why should he not hope for it in the future world? He whispers into her dead ear his wish, and he puts a flower into her dead hand, thinking, "When she wakes up, in another life, she will see that flower, and remember what I said to her, and how much I loved her." That is the mere story. But we must understand that the greatness of the love expressed in the poem is awakened by an ideal of innocence and sweetness and goodness, and the affection is of the soul—that is to say, it is the love of beautiful character, not the love of a beautiful face only, that is expressed.

EVELYN HOPE

Beautiful Evelyn Hope is dead!
   Sit and watch by her side an hour.
That is her book-shelf, this her bed;
   She plucked that piece of geranium-flower,
Beginning to die too, in the glass;
   Little has yet been changed, I think:
The shutters are shut, no light can pass

Save two long rays through the hinge's chink.

Sixteen years old when she died!
    Perhaps she had scarcely heard my name;
It was not her time to love; beside,
    Her life had many a hope and aim,
Duties enough and little cares,
    And now was quiet, now astir,
Till God's hand beckoned unawares,—
    And the sweet white brow is all of her.

Is it too late, then, Evelyn Hope?
    What, your soul was pure and true,
The good stars met in your horoscope,
    Made you of spirit, fire and dew—
And just because I was thrice as old
    And our paths in the world diverged so wide,
Each was naught to each, must I be told?
    We were fellow mortals, naught beside?

No, indeed! for God above,
    Is great to grant, as mighty to make,
And creates the love to reward the love:
    I claim you still, for my own love's sake!
Delayed it may be for more lives yet,
    Through worlds I shall traverse, not a few:
Much is to learn, much to forget,
    Ere the time be come for taking you.

But the time will come,—at last it will,
    When, Evelyn Hope, what meant (I shall say)
In the lower earth, in the years long still,
    That body and soul so pure and gay?

Why your hair was amber, I shall divine,
  And your mouth of your own geranium's red—
And what you would do with me, in fine,
  In the new life come in the old one's stead.

I have lived (I shall say) so much since then,
  Given up myself so many times,
Gained me the gains of various men,
  Ransacked the ages, spoiled the climes;
Yet one thing, one, in my soul's full scope,
  Either I missed or itself missed me:
And I want and find you, Evelyn Hope!
  What is the issue? let us see!

I loved you, Evelyn, all the while!
  My heart seemed full as it could hold;
There was space and to spare for the frank young smile,
  And the red young mouth, and the has young gold.
So, hush,—I will give you this leaf to keep:
  See, I shut it inside the sweet cold hand!
There, that is our secret: go to sleep!
  You will wake, and remember, and understand.

No other poet has written so many different kinds of poems on this subject as Browning; and although I can not quote all of them, I must not neglect to make a just representation of the variety. Here is another example: the chief idea is again the beauty of truthfulness and fidelity, but the artistic impression is quite different.

A simple ring with a single stone,
  To the vulgar eye no stone of price:
Whisper the right word, that alone—
  Forth starts a sprite, like fire from ice.

And lo, you are lord (says an Eastern scroll)
Of heaven and earth, lord whole and sole
  Through the power in a pearl.

A woman ('tis I this time that say)
  With little the world counts worthy praise:
Utter the true word—out and away
  Escapes her soul; I am wrapt in blaze,
Creation's lord, of heaven and earth
Lord whole and sole—by a minute's birth—
  Through the love in a girl!

Paraphrased, the meaning will not prove as simple as the verses: Here is a finger ring set with one small stone, one jewel. It is a very cheap-looking stone to common eyes. But if you know a certain magical word, and, after putting the ring on your finger, you whisper that magical word over the cheap-looking stone, suddenly a spirit, a demon or a genie, springs from that gem like a flash of fire miraculously issuing from a lump of ice. And that spirit or genie has power to make you king of the whole world and of the sky above the world, lord of the spirits of heaven and earth and air and fire. Yet the stone is only a pearl—and it can make you lord of the universe. That is the old Arabian story. The word scroll here means a manuscript, an Arabian manuscript.

But what is after all the happiness of mere power? There is a greater happiness possible than to be lord of heaven and earth; that is the happiness of being truly loved. Here is a woman; to the eye of the world, to the sight of other men, she is not very beautiful nor at all remarkable in any way. She is just an ordinary woman, as the pearl in the ring is to all appearances just a common pearl. But let the right word be said, let the soul of that woman be once really touched by the magic of love, and what a revelation! As the spirit in the Arabian story sprang from the stone of the magical ring, when the word was spoken, so from the heart of this woman suddenly her soul displays itself in shining light. And the man who loves, instantly becomes, in the splendour of that light, verily the lord of heaven and earth; to the eyes of the being who loves him he is a god.

The legend is the legend of Solomon—not the Solomon of the Bible, but the much more wonderful Solomon of the Arabian story-teller. His power is said to have been in a certain seal ring, upon which the mystical name of Allah, or at least one of the ninety and nine mystical names, was engraved. When he chose to use this ring, all the spirits of air, the spirits of earth, the spirits of water and the spirits of fire were obliged to obey him. The name of such a ring is usually "Talisman."

Here is another of Browning's jewels, one of the last poems written shortly before his death. It is entitled "Summum Bonum,"—signifying "the highest good." The subject is a kiss; we may understand that the first betrothal kiss is the mark of affection described. When the promise of marriage has been made, that promise is sealed or confirmed by the first kiss. But this refers only to the refined classes of society. Among the English people proper, especially the country folk, kissing the girls is only a form of showing mere good will, and has no serious meaning at all.

All the breath and the bloom of the year in the bag of one bee:
    All the wonder and wealth of the mine in the heart of one gem:
In the core of one pearl all the shade and the shine of the sea:
    Breath and bloom, shade and shine,—wonder, wealth, and—how far
        above them—
Truth, that's brighter than gem,
    Trust, that's purer than pearl,—
Brightest truth, purest trust in the universe—all were for me
    In the kiss of one girl.

There is in this a suggestion of Ben Jonson, who uses almost exactly the same simile without any moral significance. The advantage of Browning is that he has used the sensuous imagery for ethical symbolism; here he greatly surpasses Jonson, though it would be hard to improve upon the beauty of Jonson's verses, as merely describing visual beauty. Here are

Jonson's stanzas:

THE TRIUMPH

See the Chariot at hand here of Love,
    Wherein my Lady rideth!
Each that draws is a swan or a dove,
    And well the car Love guideth.
As she goes, all hearts do duty
    Unto her beauty;
And enamoured do wish, so they might
    But enjoy such a sight,
That they still were to run by her side,
Through swords, through seas, whither she would ride.

Do but look on her eyes, they do light
    All that Love's world compriseth!
Do but look on her hair, it is bright
    As love's star when it riseth!
Do but mark, her forehead's smoother
    Than words that soothe her;
And from her arch'd brows such a grace
    Sheds itself through the face,
As alone there triumphs to the life
All the gain, all the good, of the elements' strife.

Have you seen but a bright lily grow
    Before rude hands have touched it?
Have you mark'd but the fall of the snow
    Before the soil hath smutch'd it?
Have you felt the wool of beaver
    Or swan's down ever?
Or have smelt o' the bud o' the brier,
    Or the nard in the fire?

Or have tasted the bag of the bee?
O so white, O so soft, O so sweet is she!

The first of the above stanzas is a study after the Roman poets; but the last stanza is Jonson's own and is very famous. You will see that Browning was probably inspired by him, but I think that his verses are much more beautiful in thought and feeling.

There is one type of ideal woman very seldom described in poetry—the old maid, the woman whom sorrow or misfortune prevents from fulfilling her natural destiny. Commonly the woman who never marries is said to become cross, bad tempered, unpleasant in character. She could not be blamed for this, I think; but there are old maids who always remain as unselfish and frank and kind as a girl, and who keep the charm of girlhood even when their hair is white. Hartley Coleridge, son of the great Samuel, attempted to describe such a one, and his picture is both touching and beautiful.

THE SOLITARY-HEARTED

She was a queen of noble Nature's crowning,
    A smile of hers was like an act of grace;
She had no winsome looks, no pretty frowning,
    Like daily beauties of the vulgar race:
But if she smiled, a light was on her face,
    A clear, cool kindliness, a lunar beam
Of peaceful radiance, silvering o'er the stream
    Of human thought with unabiding glory;
Not quite a waking truth, not quite a dream,
    A visitation, bright and transitory.

But she is changed,—hath felt the touch of sorrow,
    No love hath she, no understanding friend;
O grief! when Heaven is forced of earth to borrow
    What the poor niggard earth has not to lend;

But when the stalk is snapt, the rose must bend.
    The tallest flower that skyward rears its head
Grows from the common ground, and there must shed
    Its delicate petals.   Cruel fate, too surely
That they should find so base a bridal bed,
    Who lived in virgin pride, so sweet and purely.

She had a brother, and a tender father,
    And she was loved, but not as others are
From whom we ask return of love,—but rather
    As one might love a dream; a phantom fair
Of something exquisitely strange and rare,
    Which all were glad to look on, men and maids,
Yet no one claimed—as oft, in dewy glades,
    The peering primrose, like a sudden gladness,
Gleams on the soul, yet unregarded fades;—
    The joy is ours, but all its own the sadness.

'Tis vain to say—her worst of grief is only
    The common lot, which all the world have known
To her 'tis more, because her heart is lonely,
    And yet she hath no strength to stand alone, —
Once she had playmates, fancies of her own,
    And she did love them.   They are past away
As fairies vanish at the break of day;
    And like a spectre of an age departed,
Or unsphered angel woefully astray,
    She glides along—the solitary-hearted.

Perhaps it is scarcely possible for you to imagine that a woman finds it
impossible to marry because of being too beautiful, too wise, and too good. In
Western countries it is not impossible at all.   You must try to imagine
entirely different social conditions—conditions in which marriage depends

much more upon the person than upon the parents, much more upon inclination than upon anything else. A woman's chances of marriage depend very much upon herself, upon her power of pleasing and charming. Thousands and tens of thousands can never get married. Now there are cases in which a woman can please too much. Men become afraid of her. They think, "She knows too much, I dare not be frank with her"—or, "She is too beautiful, she never would accept a common person like me"—or, "She is too formal and correct, she would never forgive a mistake, and I could never be happy with her." Not only is this possible, but it frequently happens. Too much excellence makes a misfortune. I think you can understand it best by the reference to the very natural prejudice against over-educated women, a prejudice founded upon experience and existing in all countries, even in Japan. Men are not attracted to a woman because she is excellent at mathematics, because she knows eight or nine different languages, because she has acquired all the conventions of high-pressure training. Men do not care about that. They want love and trust and kindliness and ability to make a home beautiful and happy. Well, the poem we have been reading is very pathetic because it describes a woman who can not fulfil her natural destiny, can not be loved—this through no fault of her own, but quite the reverse. To be too much advanced beyond one's time and environment is even a worse misfortune than to be too much behind.

チェンバレン

小泉セツ（20歳頃）

あ と が き

　日本は明治維新以降、一貫して欧化主義全盛の時代であったが、それでも、西洋人との国際結婚には多くの障害と偏見があった。また、高給で処遇されながら西洋至上主義的な立場で日本を侮蔑する外国人に対する失望と反発から、ハーンが来日した頃には、徐々に国粋主義的な排外的傾向も台頭しつつあった。

　西洋至上の価値観ですべてを見下して横柄に振る舞い、日本古来の伝統的事物を蔑視する西洋人や、優越感に充ちた傍若無人の態度で日本の宗教を軽蔑するキリスト教の宣教師達をハーンは憎んでいた。また、自国文化を卑下して、西洋風の建築物や調度品を先進的文化として崇拝する日本の知識人や文化人達を彼は苦々しく思っていた。ハーンは西洋と日本との文化の間には本質的に相容れない深い溝があると感じていた。白壁の土蔵と格子窓の家屋の古い街並み、重厚で古風な武家屋敷、江戸時代の風情を残した松江の町の落ち着いた雰囲気を眺めて、ハーンはここにこそ純粋な日本の古き良き姿が存在すると深い感銘を受けていた。松江から熊本、神戸、東京へと移住するにつれて、西洋の個人主義や功利的な価値観が、伝統的な日本の佇まいやおおらかな生活感情に侵入して破壊し尽くしていく姿を目撃し、彼は嫌悪して鋭い批判の眼を向けるようになった。

　ハーンの日本での生活の実体験は文学の執筆活動の源泉となって、学者的な抽象的知識や不毛の議論でなく、庶民の生き生きとした日常生活に取材して、その内奥に存在する精神文化を描写することを可能にした。日本の異文化の中に身を置いて帰化して日本人になった西洋人として、庶民の日常的な精神文化の諸相を普遍性と特殊性の両極で見据えながら、彼は絶妙のバランス感覚と繊細な文体で作品化した。内容豊かな作品を構想したハーンの作家としての技量と力量は、さまざまな日本探訪を心血を注いだ創意工夫で執筆することを可能にし、日本の宗教や文化の本質に肉迫した鋭い比較文化論や文明批評論を生み出したのである。

　来日以降、二度と欧米に戻ることなく、ハーンは常に日本人の中で日本人として感じ日本人になることを目標に作家として、また教師として活躍を続けて、最後には日本の国の未来を危惧しながら日本で亡くなった。明治政府の欧化政策と富国強兵を無条件には肯定せず、むしろ、彼は戦火の中での大惨事と悲惨な大破局を憂い、日本の将来の暗雲を予言していたのである。近代化を急ぐ日本は清国と敵対して勝利し、当時の国際社会から注目を集めていたが、産業資

本の増強と市場拡大のために、国全体が軍国主義と覇権主義に邁進するという危うい状況に彼は警鐘を鳴らした。古き良き旧日本の消滅を惜しみながら、ハーンは新日本の功罪と将来の国の行く末を独自の観点から論じた。日本の軍事増強が国際社会に将来的な不安定要素を生み、さらに致命的な世界大戦を引き起こす可能性さえ危惧していた彼の鋭い洞察力は先見的であり、実に適確に未来の歴史的事実を予言していた。

　明治維新以降の日本の欧化主義は、その後、欧米の列強に対峙する極端な国粋主義と軍国主義へと変化した。そして、日清・日露の大戦の勝利に国民全体が狂喜し、さらに第一次大戦の勝利を経て、軍国日本は完全に文民統制を失うに至った。鬼畜米英を標榜し、神国日本の正当性を主張して、西洋列強に激しく対立する軍部に対して少しでも批判すれば、非国民とされて国内の批判分子は一掃されたのである。しかし、太平洋戦争に大敗して後、戦前の自国文化や価値基準の全面否定が生じ、敗戦の衝撃からアメリカ崇拝とアメリカへの属国化が戦後急速に時代の趨勢となった。すべて日本のものは先の敗戦によって否定され、アメリカの価値観が新たな進歩を意味するものと何の疑問もなく受け入れられた。ハーンが嘆いた明治期の日本の混乱と同様に、敗戦後の昭和の日本でも、西洋文化が遙かに優れていて、日本固有の文化や価値観は遙かに劣ったものでしかないとする自虐的で自嘲的な時代風潮が生じた。明治維新という近代化の中で、欧化主義に邁進する日本を目撃して、その歴史的意義や必然性を認めながらも、ハーンは日本の民族的伝統や文化の保持を訴えると同時に、国家と民族のアイデンティティの重要性を唱えたのである。どれ程日本が西欧化に狂喜しても、日本のアイデンティティを失えば、歴史的過去の伝統を放棄することになると彼は警告したのである。

　ハーンは異文化に対する深い同情と理解によって、日本の風俗習慣を眺め、素朴な庶民の生活を取材し、民間伝承や忘れられた昔話を素材にした再話文学、各地を訪れた紀行文、スケッチ、随筆、比較文化的論考、神道や仏教に関する考察など、様々な話題に対応して多様な執筆形態や文体を用いながら、古き良き日本の面影を西洋の読者のために書き残した。ハーンは愛の世界に美と善と真を求め、夢の理想郷を描き続けたロマン主義詩人のような気質を有していた。また、無名の弱者を友として深い人間愛で庶民の生活を描写しながら、同時に孤独を愛して煩わしい社交を嫌うという複雑な感性の人物でもあった。実際には詩を書くことはなかったが、彼は多くの詩人を研究し、森羅万象に潜んだ霊

的な生命を感じ、作品を通して霊的な存在との交わりを表現して、この世と霊界との意味を問い続けた求道者的な詩人的文学者に他ならなかった。

　ハーンが異文化理解や東西比較文化的考察に独自の能力を発揮したことは、彼の出生の事情と深く結びついている。ハーンの複眼的思考、洗練された繊細な感性、精巧で鋭敏な洞察力などは、ギリシア人の母親とアイルランド人の父親という彼の体内に流れる複雑な混血の血統と無縁ではない。彼自身もギリシアとケルトの複雑な混血を意識し、この問題を探究して自らのアイデンティティと人間の普遍性を求めた。そして、各地を放浪してコスモポリタン的思考を深めながら、彼は自らの心の原風景を求めて魂の遍歴を繰り返したのである。

　不毛な分析的解剖ではなく、ハーンは共感と同情による豊かな受容力と理解力で、異文化への柔軟な想像力を発揮した。アイルランドの父とギリシア人の母という混血の出生と幼くして両親からの生別するという宿命から、彼は常人よりも遙かに異文化への同化力や連帯意識を強く持ち、混血に潜む人類の遠い記憶の観念を信奉した。彼は漂泊する魂で各地の異文化を探訪して、他国の異文化の心に自分を同化するという比類なき感情移入で、人類の遠い血の記憶への信仰を辿ったのである。ハーンは単に感情的なロマンティストに止まるのではなく、偏狭な西洋至上主義や人種差別に縛られずに、混血の血の記憶によるコスモポリタン的発想や、魂の声としての血の信仰を、異文化理解への意識の拡大の原動力としていたのである。

　単一の価値観を絶対化するのでなく、複眼の眼で相対的に自文化と異文化を捉え、人種や国家の歴史を国際的に把握することで、新たな自己の可能性を秘めたアイデンティティの創出が可能となる。混血という二つの民族の血の流れの中で、二つの文化や伝統が混淆する自分の存在を鋭敏に自覚し、ハーンは新たなアイデンティティの創出を求めて、自己発見と自己実現の漂泊の旅路を歩んだのである。西洋と東洋の対立と和解は、脱西洋を標榜するハーンの中で、父方のアイルランドを含めた北方ゲルマン的世界と母方のギリシアの南方ラテン的世界の価値観の遭遇と調和であった。このような複雑な民族の血の対立や異人種間の文化の錯綜と緊張関係の中で、対立する混血の矛盾と軋轢を発展的に高次の次元で止揚するような真実の自己発見と自己実現のために、彼の意識の拡大と自己解放への努力が続けられたのである。そして、来日後のハーンにとって、西洋的近代化の促進と日本の伝統文化の保持という対立と調和の問題が、東西比較文化論や日本研究の重要なテーマとなった。

　人種的偏見から離れて、異文化を同じ人間の多様な生活様式と捉える時、国

家や民族の偏狭な制約から解放された人類共通の理解が達成され、同情と共感を伴った利他的精神が築かれ、人種的優劣を超越した国際的な視野に立った、異文化理解や混血に対する幅広い受容性が確立される。ハーンの日本研究は、西洋中心主義を放棄して、さらに、単に西洋から逃避するのではなく、日本の文化様式に自己を同化することによって新たな自己発見と自己実現に至るというものであった。異文化の遭遇と理解は相互の未知性や他者性を認めながら、自発的で有機的な関係を生み出すことによって、文化的対立ではなく新たな創造への主体的想念を形成するものである。ハーンにとって、日本女性セツとの出会いは、日本研究への大きな動因を与え、帰化して日本永住するという人生最大の転機となった。

　没落士族の娘として生まれたセツは、当時の正規の教育を充分には受けられなかったが、武家の教育を身に付け、奥ゆかしい旧日本の美質を体現した日本女性であった。不遇な生い立ちにもかかわらず、セツの奥深い素養と謙虚な立ち振る舞いは、豊かな人間味と気丈な人柄を感じさせた。漂泊の詩人ハーンが日本を心から愛して日本に帰化し、日本文化や日本女性の美質を欧米に紹介する著作を数多く発表したことも、セツの全身全霊をかけたハーンへの献身的な支援によって可能であった。このように、ハーンは日本の古き伝統文化を欧米に紹介する作品を数多く書いたが、その執筆活動を背後で全面的に支援したのが妻のセツであった。

　しかし、ハーンは日本に帰化して小泉八雲と名乗り、日本の美しい自然の風情や日本女性の美質を数多くの著書で欧米に紹介したが、日本を讃美しながらも、日本の将来の暗雲を予言し、厳しい警告を発している。日本の近代化は危険性を孕んでおり、改革という名目の下に、古来からの伝統的な質実剛健の生活様式を見捨て、西洋化の中で実利主義や拝金主義に走り、本来の正直で節度ある道徳意識を捨て去ろうとしていると彼は苦言を呈している。小さな島国の日本は、本来の倹約と質素さを保持して、足るを知るの精神に徹すれば、西洋に対峙し得る強い日本を実現できるが、西洋模倣の贅沢な生活や冷徹な競争論理を導入すれば、生来の日本の強みは徐々に蝕まれて弱体化していくと彼は深く憂い警告した。

　過去の歴史にしっかりと根をはった国家と国民だけが、自国文化の真価を認識して将来への展望を開き、繁栄を期待できると説いたハーンは、先祖が大切に守ってきたものを共感をもって伝統として受け継ぎ、社会の新しい変化に生かしていくことが重要だと考えた。明治維新の無節操な欧化主義が、古来の清

廉な道徳観を蝕み、伝統的な生活信条を崩壊させ、欧米の覇権主義と同じように
にひたすら軍国主義に走る危険性をハーンは予言していた。しかし、その後の
軍備増強によって西洋列強に対峙した日本の覇権主義や功利的資本主義や極端
な国粋主義の蔓延は、日清・日露の戦争を勃発させた。そして、急激な領土拡
大への野望とによって、好戦的に侵略して世界から孤立した結果、第二次世界
大戦での大敗後に、国体の致命的崩壊と混乱を招来するに至ったのである。占
領軍による支配と強制的社会改革を経験し、米国の属国として得られた経済大
国の実現にもかかわらず、古くからの質実剛健の生活様式と正直で節度ある道
徳意識を捨て去る危険性は、今尚現在の日本の国家の基盤を蝕む非常に大きな
問題であり続けている。

　なお、本書で取り上げた作品を原文で接することができるように、「ラフカ
ディオ・ハーン作品集」として、ハーンの英文をいくつか収録した。Textは
Houghton Mifflinから1922年に出た全集による。推敲を重ねたハーンの英文か
ら、美しい文学的表現や日本への鋭い洞察を充分に味読できるように配慮した。
彼の作品には、常に美と善と真が渾然一体となって溶け合い、独自の愛情至上
主義の世界が描かれている。日本に対する限りない愛情と共感が、彼の全ての
日本関連の著書に色こく滲み出ている。ハーンが心血を注いで描いた旧日本の
姿を読んで、日本を忘れた我々日本人が本当の祖国日本の姿を模索する機会と
なれば望外の喜びである。なお、英文の校正は本学研究会の横山純子さんにも
協力をお願いしたことを付記しておく。

小泉八雲の世界
―ハーン文学と日本女性―
付録　ハーン作品集（英文）

2021 年 8 月 8 日　初版発行

著　者　高瀬　彰典

発　行　ふくろう出版
〒700-0035　岡山市北区高柳西町 1-23
友野印刷ビル
TEL：086-255-2181
FAX：086-255-6324
http://www.296.jp
e-mail：info@296.jp
振替　01310-8-95147

ISBN978-4-86186-826-9 C3093
©TAKASE Akinori 2021